HEYNE BÜCHER

Von Johanna Lindsey sind
als Heyne-Taschenbuch erschienen:

Zorn und Zärtlichkeit · Band 01/6641
Wild wie der Wind · Band 01/6750
Die gefangene Braut · Band 01/6831
Zärtlicher Sturm · Band 01/6883
Das Geheimnis ihrer Liebe · Band 01/6976
Wenn die Liebe erwacht · Band 01/7672
Herz in Flammen · Band 01/7746
Wildes Liebesglück · Band 28/44
Auf den Wogen der Leidenschaft · Band 28/53
Paradies der Leidenschaft · Band 28/59
Sündige Liebe · Band 28/67
Die Sprache des Herzens · Band 28/79
Liebe unter heißer Sonne · Band 28/85

JOHANNA LINDSEY

STÜRMISCHES HERZ

Roman

Deutsche Erstausgabe

WILHELM HEYNE VERLAG
MÜNCHEN

HEYNE ALLGEMEINE REIHE
Nr. 01/7843

Titel der amerikanischen Originalausgabe
A HEART SO WILD
Deutsche Übersetzung von Hilde Linnert

Printed in Germany 1989
Umschlagzeichnung: Olivero Berni/Schlück
Umschlaggestaltung: Atelier Ingrid Schütz, München
Satz: Compusatz, München
Druck und Bindung: Elsnerdruck, Berlin

ISBN 3-453-03266-7

Für Dorene und Jerry,
die besten Freundinnen, die besten Cousinen,
die stets für mich da waren

1. KAPITEL

Kansas, 1868

Elroy Brower knallte verärgert seinen Bierkrug auf den Tisch. Der Krach im Saloon lenkte ihn von der üppigen Blondine ab, die auf seinem Schoß saß, und Elroy bekam nur selten Gelegenheit, sich mit einem so verführerischen Geschöpf wie Big Sal näher zu befassen. Es war verdammt deprimierend, wenn man ständig unterbrochen wurde.

Big Sal rieb ihren mächtigen Hintern an Elroys Leistengegend, beugte sich vor und flüsterte ihm etwas ins Ohr. Ihre absolut eindeutigen Vorschläge führten zu dem erwarteten Ergebnis. Sie fühlte, wie seine Hose anschwoll.

»Warum kommst du nicht mit hinauf, Süßer, wo wir allein sein können?« schnurrte sie.

Elroy grinste, denn die Aussicht auf die vor ihm liegenden Stunden erregte ihn. Er hatte vor, Big Sal die ganze Nacht in Beschlag zu nehmen. Die Hure, die er manchmal in Rockley, der seiner Farm nächstgelegenen Stadt, besuchte, war alt und mager. Big Sal hingegen war ein Wonneproppen. Elroy hatte bereits ein kurzes Dankgebet dafür zum Himmel gesandt, daß er in Wichita auf sie gestoßen war.

Die laute, zornige Stimme des Ranchers erregte erneut Elroys Aufmerksamkeit. Was er vor zwei Tagen erlebt hatte, war Grund genug zuzuhören.

Der Rancher erzählte jedem, der es hören wollte, daß er Bill Chapman hieß. Er war gerade erst in den Saloon gekommen und hatte für alle eine Runde ausgegeben, was nicht so großzügig war, wie es klingt, weil sich insgesamt nur sieben Leute im Raum befanden – darunter die beiden Animierdamen. Chapman besaß etwas weiter nördlich eine Ranch und war auf der Suche nach Männern, die von den Indianern, die das Gebiet terrorisierten, genauso die Nase voll hatten wie er. Elroys Interesse war durch das Wort ›Indianer‹ geweckt worden.

Er selbst hatte keinen Ärger mit den Indianern gehabt, jedenfalls bis jetzt noch nicht. Aber er war erst seit zwei Jahren in Kansas. Er wußte, daß sein kleines Anwesen ungeschützt war – ziemlich ungeschützt sogar. Der nächste Nachbar war eine Meile von ihm entfernt und die Stadt Rockley zwei Meilen. Auf der Farm lebten nur Elroy und der junge Peter, ein Tagelöhner, der ihm bei der Ernte half. Elroys Frau war sechs Monate nach ihrer Ankunft in Kansas gestorben.

Das Gefühl, schutzlos zu sein, paßte Elroy überhaupt nicht. Er war groß, ein Meter neunzig, ein Kerl wie ein Baum, und er war daran gewöhnt, daß er dank seiner Größe ohne Probleme durchs Leben kam, außer er beschwor sie selbst herauf. Niemand hatte Lust, nähere Bekanntschaft mit Elroys Fäusten zu machen. Er war jetzt zweiunddreißig und in ausgezeichneter körperlicher Verfassung.

Jetzt machte sich Elroy allerdings wegen der Wilden Sorgen, die die Prärie unsicher machten und darauf aus waren, die anständigen, gottesfürchtigen Menschen zu vertreiben, die hier siedeln wollten.

Diese Wilden hielten nichts von friedlichem Zusammenleben oder gar Chancengleichheit. Die Geschichten, die Elroy gehört hatte, reichten aus, um sogar ihm einen Schauer über den Rücken zu jagen. Noch dazu hatte man ihn darauf aufmerksam gemacht, daß er sich verflucht nahe bei dem Indianerterritorium niederließ – einem riesigen, unfruchtbaren Gebiet zwischen Kansas und Texas. Von seiner Farm bis zur Grenze von Kansas waren es nur fünfunddreißig Meilen. Die Farm lag genau zwischen den Flüssen Arkansas und Walnut, und der Boden war gut, ohne Frage. Da der Krieg jetzt vorbei war, hatte Elroy angenommen, daß die Armee die Indianer in jenen Gebieten festhalten würde, die ihnen zugewiesen worden waren. Doch das war nicht der Fall. Als der Bürgerkrieg ausgebrochen war, hatten die Indianer beschlossen, das auszunützen und gegen die Siedler Krieg zu führen. Der Bürgerkrieg war vorbei, aber der Krieg gegen die Indianer flammte jetzt erst richtig auf. Sie waren mehr denn je entschlossen, keine Gebiete aufzugeben, die sie als ihr Eigentum betrachteten.

Elroys Angst war schuld daran, daß er an diesem Abend Bill Chapman aufmerksam zuhörte, obwohl er sich lieber mit Big Sal in den ersten Stock zurückgezogen hätte.

Vor zwei Tagen, bevor er mit Peter nach Wichita aufgebrochen war, hatte er eine kleine Gruppe Indianer entdeckt, die die Nordwestecke seiner Farm überquerten. Es war der erste feindselige Trupp, den er erblickte, denn man konnte diese Schar von Kriegern nicht mit den friedlichen Indianern vergleichen, die er auf seinen Reisen nach dem Westen gesehen hatte.

Die erwähnte Gruppe bestand aus acht gut bewaffneten, in Hirschleder gekleideten Männern; sie waren nach Süden geritten. Elroys Bestürzung war so groß, daß er ihnen folgte – natürlich in angemessener Entfernung –, und dadurch entdeckte er ihr Lager am Zusammenfluß des Arkansas mit dem Ninnescah. Am Ostufer des Arkansas standen zehn Indianerzelte, sogenannte Tipis, und mindestens zwölf weitere Wilde, darunter auch Frauen und Kinder, hatten sich dort niedergelassen.

Das Bewußtsein, daß diese Kiowas oder Komantschen durch einen scharfen Ritt seinen Hof innerhalb weniger Stunden erreichen konnten, genügte, um Elroy das Blut in den Adern stocken zu lassen. Er warnte seine Nachbarn vor den so nahe lagernden Indianern und wußte, daß diese Nachricht sie in Panik versetzen würde.

Als Elroy in Wichita eintraf, erzählte er seine Geschichte in der Stadt. Er hatte damit einigen Leuten Angst eingejagt, und jetzt stachelte Bill Chapman die Stammgäste des

Saloons auf. Drei Männer erklärten, daß sie mit Chapman und den sechs Cowboys reiten würden, die ihn begleiteten. Einer der Stammgäste erwähnte, daß er in der Stadt zwei Landstreicher kannte, die vielleicht Lust hatten, ein paar Rothäute umzulegen, und begab sich auf die Suche nach ihnen, um sie zu fragen, ob sie mitmachen wollten.

Bill Chapman verfügte jetzt über drei begeisterte Freiwillige und bekam unter Umständen noch zwei dazu. Nun wandte er sich an Elroy, der schweigend zugehört hatte.

»Und wie steht's mit Ihnen, Kumpel?« fragte der große, hagere Rancher. »Sind Sie dabei?«

Elroy schubste Big Sal von seinem Schoß, hielt sie aber am Arm fest, als er zu Chapman trat. »Sollte man die Jagd auf die Indianer nicht der Armee überlassen?« fragte er vorsichtig.

Der Rancher lachte verächtlich. »Damit ihnen die Armee auf die Finger klopft und sie in das Indianerreservat zurückgeleitet? Das entspricht nicht meiner Vorstellung von Gerechtigkeit. Wenn man sicher sein will, daß ein diebischer Indianer einen nicht zum zweiten Mal bestiehlt, muß man ihn umbringen, denn erst dann kann er es nicht mehr tun. Dieser Haufen Kiowas hat vergangene Woche über fünfzehn Stück Vieh aus meiner Herde geschlachtet und sich mit einem Dutzend erstklassiger Pferde aus dem Staub gemacht. Sie haben sich in den letzten Jahren zu oft aus meiner Tasche bedient. Mit diesen Überfällen muß Schluß sein.« Er sah Elroy scharf an. »Machen Sie mit?«

Elroy lief es kalt über den Rücken. Fünfzehn Stück Vieh geschlachtet! Er war mit seinem einzigen Paar Ochsen in die Stadt gekommen, aber das gesamte übrige Vieh auf der Farm konnte in dem einen Tag, den er nun fort war, gestohlen oder geschlachtet worden sein. Ohne Vieh war er am Ende. Wenn die Kiowas ihm einen Besuch abstatteten, war er erledigt.

Elroy sah Bill Chapman unverwandt an. »Ich habe vor zwei Tagen acht Krieger gesehen und bin ihnen gefolgt. Sie haben ihr Lager bei einer Gabelung des Arkansas aufgeschlagen, etwa dreizehn Meilen von meiner Farm entfernt. Wenn sie dem Fluß folgen, sind es von hier ungefähr siebenundzwanzig Meilen.«

»Verdammt noch mal, warum sagen Sie das erst jetzt?« Chapman überlegte. »Das könnten diejenigen sein, hinter denen wir her sind. Ja, sie hätten es in dieser Zeit bis dorthin schaffen können. Diese Schweine kommen rascher voran als jede andere Menschenseele. Waren es Kiowas?«

Elroy zuckte die Schultern. »Für mich sehen alle gleich aus. Aber diese Krieger hatten keine Pferde bei sich. Allerdings befand sich im Lager eine Pferdeherde. Etwa vierzig Tiere.«

»Zeigen Sie mir und meinen Cowboys, wo das Lager ist?« fragte Chapman.

Elroy runzelte die Stirn. »Ich habe kein Pferd dabei. Nur ein Ochsengespann, um einen Pflug auf die Farm zu befördern. Ich würde Sie nur aufhalten.«

»Ich leihe Ihnen ein Pferd.«

»Aber mein Pflug –«

»Ich bezahle die Lagergebühr für die Zeit, die wir fort sind. Sie können ja danach zurückkommen und ihn holen.«

»Wann brechen wir auf?«

»Im Morgengrauen. Wenn wir wie die Teufel reiten und die Kiowas sich nicht vom Fleck rühren, können wir ihr Lager im Lauf des Nachmittags erreichen.«

Elroy sah Big Sal an und grinste breit. Wenn Chapman nicht sofort reiten wollte, hatte er nicht vor, auf seine Nacht mit Big Sal zu verzichten. Ganz bestimmt nicht. Aber morgen...

»Sie können mit mir rechnen. Und auch mit meinem Tagelöhner.«

2. KAPITEL

Am nächsten Morgen verließen vierzehn zu allem entschlossene Männer Wichita. Der neunzehnjährige Peter war schrecklich aufgeregt, denn er hatte so etwas noch nie mitgemacht. Er war von dieser Gelegenheit begeistert, genau wie einige andere. Manchen Männern machte es einfach Spaß zu töten, und hier bot sich ihnen ein ausgezeichneter Vorwand.

Elroy hatte für keinen der Männer viel übrig. Mit solchen Menschen verband ihn nichts, obwohl alle etwas gemeinsam hatten: jeder hatte einen anderen Grund, die Indianer zu hassen.

Chapmans drei ständige Cowboys nannten nur ihre Vornamen – Tad, Carl und Cincinnati. Die drei Revolvermänner, die Chapman angeheuert hatte, hießen Leroy Curly, Dare Trask und Wade Smith. Einer der Männer aus Wichita war ein herumziehender Zahnarzt, der ausgerechnet Mr. Smiley hieß. Ein anderer war ein arbeitsloser Hilfssheriff, der vor sechs Monaten nach Wichita gekommen und immer noch arbeitslos war. Elroy hätte gern gewußt, wovon der Mann lebte, aber er hütete sich wohlweislich zu fragen. Der dritte Mann aus Wichita besaß genau wie Elroy ein Anwesen und hatte sich am vergangenen Abend zufällig im Saloon befunden. Die beiden Landstreicher waren Brüder, hießen Little Joe und Big Joe Cottle und waren nach Texas unterwegs.

Chapman schlug ein scharfes Tempo an, weil er hoffte, noch ein paar Männer aufzutreiben, und sie ritten mittags in Rockley ein. Aber der Umweg brachte ihnen nur einen weiteren Mann, nämlich Lars Handleys Sohn John. Es stellte sich jedoch heraus, daß sie sich Zeit lassen konnten, denn Big Joe Cottle war auf einem Ersatzpferd vorausgeritten, stieß in Rockley wieder zu ihnen und berichtete, daß die Kiowas immer noch am Fluß lagerten.

Sie erreichten das Lager der Indianer am Nachmittag.

Elroy war noch nie in seinem Leben so scharf geritten. Sein Hintern schmerzte mörderisch. Auch die Pferde waren erledigt. Er hätte ein Pferd, das ihm gehörte, nie so erbarmungslos angetrieben.

Die Bäume und die dichte Vegetation am Fluß lieferten Elroy und seinen Gefährten reichlich Deckung. Sie konnten sich nahe an das Lager heranschleichen, um es zu beobachten, denn das Rauschen des Flusses übertönte die leisen Geräusche, die sie verursachten.

Ihnen bot sich ein friedliches Bild. Unter den riesigen Bäumen standen ansehnliche Tipis. Die Kinder versorgten die Pferde, und die Frauen standen in einer Gruppe beisammen und unterhielten sich. Ein einsamer alter Mann spielte mit einem Säugling.

Man kann sich nur schwer vorstellen, daß diese Menschen blutdürstige Wilde sind, dachte Elroy, und daß die Kinder töten und stehlen werden, sobald sie erwachsen sind. Die Frauen waren sogar ärger als die Männer, wenn es darum ging, die Gefangenen zu foltern; das hatte er jedenfalls gehört. Ein einziger Krieger war sichtbar, aber das hatte nichts zu bedeuten. Little Joe meinte, daß die übrigen Krieger vielleicht Siesta hielten, so wie es die Mexikaner tun.

»Wir sollten bis heute abend warten, wenn sie alle ahnungslos schlafen«, schlug Tad vor. »Indianer kämpfen nicht gern bei Nacht. Es hat wohl etwas damit zu tun, daß ihr Geist nicht die ewigen Jagdgründe finden kann, wenn sie im Dunkeln sterben. Eine kleine Überraschung kann niemals schaden.«

»Ich finde, daß wir die Überraschung jetzt auf unserer Seite haben«, meinte Mr. Smiley. »Wenn die Krieger ohnehin alle schlafen –.«

»Vielleicht sind sie gar nicht da.«

»Wer sagt das? Vielleicht fertigen sie in den Tipis Waffen an oder bocken auf ihren Frauen«, grinste Leroy Curly.

»Da müßten sie eine Menge Frauen haben. Es sind insgesamt nur zehn Tipis, Curly.«

»Erkennen Sie eines ihrer Pferde, Mr. Chapman?« fragte Elroy.

»Das kann ich nicht sagen, sie stehen zu dicht beisammen, als daß ich sie genau mustern könnte.«

»Ich erkenne jedenfalls Kiowas, wenn ich sie sehe.«

»Das glaube ich nicht, Tad«, widersprach Cincinnati. »Ich glaube, daß es Komantschen sind.«

»Woher willst du das wissen?«

»Genau wie du glaubst, daß du Kiowas erkennst«, antwortete Cincinnati, »erkenne ich Komantschen, wenn ich sie sehe.«

Carl kümmerte sich nicht um die beiden, denn Tad und Cincinnati waren nie der gleichen Meinung. »Was spielt das schon für eine Rolle? Ein Indianer ist ein Indianer. Und hier ist kein Reservat, also sind sie ganz bestimmt nicht friedlich.«

»Ich bin hinter denen her, die mein Vieh –« begann Bill Chapman.

»Klar sind sie das, Boß, aber wollen Sie tatsächlich diese Bande fröhlich weitermachen lassen, auch wenn sie nicht die Viehdiebe sind?«

»Sie könnten es nächstes Jahr sein«, bemerkte Cincinnati, der sein Gewehr überprüfte.

»Was zum Teufel soll das Ganze?« fragte Little Joe. »Soll das heißen, daß wir uns Blasen geritten haben und jetzt kehrtmachen, ohne sie umzubringen? Blödsinn!«

»Beruhige dich, kleiner Bruder. Ich glaube nicht, daß Mr. Chapman an so etwas denkt. Stimmt's, Mr. Chapman?«

»Und ob«, antwortete der Rancher verärgert. »Carl hat recht. Es ist ganz gleich, welche Bande von Viehdieben wir vor uns haben. Wir erledigen diese hier, und die anderen werden es sich zweimal überlegen, bevor sie in der Gegend Überfälle veranstalten.«

»Worauf warten wir dann noch?« Peter sah sich unternehmungslustig um.

»Sorgt nur dafür, daß ihr die Frauen bis zum Schluß aufhebt.« Wade Smith sagte zum ersten Mal etwas. »Ich möchte einige von denen haben. Für meine Mühe, klar?«

»Das ist mir aus dem Herzen gesprochen.« Dare Trask kicherte. »Und ich habe schon geglaubt, daß es wieder ein Routinejob wird.«

Als die Männer zu ihren Pferden zurückschlichen, war ein neues Element zu ihrer Erregung hinzugekommen. Frauen! Daran hatten sie nicht gedacht. Zehn Minuten später zerrissen Gewehrschüsse die Stille. Als der letzte Schuß verhallte, waren vier Indianerinnen übrig, drei Frauen und ein junges Mädchen, das Wade Smith so gut gefallen hatte, daß er nicht auf sie verzichten wollte. Alle vier wurden mehrfach vergewaltigt und dann getötet.

Bei Sonnenuntergang ritten vierzehn Männer zurück. Der ehemalige Hilfssheriff war ihr einziger Toter. Als sie seinen Leichnam fortschafften, fanden sie, daß der Preis nicht hoch gewesen war.

Nachdem sie aufgebrochen waren, trat im Lager Stille ein; der Wind hatte die Schreie davongetragen. Nur das Rauschen des Flusses war zu hören. Niemand trauerte um die toten Komantschen; sie hatten nichts mit der Bande Kiowas zu tun, die Bill Chapmans Ranch überfallen hatte. Niemand trauerte um das junge Mädchen, dessen dunkle Haut und blaue Augen Wade Smith aufgefallen waren; die Augen waren ein Hinweis darauf, daß in ihren Adern ein Tropfen weißes Blut floß. Keiner ihrer Leute hörte, wie sie vor ihrem Tod litt, denn ihre Mutter war gestorben, während das Mädchen noch vergewaltigt wurde.

Sie war in diesem Frühjahr zehn Jahre alt geworden.

3. KAPITEL

»Du läßt schon wieder die Schultern hängen, Courtney. Damen halten sich gerade. Haben sie euch in diesem teuren Mädcheninternat denn überhaupt nichts beigebracht?«

Der getadelte Teenager warf seiner neuen Stiefmutter einen raschen Blick zu und wollte etwas erwidern, überlegte es sich aber anders. Es hatte ja doch keinen Sinn. Sarah Whitcomb, jetzt Sarah Harte, hörte nur, was sie hören wollte. Außerdem befaßte sich Sarah schon nicht mehr mit Courtney, denn die in der Ferne auftauchende Farm nahm ihre gesamte Aufmerksamkeit in Anspruch.

Courtney richtete sich trotzdem auf, obwohl ihre Schultermuskeln empört protestierten, und biß die Zähne zusammen. Warum war sie die einzige, die unter Sarahs scharfer Zunge zu leiden hatte? Manchmal wunderte sich Courtney über die neue Persönlichkeit dieser Frau. Sie schwieg jedoch meist und zog sich in sich zurück, so wie sie gelernt hatte, den Schmerz zu unterdrücken. Es kam jetzt sehr selten vor, daß Courtney ihren früheren Mut bewies. Das war meist dann der Fall, wenn sie übermüdet war und ihr die Folgen gleichgültig waren.

Sie war nicht immer so verunsichert, sondern ein frühreifes, mitteilsames Kind gewesen – freundlich und mutwillig. Ihre Mutter hatte sie immer damit geneckt, daß sie ein kleines Teufelchen war. Aber ihre Mutter starb, als Courtney erst sechs Jahre alt war.

In den neun Jahren seither war Courtney von einer Schule auf die nächste geschickt worden, weil ihr Vater infolge seiner tiefen Trauer nicht fähig war, auf die Bedürfnisse des Kindes einzugehen. Doch dieses Arrangement hatte Edward Harte offenbar zugesagt, denn Courtney durfte im Sommer nur für wenige Wochen nach Hause kommen. Und auch dann fand Edward nie Zeit für sein einziges Kind. Während der Kriegsjahre war er beinahe überhaupt nicht zu Hause gewesen.

Mit fünfzehn hatte Courtney bereits zu lange darunter gelitten, daß sie unerwünscht und ungeliebt war. Sie war nicht mehr offen und freundlich, sondern ein sehr zurückhaltendes, vorsichtiges Mädchen, das sehr empfindlich darauf reagierte, wie man es behandelte, und sich bei der leisesten Andeutung von Mißbilligung zurückzog. Ihre vielen strengen Lehrerinnen hatten ihren Teil dazu beigetragen, der Hauptgrund für die übertriebene Schüchternheit des Mädchens aber war vor allem, daß sie ständig versuchte, die Liebe ihres Vaters wiederzugewinnen.

Edward Harte war ein Arzt, dessen blühende Praxis in Chicago ihn so sehr in Anspruch nahm, daß er außer für seine Patienten kaum für etwas anderes Zeit fand. Er war ein hochgewachsener, eleganter Südstaatler, der sich nach seiner Heirat in Chicago niedergelassen hatte. Courtney war der Ansicht, daß kein anderer Mann so gut aussah und so sehr in seiner Arbeit aufging wie ihr Vater. Sie betete ihn an und starb jedesmal ein bißchen, wenn seine hellbraunen Augen, die sie von ihm geerbt hatte, geistesabwesend auf sie gerichtet waren.

Er hatte vor dem Bürgerkrieg nie Zeit für Courtney gehabt, und nachher war es noch schlimmer geworden. Der Krieg hatte diesem Mann etwas Schreckliches angetan, denn er hatte schließlich aufgrund seiner humanitären Überzeugung gegen seine Heimat kämpfen müssen. Als er 1865 aus dem Krieg zurückkam, nahm er seine Praxis nicht wieder auf. Er lebte zurückgezogen, schloß sich in seinem Arbeitszimmer ein und trank, um die Toten zu vergessen, die er nicht hatte verhindern können. Das Vermögen der Hartes hatte darunter gelitten.

Wenn Edwards ehemaliger Mentor Dr. Amos ihm nicht geschrieben und ihn aufgefordert hätte, seine Praxis in Waco, Texas, zu übernehmen, hätte sich Courtneys Vater wahrscheinlich zu Tode getrunken. Dr. Amos schrieb, daß enttäuschte Südstaatler auf der Suche nach einem neuen Leben in den Westen strömten, und Edward beschloß, es ihnen nachzumachen.

Auch für Courtney sollte es ein neues Leben werden. Sie würde nicht mehr auf Schulen geschickt werden und fern von ihrem Vater leben. Sie würde die Möglichkeit bekommen, ihm zu zeigen, daß sie keine Last für ihn bedeutete und daß sie ihn liebte.

Doch als ihr Zug in Missouri länger aufgehalten wurde als vorgesehen, hatte ihr Vater das Unfaßbare getan und Sarah Whitcomb, die in den letzten fünf Jahren seine Haushälterin gewesen war, geheiratet. Offenbar hatte jemand darauf hingewiesen, daß es ungehörig war, wenn eine dreißigjährige Frau zusammen mit Dr. Harte reiste.

Edward liebte Sarah nicht, und Sarah hatte ein Auge auf Hayden Sorrel geworfen, einen der beiden Männer, die Edward als Begleiter für die gefährliche Reise nach Texas angestellt hatte. Noch am Tag der Hochzeit verwandelte sich Sarah in einen anderen Menschen. Während sie vorher überaus freundlich zu Courtney gewesen war, benahm sie sich jetzt wie eine Xanthippe – herrschsüchtig, nörglerisch, ohne Rücksicht auf die Gefühle anderer. Irgendwann hatte sich Courtney mit dieser Veränderung abgefunden und versuchte nur noch, Sarah aus dem Weg zu gehen. Das war aber nicht so einfach, wenn fünf Personen in einem einzigen Wagen durch die Prärie von Kansas reisten.

Sie waren an diesem Morgen in Wichita aufgebrochen und zunächst dem Arkansas gefolgt, hatten aber jetzt den Fluß verlassen, um ein Anwesen oder eine Stadt zu finden, in der sie die Nacht verbringen konnten. Sobald die zweihundert Meilen lange Strecke durch das Indianerterritorium begann, mußten sie ohnehin unter freiem Himmel übernachten.

Indianerterritorium. Schon das Wort jagte Courtney Angst ein. Aber Hayden Sorrel und der zweite Begleiter, der sich einfach Dallas nannte, behaupteten, daß kein Grund zur Besorgnis bestehe, solange sie Vieh mit sich führten, mit dem sie die Indianer bestechen konnten. Zudem hatte Jesse Chisholm, ein Halbblut-Irokese, eine relativ flache Route zwischen San Antonio in Texas und Wichita entdeckt, über die er bereits 1866 Waren transportiert hatte. Seither verwendeten auch die Siedler diesen Weg und nannten ihn allgemein den Chisholm-Trail.

Joseph McCoy, ein Viehhändler aus Illinois, war in diesem Jahr für die Herden verantwortlich, die durch Kansas kamen – McCoy und die Kansas-Pacific-Railroad, die endlich auf ihrem langsamen Treck nach Westen Abilene erreicht hatten. Da der Smoky Hill River genügend Wasser für Abilene lieferte, es in der Nähe gute Weideflächen gab, und das nahe Fort Riley für Schutz sorgte, war der Chisholm Trail jetzt die ideale Route für die Herden, die in den Osten geliefert wurden.

Die Eisenbahn hatte phänomenale Auswirkungen auf Abilene gehabt. Noch vor einem Jahr hatte die Stadt aus einem Dutzend Blockhütten bestanden. Jetzt gab es allein ein Dutzend Saloons und andere Lasterhöhlen, in denen die Cowboys landeten, die die Herden hierhergetrieben hatten.

Es wäre schön gewesen, wenn die Eisenbahn schon weiter vorgedrungen wäre, doch das war nicht der Fall. Deshalb hatten die Hartes nur bis Abilene relativ bequem reisen können. Dort kauften sie einen Wagen, auf den sie ihre Habseligkeiten verluden; es war ein alter Kasten, der bereits den Trail befahren hatte. Irgendwie wirkte es beruhigend, daß ihr Transportmittel schon einmal heil durchgekommen war.

Courtney wäre viel lieber in den Osten zurückgekehrt und auf Umwegen nach Texas gelangt. Sie hatten auch ursprünglich vorgehabt, nach Süden zu reisen und die texanische Grenze im Osten zu überschreiten. Aber Sarah wollte ihre Verwandten in Kansas City besuchen, bevor sie sich im fernen Texas niederließ. Und als Edward dann von diesem Viehtrail erfuhr, der gefahrlos war und noch dazu an ihrem Ziel – Waco – vorbeiführte, bestand er darauf, daß sie diese Route einschlugen. Schließlich befanden sie sich bereits in Kansas, und wenn sie direkt nach Süden reisten, ersparten sie sich sehr viel Zeit. In Wirklichkeit wollte er es vermeiden, die Südstaaten zu durchqueren und die Zerstörung wiederzusehen, die der Krieg verursacht hatte.

Dallas ritt zu der Farm voraus, die sie entdeckt hatten, und teilte ihnen bei seiner Rückkehr mit, daß sie die Nacht in der Scheune verbringen durften. »Es genügt für eine Nacht, Dr. Harte«, berichtete er Edward. »Es hat keinen Sinn, den Umweg von einer Meile nach Rockley in Kauf zu nehmen. Es ist ohnehin nur eine winzige Stadt. Morgen früh können wir dann direkt zum Fluß zurückfahren.«

Edward nickte, und Dallas blieb jetzt neben dem Wagen. Courtney mochte ihn nicht besonders, genausowenig wie seinen Freund Hayden, der Sarah nicht aus den Augen ließ. Dallas war viel jünger als Hayden, etwa dreiundzwanzig, und interessierte sich für Courtney.

Dallas sah auf seine Art gut aus, und Courtney hätte sich durch sein Interesse geschmeichelt gefühlt, wenn ihr nicht aufgefallen wäre, daß er jede Frau, die ihnen über den Weg lief, mit den Blicken verschlang. Ihr war klar, daß er sich nur deshalb für sie interessierte, weil sie das einzige weibliche Wesen weit und breit war, das für seinen Geschmack jung genug war.

Courtney wußte, daß sie nicht attraktiv war, oder jedenfalls nicht genügend attraktiv, um von einem Mann beachtet zu werden. Sie hatte zwar schöne Haare und Augen, und ihr Gesicht war sogar hübsch, wenn man ihre füllige Gestalt übersah. Aber das bemerkten die Männer meistens nicht. Sie warfen einen Blick auf ihren rundlichen Körper und beachteten sie dann nicht mehr.

Courtney haßte ihre äußere Erscheinung, aber Essen

war oft das einzige, was sie tröstete, wenn sie sich unglücklich fühlte. Noch vor ein paar Jahren war es ihr gleichgültig gewesen, wie sie aussah. Wenn andere Kinder sie damit neckten, daß sie dick war, aß sie einfach noch mehr. Als sie sich schließlich mit ihrer Erscheinung befaßte, bemühte sie sich abzunehmen und schaffte es auch. Jetzt bezeichnete man sie nicht mehr als dick, sondern als rundlich.

Etwas hatte sich allerdings nach der Heirat ihres Vaters zum Besseren gewandelt. Er begann, sich um Courtney zu kümmern. Während der langen Fahrt im Wagen unterhielt er sich sogar mit ihr. Sie führte das aber nicht auf die Heirat zurück, sondern auf das erzwungene Zusammensein. Nun, vielleicht war es doch nicht hoffnungslos, vielleicht würde er sie wieder so lieb haben wie vor dem Tod ihrer Mutter.

Edward hielt vor einer großen Scheune an. Courtney, die ihr ganzes bisheriges Leben in Chicago verbracht hatte, konnte noch immer nicht verstehen, daß Menschen wie dieser Farmer, der herauskam, um sie zu begrüßen, bereit waren, fern von anderen Menschen zu leben. Courtney war gern allein, aber in einem Haus, das von anderen Häusern umgeben war, in denen andere Menschen wohnten. In der Abgeschiedenheit dieser Wildnis, in der die Indianer immer noch herumstreiften, hätte sie sich nie sicher gefühlt.

Der Farmer war ein riesiger Mann, wog mindestens zweihundertfünfzig Pfund, und die haselnußbraunen Augen in dem rötlichen Gesicht strahlten sie freundlich an. Er sagte Edward, daß er in die Scheune fahren könne. Sobald das geschehen war, half er Courtney vom Wagen herunter.

»Sie sind aber ein hübsches Mädchen«, stellte er fest, bevor er Sarah die Hand reichte. »Aber Sie sollten etwas Fett ansetzen, Süße. Sie sind mager wie eine Bohnenstange.«

Courtney wurde krebsrot und hoffte inständig, daß Sarah ihn nicht gehört hatte. War der Mann verrückt? Sie hatte sich zwei Jahre lang bemüht abzunehmen, und jetzt behauptete er, sie wäre mager.

Während sie noch versuchte, ihre Verwirrung zu verbergen, trat Dallas hinter sie und flüsterte ihr ins Ohr: »Er ist groß und kräftig, deshalb mag er Frauen, die genauso sind wie er. Am besten, du kümmerst dich nicht um ihn, Kleine. In ein bis zwei Jahren bist du den Babyspeck los, und dann bist du bestimmt das hübscheste Mädchen von Texas.«

Wenn Dallas ihren Gesichtsausdruck gesehen hätte, wäre ihm klar geworden, daß er das Falsche gesagt hatte. Courtney war zutiefst gekränkt. Diese persönliche Kritik von einem Mann war mehr, als sie ertragen konnte. Sie rannte hinaus zur Rückseite der Scheune. In ihren goldbraunen Augen glänzten Tränen.

Zu dick, zu mager – wie konnten die Menschen so grausam sein? Welche der beiden entgegengesetzten Meinungen war ehrlich gemeint? Oder bedeutete es, daß Männer nie die Wahrheit sagten? Courtney wußte nicht mehr, was sie denken sollte.

4. KAPITEL

Elroy Brower war in Hochform. Seit sein Haus stand, hatte er noch nie so viele Besucher gehabt. Er hatte gestern keinen einzigen Handgriff getan, aber das störte ihn nicht. Er hatte keine Lust gehabt, seinen Pflug aus Wichita zu holen, denn er war mit einem entsetzlichen Katzenjammer aufgewacht. Auch das störte ihn nicht. Es tat einem Mann gut, wenn er gelegentlich einen Rausch hatte. Er hatte auch eine Menge Gesellschaft gehabt, denn in der Nacht davor hatten Bill Chapman und die anderen in seiner Scheune übernachtet und ihren Sieg mit Whisky gefeiert. Nur die beiden Joes waren nach dem Massaker sofort nach Süden geritten.

Und dann waren gestern der Doktor, seine Damen und die Cowboys des Doktors hereingeschneit. Das mußte man sich einmal vorstellen: Damen nahmen zum Abendessen an seinem Tisch Platz. Sie waren ganz bestimmt richtige Damen, das merkte man schon an ihrer eleganten Reisekleidung und an ihrem Benehmen. Und natürlich an ihrer zarten, weißen Haut. Er hatte die Junge sogar dazu gebracht, rot zu werden.

Elroy hätte nichts dagegen gehabt, wenn sie noch ein paar Tage geblieben wären. Sein Pflug konnte warten. Chapman hatte die Lagergebühr und das Futter für die Ochsen bezahlt, und Elroy konnte sie holen, sobald er Lust dazu hatte. Der Doktor hatte gesagt, daß sie am Vormittag aufbrechen würden; er bestand darauf, bei Tagesanbruch auf die Jagd zu gehen, um Elroys Vorräte aufzufüllen. Dagegen war nichts einzuwenden. Der Doktor war ein netter Mensch, ein richtiger Gentleman. Er hatte die drei Kratzer auf Elroys Hals bemerkt und ihm eine Salbe dafür angeboten.

Elroy war bei der Erwähnung der Kratzer verlegen geworden. Er schämte sich zwar nicht, aber vor Damen sprach man nicht über Dinge, wie sie im Lager geschehen waren. Zum Glück interessierte es den Arzt nicht, woher die Kratzer stammten.

Die Rache war eine erregende Erfahrung gewesen. Elroy hatte nach dem Überfall aufgehört, sich Sorgen darüber zu machen, daß sich die Indianer in der Nähe seines Hauses herumtrieben. Es war verdammt leicht, sie zu töten – und zu vergewaltigen. Er verstand nicht mehr, warum er sich überhaupt den Kopf darüber zerbrochen hatte. Er hatte nur kurz gezögert, als er bemerkte, daß die kleine Wilde, die ihn kratzte, keine reine Indianerin war. Ihre blauen Augen hatten ihn haßerfüllt angeblickt. Aber er vergewaltigte sie trotzdem – all das Töten hatte ihn zu sehr erregt. Er hatte keineswegs ein schlechtes Gewissen, sondern ärgerte sich nur darüber, daß er nicht aufhören konnte, an diese Augen zu denken.

Vermutlich waren die Damen bereits aufgewacht und angekleidet, also konnte er zur Scheune hinübergehen und sie zum Frühstück einladen. Der Arzt und Dallas würden auch bald wieder da sein. Der zweite Cowboy, Sorrel, rasierte sich hinten am Brunnen und erfand dabei bestimmt neue Lügengeschichten für Peter. Elroy befürchtete, daß der Junge nicht mehr lange bei ihm bleiben würde. Er sprach schon davon, in das. 7. Kavallerieregiment einzutreten und gegen die Indianer zu kämpfen. Elroy hoffte, daß er damit wenigstens bis nach der Ernte warten würde.

Zwanzig Meter von Elroys Blockhaus entfernt begann sein Kornfeld. Die hohen Halme schwankten sanft. Falls Elroy dies aufgefallen wäre, als er zur Scheune ging, hätte er angenommen, daß ein Tier durch das Feld schlich, denn es war vollkommen windstill. Aber er bemerkte es nicht, denn er überlegte gerade, daß er seinen Pflug holen wollte, sobald die Hartes fort waren.

Courtney war seit einer halben Stunde wach und wartete darauf, daß Sarah mit ihrer Morgentoilette fertig wurde. Sarah war hübsch und brauchte jeden Morgen sehr lange dazu, um ihre Schönheit zur Geltung zu bringen. Sie hatte sogar eine Lotion mitgenommen, die Sonnenbrand verhindern sollte. Sarahs Eitelkeit war schuld daran, daß sie die Reise so spät angetreten hatten und froh sein mußten, wenn sie Waco noch vor Einbruch des Winters erreichten. Sarah hatte Edward den Besuch bei ihren Verwandten abgebettelt, denn sie wollte mit ihrem Mann, einem bedeutenden Arzt, angeben und allen Leuten in Kansas City zeigen, wie weit sie es gebracht hatte.

Der Farmer machte vor der Tür genügend unnötigen Lärm, bevor er den Kopf hineinsteckte. »Der Speck ist gebraten, meine Damen, und die Eier müssen nur noch in die Pfanne geschlagen werden, wenn Sie zum Frühstück ins Haus kommen möchten?«

»Wie reizend von Ihnen, Mr. Brower«, lächelte Sarah. »Ist mein Mann schon zurückgekommen?«

»Nein, Madam, aber er muß jeden Augenblick da sein. Um diese Jahreszeit gibt es hier sehr viel Wild.«

Elroy schloß die Tür wieder, um ins Haus zurückzukehren. Als er neuerlich klopfte, schüttelte Courtney erstaunt den Kopf. Was wollte er jetzt? Dann wurde die Tür aufgerissen, und Elroy, der seinen Schenkel umklammerte, fiel herein. Ein langer, dünner Stab steckte in seinem Bein.

»Mein Gott, es waren mehrere«, stöhnte er, während er aufstand und dabei den Pfeilschaft abbrach.

»Was ist denn geschehen, Mr. Brower?« fragte Sarah.

Elroy stöhnte wieder. »Indianer. Sie greifen uns an.« Sarah und Courtney starrten ihn mit offenem Mund an, und Elroy befahl heiser: »Dorthin!« Er zeigte auf einen Gegenstand, der wie eine große Futterkiste mit einem Deckel aussah, und erklärte immer aufgeregter: »Ich habe genau aus diesem Grund ein Loch für meine Frau gegraben. Sie war eine große Frau, also sollte es für Sie beide reichen. Kriechen Sie hinein *und kommen Sie nicht heraus*, auch wenn es draußen still wird. Ich muß ins Haus zurück, um mein Gewehr zu holen.«

Dann war er fort. Weder Sarah noch Courtney waren bereit, ihm zu glauben. Es war doch nicht möglich, daß so etwas geschah.

Als ein Schuß fiel, dem sofort ein zweiter folgte, wurde Sarah übel. »Kriech in die Kiste, Courtney«, rief sie, während sie schon vorauslief. »O mein Gott, das kann doch nicht wahr sein, nachdem alles so glatt gegangen ist.«

Courtney gehorchte automatisch und kroch hinter Sarah in die Kiste, die keinen Boden hatte. Das Loch war nicht ganz einen Meter tief, so daß beide darin kauern konnten, ohne daß ihre Köpfe den Rand der Kiste erreichten.

»Mach den Deckel zu!« fuhr Sarah Courtney an. »Wir haben nichts zu befürchten. Sie werden uns nicht finden. Sie werden nicht einmal hier hereinschauen. Sie –«

Sarah verstummte, als hinter der Scheune ein Schrei ertönte, ein entsetzlicher, qualvoller Schrei. Was darauf folgte, war noch schlimmer: Viele Geräusche, tierische Geräusche, die immer lauter wurden. Dann heulte jemand vor der Scheunentür schrill auf. Courtney erwachte aus ihrer Erstarrung, zog den Deckel zu und tauchte sie beide damit in eine Dunkelheit, die an sich schon schrecklich war.

»Sarah! Sarah!«

Courtney begann zu weinen, als sie begriff, daß Sarah in Ohnmacht gefallen war. Obwohl der warme Körper der Frau neben ihr lag, fühlte sie sich einsam. Sie würde sterben, und sie wollte nicht sterben. Sie wußte, daß sie schändlich sterben würde, daß sie schreien und bitten und dann trotzdem sterben würde.

O Gott, wenn ich sterben muß, dann laß mich nicht betteln. Gib mir den Mut, nicht zu betteln.

Edward Harte hatte den ersten Schuß gehört und galoppierte zur Farm zurück. Dallas folgte dicht hinter ihm. Doch als sie näherkamen und sahen, was vor sich ging, machte der Cowboy kehrt und ritt davon. Dallas war kein Held.

Edward wußte nicht, daß er auf dem letzten Stück des Weges allein war, denn er dachte nur daran, daß er seine Tochter retten mußte. Er näherte sich der Farm von der Seite her und erblickte vier Indianer, die um die Leichen von Peter, dem jungen Landarbeiter, und Hayden Sorrel herumstanden. Edwards erster Schuß traf, aber im nächsten Augenblick bohrte sich ihm ein Pfeil in die Schulter. Er war von der Vorderseite der Scheune aus abgeschossen worden, und Edward feuerte in diese Richtung.

Es war sein letzter Schuß. Zwei weitere Pfeile trafen ihn, er fiel vom Pferd und blieb regungslos liegen.

Die acht Komantschenkrieger hatten erreicht, was sie sich vorgenommen hatten. Sie waren der Spur von dreizehn Pferden bis zu der Farm gefolgt. Sie hatten gesehen, daß elf Pferde die Farm verlassen hatten. Damit befanden sich nur zwei der dreizehn Männer auf der Farm, die die Krieger suchten. Einer der beiden war bereits tot. Der Farmer lebte also noch.

Der Farmer hatte nur eine Wunde abbekommen, war aber von seinem Haus und der Scheune abgeschnitten. Vier Krieger spielten jetzt mit ihm und reizten ihn mit ihren Messern, während die anderen Komantschen Haus und Scheune durchsuchten.

Zwei von ihnen betraten die Scheune. Einer kletterte in den Wagen, durchwühlte ihn und warf dabei den Inhalt hinaus. Der andere suchte das Gebäude nach Verstecken ab. Seine Augen ließen keinen Winkel aus.

Sein Gesicht spiegelte seine Gedanken nicht wider, aber sein Herz war von schrecklichem, herzzerreißendem Kummer erfüllt. Als er gestern das Lager der Komantschen erreichte, hatte er den Alptraum vorgefunden, den die Weißen hinterlassen hatten. Er war nach dreijähriger Abwesenheit zu seiner Familie zurückgekehrt und zu spät gekommen, um seine Mutter und seine Schwester zu retten. Die Rache konnte ihre Leiden nie wettmachen, aber sie würde seinen Kummer lindern.

Ihm fielen die Fußabdrücke im Staub auf, und er ging langsam zur Futterkiste. In der Hand hielt er die kurze, rasiermesserscharfe Klinge, mit der er Tiere abhäutete.

Courtney hatte nicht gehört, daß die beiden Indianer die Scheune betraten, denn ihr Herz klopfte so laut, daß es alle Geräusche übertönte.

Der Deckel der Futterkiste flog auf, und Courtney konnte gerade noch nach Luft schnappen, bevor eine Hand brutal ihre Haare ergriff. Sie schloß die Augen, um den Todesstoß nicht zu sehen. Sie wußte, daß der Indianer ihr die Kehle durchschneiden würde, denn er bog ihren Kopf nach hinten.

Sie öffnete die Augen nicht, aber er wollte, daß sie ihn ansah, wenn er sie tötete. Die zweite Frau lag ohnmächtig im Loch, aber diese war bei Bewußtsein und zitterte. Doch sie sah ihn nicht an, nicht einmal, als er ihre Haare um seine Hand schlang, so straff er konnte. Er wußte, daß er ihr weh tat, aber sie öffnete ihre Augen trotzdem nicht.

Schließlich ließ seine Wut ein wenig nach, und er musterte sie. Dabei wurde ihm klar, daß sie nicht hierher gehörte. Ihre Kleider waren zu schön, ihre von der Sonne kaum getönte Haut war für die Frau oder das Kind eines Farmers zu weiß. Ihre Haare fühlten sich an wie Seide; ihre Farbe war ein Mittelding zwischen braun und blond. Dann musterte er sie noch genauer und stellte fest, daß sie kaum älter sein konnte als vierzehn Jahre.

Als er zum Wagen hinüberblickte, sah er die vielen Kleider, die Krummer Finger hinausgeworfen hatte. Er ließ das Mädchen los.

Courtney war so verängstigt, daß sie die Augen aufschlug. Die Zeit verging, und kein Messer berührte ihren Hals. Doch als sie aufblickte, fiel sie beinahe in Ohnmacht. Noch nie hatte sie so etwas Schreckliches wie diesen Indianer gesehen. Sein Haar war lang, pechschwarz und zu zwei Zöpfen geflochten. Seine nackte Brust war mit Streifen in der Farbe von gewässertem Blut bemalt. Durch eine verschiedenfarbige Bemalung war sein Gesicht in vier Teile geteilt, so daß man seine Züge nicht erkennen konnte. Doch seine Augen waren merkwürdig. Sie schienen nicht zu ihm zu gehören, denn sie wirkten im Gegensatz zu seinem Körper überhaupt nicht bedrohlich.

Er wandte den Blick kurz von ihr ab, so daß sie es wagte, ihn genauer zu mustern. Doch sie kam nur bis zu dem Messer, das er in der Hand hielt und dessen Spitze auf sie gerichtet war. Bei diesem Anblick weiteten sich ihre katzenartigen, goldenen Augen, dann verlor sie das Bewußtsein. Er brummte, als sie neben der anderen Frau zusammensank. Diese dummen Frauen aus dem Osten. Sie hatten sich nicht einmal bewaffnet.

Er zögerte seufzend. Ihre runden, kindlichen Wangen erinnerten ihn zu sehr an seine Schwester. Er konnte sie nicht töten.

So schloß er leise den Deckel der Futterkiste, wandte sich zum Gehen und bedeutete Krummem Finger, daß sie schon zuviel Zeit vergeudet hatten.

5. KAPITEL

Elroy Brower verfluchte das Schicksal, das ihn an dem Tag nach Wichita geführt hatte, an dem sich auch Bill Chapman dort aufhielt. Er wußte, daß er sterben würde. Aber wann – wann? Er war meilenweit von seiner Farm entfernt. Die Indianer waren Chapmans Spur nach Norden gefolgt und hatten erst angehalten, als die Sonne direkt über ihren Köpfen stand.

Sobald Elroy begriff, was sie mit ihm vorhatten, war beinahe der ganze Trupp erforderlich, um ihn zu bewältigen. Doch dann lag er nackt an vier Pfähle gebunden auf dem Boden, und Körperteile, die noch nie das Tageslicht gesehen hatten, waren der Mittagssonne ausgesetzt.

Die verdammten Wilden hockten um ihn herum und sahen zu, wie er schwitzte. Einer von ihnen klopfte alle fünf Sekunden mit einem Stock gegen die Pfeilspitze, die in seinem Schenkel steckte, und der Schmerz schoß in Wellen durch seinen Körper.

Er wußte, was sie erreichen wollten. Auf seiner Farm hatten sie sich geduldig verständlich gemacht, hatten zwei Finger in die Höhe gehalten und auf ihn und dann auf die drei Leichen gezeigt. Sie wußten, daß sich zwei der

Männern, die an dem Indianermassaker beteiligt gewesen waren, auf der Farm befanden, und daß er einer von ihnen war.

Er versuchte, sie davon zu überzeugen, daß er nicht zu den Männern gehörte, die sie suchten. Schließlich gab es zwei zusätzliche Leichen, wie konnten sie also ihrer Sache so sicher sein? Doch sie glaubten ihm nicht, und jedesmal, wenn er ihnen nicht die erwartete Antwort gab, fügten sie ihm einen Schnitt zu. Er wies bereits ein halbes Dutzend kleiner Wunden auf, als er endlich auf Peters Leiche zeigte; der Junge war tot und konnte nicht mehr leiden. Aber Elroy litt, als er zusah, was sie mit Peters Leiche taten. Sie kastrierten ihn, stopften ihm die Genitalien in den Mund und nähten ihm dann die Lippen zu. Jeder, der Peters verstümmelten Körper fand, mußte annehmen, daß es geschehen war, als Peter noch lebte.

Würde er genauso viel Glück haben wie Peter? Er war vermutlich nur deshalb noch am Leben, weil sie wollten, daß er sie zu den am Massaker beteiligten Männern führte. Doch je länger sie ihn am Leben erhielten, desto mehr würde er leiden. Er konnte ihnen anbieten, ihnen alles zu sagen, was er wußte, doch das nützte ihm nichts, weil die Kerle nicht Englisch verstanden. Außerdem hatte er bei einem Großteil der anderen keine Ahnung, wo sie zu finden waren. Aber das würden sie ihm natürlich nicht glauben.

Einer der Komantschen beugte sich über ihn. Von der Sonne geblendet konnte Elroy nur eine dunkle Gestalt erkennen. Er versuchte, den Kopf zu heben, und erhaschte einen Blick auf die Hände des Indianers, in denen der Mann mehrere Pfeile hielt. Wollten sie dem Ganzen ein Ende bereiten? Nein. Der Mann betastete beinahe sanft eine von Elroys Wunden. Dann schob er quälend langsam eine Pfeilspitze in die Wunde, aber schräg, in das Fett- und Muskelgewebe. Sie hatten die Pfeilspitze mit etwas eingerieben, das höllisch brannte. Es war, als ob ein glühendes

Kohlestückchen auf seiner Haut lag. Elroy biß die Zähne zusammen und weigerte sich zu schreien. Er schrie auch nicht, als sie mit den anderen Wunden genauso verfuhren. Er hatte nur sechs Wunden, und das konnte er aushalten. Dann würden sie ihn eine Weile in Ruhe und den Schmerz auf seinen Körper einwirken lassen.

Elroy versuchte, den Schmerz zu verdrängen. Er dachte an die Damen, die das Pech gehabt hatten, auf seiner Farm zu übernachten. Er war froh, daß er nicht gesehen hatte, was mit ihnen geschehen war. Und dann sah er plötzlich wieder die Augen vor sich, die ihn so haßerfüllt anblickten. Die Vergewaltigung des indianischen Mädchens war die Leiden nicht wert gewesen, die er jetzt ertragen mußte. Nichts konnte diese Leiden wert sein.

Elroy schrie endlich. Der Indianer hatte ihm einen neuen Schnitt zugefügt und eine weitere Pfeilspitze hineingeschoben. Damit wußte Elroy, daß sie erst aufhören würden, wenn sein Körper voller Pfeile steckte. Das würde er nicht ertragen können. Er schrie und fluchte, wurde aber wieder geschnitten, und das Brennen verwandelte sich in Feuer.

»Schweinehunde! Verdammte Schweinehunde! Ich sage euch alles, was ihr wissen wollt!«

»Tatsächlich?«

Elroy hörte auf zu schreien und vergaß für einen Sekundenbruchteil seine Schmerzen. »Du sprichst Englisch?« keuchte er. »Gott sei Dank!« Jetzt konnte er hoffen. Jetzt konnte er feilschen.

»Was willst du mir erzählen, Farmer?«

Die Stimme klang leise und freundlich und verwirrte Elroy. »Laßt mich gehen, und ich nenne euch die Namen der Männer, die ihr sucht, den Namen jedes einzelnen. Und ich werde euch sagen, wo ihr sie am ehesten findet.«

»Du wirst es uns auf jeden Fall sagen, Farmer. Du kannst nicht um dein Leben feilschen, sondern nur um einen schnellen Tod.«

Elroy hatte sich hoffnungsvoll so weit aufgerichtet, wie es seine Fesseln erlaubten. Jetzt ließ er sich wieder sinken. Er war besiegt. Er konnte nur noch hoffen, daß es schnell gehen würde.

Er erzählte den Indianern alles, jeden Namen, beschrieb die Männer und nannte die Orte, an denen man sie wahrscheinlich finden konnte. Er beantwortete jede ihm gestellte Frage rasch und wahrheitsgemäß und schloß mit: »Und jetzt tötet mich.«

»So wie du unsere Frauen, Mütter und Schwestern getötet hast?«

Der Indianer, der ein so klares, korrektes Englisch sprach, trat zurück. Jetzt konnte Elroy ihn deutlich sehen, sein Gesicht, seine Augen... o Gott, es waren *ihre* Augen, die ihn mit dem gleichen glühenden Haß betrachteten. In diesem Augenblick begriff Elroy, daß er nicht rasch sterben würde.

Er fuhr sich mit der Zunge über die Lippen. Er wußte nicht, wie er darauf kam, aber er sagte langsam: »Sie war gut. Sie hatte zwar nicht viel Fleisch auf den Knochen, aber sie hat mir wirklich Vergnügen gemacht. Ich war der letzte, der sie hatte. Sie ist unter mir gestorben, mit meinem –«

Der Krieger heulte auf, und Elroy verstummte. Einer der anderen versuchte, den jungen Indianer zurückzuhalten, aber es gelang ihm nicht. Der Schmerz war für Elroy geringfügig, weil er nur den bereits vorhandenen Schmerz verstärkte. Was ihn tötete, war der Anblick jenes abgetrennten Körperteils, den er gerade hatte erwähnen wollen und den der Komantsche in der hocherhobenen Hand hielt.

In der Scheune starrte Courtney Harte verzweifelt auf den verstreuten Inhalt des Wagens, auf die zerfetzten Kleider, das zerbrochene Porzellan, die zertrampelten Lebensmittel. Sie konnte sich nicht dazu entschließen, das noch

Brauchbare herauszusuchen. Im Gegensatz zu Sarah, die ihre Habseligkeiten sortierte, als wäre nichts geschehen, konnte sie sich zu überhaupt nichts entschließen.

Daß sie überhaupt noch am Leben war, hatte Courtney erschüttert. Doch das Schlimmste war, daß ihr Vater verschwunden war.

Berny Bixler, Elroy Browers nächster Nachbar, hatte den Rauch gesehen, weil die Indianer das Haus in Brand gesteckt hatten, und war herübergekommen. Er fand die Leichen hinter dem Haus und die beiden Frauen in der Futterkiste. Es gab keine Spur von Dallas, Elroy oder Dr. Harte. Letzterer war jedoch dagewesen, weil sein Pferd blutbespritzt im Feld stand. War Edward verwundet worden?

»Ich hätte ihn gesehen, wenn er entkommen und nach Rockley gegangen wäre, um Hilfe zu holen«, erklärte ihnen Berny. »Viel eher haben die Indianer ihn und die beiden anderen mitgenommen. Sie sind wahrscheinlich der Ansicht, daß es nicht schaden kann, ein paar kräftige Gefangene zur Verfügung zu haben, bis sie einen anderen Stamm finden, an den sie sich anschließen können.«

»Wie kommen Sie auf diese Idee, Mr. Bixler?« fragte Sarah. »Ich habe geglaubt, daß für gewöhnlich die Frauen gefangengenommen werden.«

»Ich bitte um Entschuldigung, Madam«, meinte Berny, »aber wenn ein Indianer Sie und das junge Mädchen ansieht, dann merkt er sofort, daß Sie die langen Ritte nicht durchhalten könnten.«

»Die langen Ritte?« fuhr ihn Sarah an. »Woher wollen Sie wissen, was die Indianer vorhaben? Genauso gut können sie ihr Lager in der Nähe aufgeschlagen haben.«

»Das hatten sie auch, Madam. Darum geht es ja. Es war kein Viehdiebstahl. Handleys Sohn John hat vor zwei Tagen in Rockley damit geprahlt, daß er, Elroy und Peter gemeinsam mit einigen Männern aus Wichita eine Bande von Kiowas ausgelöscht haben, die Wichita angreifen wollten. Angeblich haben sie den gesamten Trupp umgebracht. Vermutlich haben sie dabei ein paar Indianer übersehen. Die Kerle, die hier zugeschlagen haben, waren wohl auf der Jagd und haben bei ihrer Rückkehr die Toten vorgefunden.«

»Das sind nur Annahmen, Mr. Bixler. Es muß hier außer Kiowas ja auch noch andere Indianer geben.«

Der Farmer war verärgert. »John hat außerdem damit geprahlt, daß sie in dem Lager etwas getan haben, was ich nicht vor Damen erwähnen kann.«

»Also schön«, meinte Sarah höhnisch, »sie haben ein paar Squaws vergewaltigt. Das bedeutet aber noch lange nicht –«

»Dann sehen Sie sich einmal Peters Leiche an, damit Sie wissen, was das bedeutet«, unterbrach er sie scharf. »Aber ich würde es Ihnen nicht empfehlen. Ich werde noch lange Zeit deswegen Alpträume haben. Und wir werden bestimmt irgendwo in der Gegend Elroy finden, den sie sicherlich genauso zugerichtet haben. Man muß nicht besonders klug sein, um herauszubekommen, warum sie nur hinter den beiden her waren. Wenn sie es auf Frauen abgesehen hätten, wären Sie beide ebenfalls vergewaltigt worden. Nein, es war nur Rache, nichts anderes. Und die Indianer werden erst Ruhe geben, wenn sie alle Männer umgebracht haben, an denen sie sich rächen wollen. Sie werden sehen, auch John Handley wird schleunigst aus diesem Gebiet verschwinden.« Nach diesem Vortrag forderte Berny die Frauen mürrisch auf, ihre Habseligkeiten zusammenzusuchen, weil er nicht den ganzen Tag Zeit hatte, und verließ die Scheune. Er konnte es nicht erwarten, sie nach Rockley zu bringen und loszuwerden.

Elroy Bowers Leiche wurde eine Woche später von Soldaten gefunden, die Jagd auf die Indianer machten. John Handley verließ Rockley mit unbekanntem Ziel, und sein Vater hörte nie wieder von ihm. Der Besitzer eines

Anwesens in der Nähe von Wichita wurde ebenfalls von Indianern getötet, aber das war der letzte indianische Überfall in diesem Gebiet. Die Ermordung eines Ranchers namens Bill Chapman weiter im Norden hatte vermutlich nichts mit diesen Indianern zu tun, denn er wurde im Schlaf erschlagen, und der Mörder konnte ebensogut einer seiner Cowboys gewesen sein. Sofort nach dem Mord war nämlich ein großer Teil seiner Landarbeiter verschwunden.

Man fand keine Spur von Edward Harte oder Dallas. Sarah Whitcomb Harte betrachtete sich als Witwe. Es war unvorstellbar, daß ein Verwundeter, der von flüchtenden Indianern mitgenommen wurde, lange am Leben blieb.

Courtney war zu betäubt, um sich viele Gedanken zu machen, klammerte sich aber an die Möglichkeit, daß ihr Vater doch noch am Leben war.

Sarah und Courtney waren jetzt aufeinander angewiesen, was beiden das Leben beträchtlich erschwerte.

6. KAPITEL

»Da ist noch einer, Charley. Glaubst du, daß es wieder zu einer Schießerei kommt?«

Charley beförderte seinen Kautabak zielsicher in den Spucknapf beim Verandageländer, bevor er den Fremden musterte, der die Straße heraufritt. »Schon möglich. In der Stadt befinden sich noch ein paar Typen wie er.«

Die beiden Oldtimer saßen auf der Veranda vor Lars Handleys Laden und unterhielten sich über alles, was vorüberkam. Von ihrem Platz aus überblickten sie die einzige Straße der Stadt von einem Ende bis zum anderen.

»Glaubst du, daß er zu einem der Viehtriebe gehört hat?« fragte Snub.

»Der Mann sieht eher aus wie ein Revolvermann«, widersprach Charley.

»Es gibt genügend Revolvermänner, die jetzt als Cowboys arbeiten und umgekehrt.«

»Das stimmt.«

Charleys Gesichtsausdruck verriet deutlich, daß er seine Ansicht nicht geändert hatte und nur um des lieben Friedens willen nachgab. »Wie viele er wohl umgelegt hat?« fuhr Snub fort.

»Danach will ich ihn lieber nicht fragen«, brummte Charley. Dann kniff er die Augen zusammen. »Der Kerl kommt mir bekannt vor. Ist er nicht schon einmal hier aufgekreuzt?«

»Du hast recht, Charley. Ungefähr vor zwei Jahren.«

»Eher vor drei oder vier.«

»Richtig, jetzt erinnere ich mich. Er ist spät abends hereingeritten und hat im Hotel übernachtet, ist aber nicht länger geblieben.«

Charley nickte. »Ich kann mich nicht mehr an seinen Namen erinnern. Du vielleicht?«

»Er klang irgendwie ausländisch.«

»Ja, aber mehr fällt mir auch nicht ein. Jetzt werde ich den ganzen Tag darüber nachdenken müssen.«

»Es sieht so aus, als würde er wieder im Hotel absteigen«, bemerkte Snub, als der Fremde vor dem Gebäude vom Pferd glitt. »Wir könnten ja einen Blick ins Gästebuch werfen.«

»Doch nicht jetzt, Snub. Ackermans Frau würde uns sofort an die Luft setzen.«

»Mach dir doch nicht gleich vor Angst in die Hose, Charley. Die alte Hexe liegt vermutlich noch im Bett. Und Miß Courtney wird nichts dagegen haben, wenn wir eine Weile in der Hotelhalle sitzen oder rasch im Buch blättern.«

»Von wegen in die Hose machen«, maulte Charley. »Er hat wahrscheinlich inzwischen seinen Namen geändert, wie sie es alle tun. Aber wenn du dich unbedingt von der Xanthippe, die Harry geheiratet hat, anschreien lassen willst, dann hieve deinen Hintern hoch, und wir machen uns auf den Weg.«

Courtney schloß lächelnd die Tür des Hotelzimmers hinter sich, in dem sie gerade saubergemacht hatte. Sie hatte wieder eine Zeitung gefunden. Rockley besaß keine eigene Zeitung, und sie erfuhr nur dann Neuigkeiten aus der Außenwelt, wenn sie die Gespräche der durchreisenden Fremden belauschte, oder wenn einer von ihnen eine Zeitung liegenließ. Das kam allerdings nicht oft vor. Zeitungen waren in einer Stadt beinahe so wertvoll wie Bücher. Sarah hatte etliche Zeitschriften gesammelt, überließ sie jedoch Courtney nie zum Lesen.

Sie versteckte die Zeitung unter der schmutzigen Bettwäsche, die sie waschen sollte, und ging zur Treppe. Sie wollte die Zeitung in ihr Zimmer bringen, bevor sie die Wäsche in Angriff nahm.

Als sie den unten wartenden Fremden erblickte, blieb sie am oberen Treppenabsatz stehen. Dann tat sie etwas, was bei ihr nur selten vorkam – sie starrte ihn an. Sie ertappte sich dabei, konnte aber ihren Blick trotzdem nicht von ihm wenden. Sie wußte nicht, warum, aber er fesselte ihr Interesse wie noch kein anderer Mann.

Als erstes fiel ihr auf, daß er groß war und sich sehr gerade hielt. Dann bemerkte sie sein hageres, kühn geschnittenes Profil. Sie war davon überzeugt, daß er beunruhigend gut aussehen mußte, auch wenn sie im Augenblick nur seine linke Gesichtshälfte erblickte. Er war eine dunkle Erscheinung – seine Hose und Jacke waren schwarz, seine Haut bronzefarben, und das glatte Haar, das gerade noch die Ohren bedeckte, war ebenfalls schwarz. Hemd und Halstuch waren dunkelgrau.

Der Mann hatte seinen breitkrempigen Hut nicht abgenommen, aber er trug wenigstens keine Sporen. Das war seltsam, denn er hatte sich seine Satteltaschen über die Schulter gehängt, und Courtney hatte noch keinen Reiter ohne Sporen erlebt.

Dann bemerkte sie, daß er einen doppelten Gürtel trug, was bedeutete, daß er einen Revolver an seinen Schenkel geschnallt hatte. Das war nichts Außergewöhnliches, denn im Westen trugen die meisten Männer Revolver. Aber das Schießeisen und sein Aussehen riefen bei ihr den Eindruck hervor, daß er die Waffe nicht nur zu seinem Schutz brauchte.

Courtney mochte Revolvermänner nicht, denn sie war davon überzeugt, daß sie sagen und tun konnten, was sie wollten. Zu wenige Leute besaßen den Mut, sie zurechtzuweisen – denn das war lebensgefährlich.

Im allgemeinen ließen sich Revolvermänner nur selten in einer Kleinstadt wie Rockley blicken, aber hier lag der Fall anders. In den letzten Jahren war es hier sogar zu zwei Schießereien gekommen. Die Cowboys, die nach den Viehsammelzentren Abilene und Newton unterwegs waren, mußten durch Rockley. Im nächsten Jahr würde Wichita ebenfalls zu einem Viehsammelzentrum aufrükken, und dann würde sich noch mehr Gesindel in der Gegend herumtreiben.

Da Courtney in dem einzigen Hotel der Stadt arbeitete, konnte sie den Revolvermännern nicht ausweichen. Einer hatte sie beinahe vergewaltigt, andere hatten sich mit Küssen begnügt. Man hatte um sie gekämpft, sie verfolgt und ihr die empörendsten Anträge gemacht. Das war der Hauptgrund, warum sie Rockley unbedingt verlassen wollte. Und schon gar nicht hätte sie einen Bewohner von Rockley heiraten wollen – auch wenn sie dann dem Hotel entkommen wäre, in dem sie von morgens bis abends als Dienstmädchen schuftete.

Der Fremde trug sich in das Gästebuch ein und legte die Feder weg. Daraufhin machte Courtney kehrt und lief durch den Korridor zu der Hintertreppe, die direkt ins

Freie führte. Es war ein Umweg, aber sie wollte nicht die Küche im Erdgeschoß durchqueren, weil sie dort vielleicht auf Sarah stieß. Sie würde um das Hotel herumgehen und zur Vordertür hereinkommen – aber erst, nachdem der Fremde auf sein Zimmer gegangen war.

Sie wußte nicht, warum sie nicht wollte, daß er sie sah, es war eben so. Es ging bestimmt nicht darum, daß sie ihr ältestes Kleid trug und ihre Haare zerzaust waren. Er würde wahrscheinlich ohnehin nur eine Nacht bleiben, und sie würde ihn nie mehr wiedersehen.

Courtney schlich gebückt an den Fenstern des Speisesaals vorbei und weiter zur Eingangstür, um einen Blick hineinzuwerfen und sich davon zu überzeugen, daß er fort war. Das Bündel Schmutzwäsche, das sie noch immer in den Armen trug, hatte sie vollkommen vergessen. Sie wollte nur die Zeitung in ihrem Zimmer verstecken und sich dann wieder an die Arbeit machen.

Charley und Snub beobachteten verblüfft, wie Courtney vorsichtig durch die Vordertür lugte und dann wieder an die Wand zurückwich, als wolle sie sich verbergen. Dann ging die Tür auf, der Fremde trat heraus und ging über die Veranda zu seinem Pferd. Courtney huschte hinter seinem Rücken in das Hotel.

»Was sollte das Ganze eigentlich?« fragte Snub verständnislos.

Charley beobachtete gerade den Fremden, der das Pferd zum Stall führte. »Was?«

»Es hat ausgesehen, als würde sich Miß Courtney vor dem Kerl verstecken.«

»Daraus kann ich ihr keinen Vorwurf machen. Du erinnerst dich doch noch daran, wie sich der alte Schürzenjäger Barker in ihr Zimmer geschlichen hat. Wer weiß, was geschehen wäre, wenn Harry sie nicht hätte schreien hören und mit seinem Gewehr hingerannt wäre. Und denk an den verrückten Cowboy, der versucht hat, sie auf der Straße auf sein Pferd zu ziehen und mit ihr davonzureiten. Sie hat sich den Knöchel verstaucht, als sie vom Pferd gefallen ist.«

»Sie hat hier wirklich genügend Schwierigkeiten mit Männern gehabt, wahrscheinlich versucht sie deshalb, ihnen möglichst aus dem Weg zu gehen.«

»Trotzdem hat sie sich noch nie so komisch aufgeführt. Findest du nicht?«

»Das stimmt.«

»Dann interessiert sie sich vielleicht für ihn.«

»Ich habe geglaubt, daß sie Reed Taylor heiraten wird.«

»Das möchte ihre Stiefmutter gern, aber Mattie Cates hat mir verraten, daß es nie dazu kommen wird. Miß Courtney kann Reed nicht ausstehen.«

Im Hotel warf Courtney rasch einen Blick in das aufgeschlagene Gästebuch. Der Fremde hieß Chandos. Er hatte nur diesen Namen hingeschrieben.

7. KAPITEL

»Bitte beeile dich, Courtney. Ich habe nicht den ganzen Tag Zeit. Du hast versprochen, mir zu helfen, wenn ich den Stoff für mein neues Kleid aussuche.«

Courtney blickte Mattie Cates an, die auf dem umgestülpten Waschtrog saß, und schnaubte sehr undamenhaft. »Wenn du es so fürchterlich eilig hast, dann hilf mir, diese Laken aufzuhängen.«

»Das ist doch nicht dein Ernst. Sobald ich nach Hause komme, muß ich selbst Wäsche waschen. Pearces Hosen sind verdammt schwer. Wenn ich jetzt schon anfange, kann ich meine Arme nachher nicht mehr bewegen. Ich möchte nur wissen, warum ich einen solchen Riesen geheiratet habe.«

»Vielleicht, weil du ihn liebst?« lachte Courtney.

»Vielleicht.« Mattie erwiderte das Lächeln.

Mattie Cates war ein widersprüchliches Wesen. Die zierliche, blauäugige Blondine war für gewöhnlich freundlich und offenherzig, aber sie konnte auch still und zurückhaltend sein. Sie gab sich unabhängig und konnte gelegentlich genauso diktatorisch sein wie Sarah, doch im tiefsten Grund ihres Herzens war sie oft unsicher. Allerdings wußten das nur ihre besten Freundinnen, zu denen natürlich Courtney gehörte.

Mattie war davon überzeugt, daß man vom Leben alles zurückbekommt, was man hineinsteckt, und daß man alles vollbringen kann, wenn man es sich nur fest genug vornimmt. Ihr Lieblingsgrundsatz lautete: »Tu es selbst, denn jemand anderer wird es nicht für dich tun.« Sie hatte bewiesen, daß ihre Philosophie stimmte, als sie vor zwei Jahren ihre Unsicherheit überwand und Pearce Cates eroberte, obwohl er zu dem halben Dutzend Männern gehörte, das in Courtney verliebt war.

Mattie hatte ihrer Freundin nie einen Vorwurf daraus gemacht, daß Pearce in sie verliebt gewesen war. Im Gegenteil, sie hatte sich aufrichtig für Courtney gefreut, als diese sich aus einem häßlichen Entlein in einen schönen Schwan verwandelte, und sie fand es umwerfend komisch, daß Männer, die Courtney bisher keines Blickes gewürdigt hatten, plötzlich dahinschmolzen, wenn sie sie sahen. Gelegentlich fand Mattie, daß Courtney ihre Schöpfung war. Natürlich nicht die Schönheit, denn die kam daher, daß Courtney in den letzten beiden Jahren einige Zentimeter gewachsen war und so schwer gearbeitet hatte, daß der letzte Rest ihres Babyspecks dahinschwand. Doch Courtney war nicht mehr so schüchtern und nervös wie früher und nahm nicht mehr alles, was ihr widerfuhr, als unabänderliches Schicksal hin. Mattie hatte Courtney zwar drängen, stoßen und aufstacheln müssen, aber es war ihr gelungen, ihrer Freundin ein wenig Mut einzuflößen.

Courtney setzte sich jetzt sogar schon gegen Sarah zur

Wehr, zwar nicht immer, aber jedenfalls öfter als früher, und ließ sich nicht einmal mehr von Mattie herumschubsen. Sie war sich darüber bewußt geworden, über wieviel Mut sie verfügte.

Jetzt stellte sie den leeren Wäschekorb neben Mattie auf den Wäschetrog. »Schön, Miß Ungeduld, dann gehen wir.«

Mattie legte den Kopf zur Seite. »Willst du dir nicht ein anderes Kleid anziehen oder deine Frisur in Ordnung bringen oder so was?«

Courtney löste das Band, das ihre langen, braunen Haare zusammenhielt, band es frisch und strich ihr Kleid glatt. »Fertig.«

Mattie lachte. »Das wird wohl reichen. Deine alten Kleider sehen immer noch besser aus als mein bestes Baumwollkleid.«

Courtney errötete leicht. Sie war immer noch auf die Garderobe angewiesen, die sie vor vier Jahren besessen hatte, als sie nach Rockley gekommen war. Sie hatte die Kleider inzwischen zwar enger machen und die Säume auslassen müssen, aber es mußte gehen.

Allerdings paßten Courtneys alte Kleider aus Seide, Musselin, Crêpe de Chine und Mohair, die Spitzenkragen und die Umhänge aus Samt überhaupt nicht nach Rockley. Courtney haßte es, aufzufallen, und ihre Kleider bewirkten zu ihrer Verzweiflung genau das Gegenteil – sie fiel den Männern auf.

Rockley war eine kleine Stadt, in der es nur wenige heiratsfähige junge Frauen gab, deshalb hatten in den letzten beiden Jahren mehrere Männer ernsthaft um sie geworben.

Als der junge Schmied Richard sie bat, ihn zu heiraten, war sie so überrascht, daß sie ihm beinahe um den Hals gefallen wäre. Ein echter Heiratsantrag – und sie hatte schon geglaubt, daß sie eine alte Jungfer werden würde. Aber der Schmied liebte sie nicht, sondern wollte nur eine

Frau haben. Sie liebte ihn auch nicht, genauso wenig wie Judd, Billy oder Pearce, die sie alle heiraten wollten. Und ganz bestimmt liebte sie ihren neuesten Verehrer Reed Taylor nicht. Er war allerdings davon überzeugt, daß er sie erobern würde.

»Hast du jemals von einem Mr. Chandos gehört, Mattie?«

Courtney wußte nicht, warum ihr die Frage entschlüpft war. Mattie antwortete nachdenklich: »Ich glaube nicht. Er klingt wie ein Name aus unserem Geschichtsunterricht, und dazu ein bißchen spanisch. Warum fragst du?«

»Aus keinem besonderen Grund.«

Doch damit ließ sich Mattie nicht abspeisen. »Komm schon, woher hast du den Namen?«

»Er hat heute früh ein Zimmer im Hotel genommen. Ich wollte nur wissen, ob du ihn vielleicht vom Hörensagen kennst.«

»Wieder so ein Revolvermann?«

»Er sieht so aus.«

»Wenn er älter ist, kannst du Charley oder Snub nach ihm fragen. Sie kennen alle Revolvermänner, vor allem die mit dem schlechtesten Ruf. Und du weißt doch, wie gern sie tratschen.«

»Er ist nicht sehr alt, höchstens fünf- oder sechsundzwanzig.«

»Dann werden sie dir wahrscheinlich nicht sagen können, wie viele Männer er getötet hat.«

»Mattie! So etwas hat mich noch nie interessiert!«

»Warum hast du dann überhaupt gefragt?« Einen Augenblick später fügte sie hinzu: »Ist er das?«

Courtneys Herz setzte kurz aus, beruhigte sich dann aber wieder. Auf der anderen Straßenseite lehnte einer der beiden Revolverhelden, die kürzlich in die Stadt gekommen waren, an einem Pfosten.

»Nein, das ist Jim Ward«, erwiderte sie. »Er ist gestern gemeinsam mit einem zweiten Mann eingetroffen.«

»Jim Ward? Der Name kommt mir bekannt vor. Stand er nicht auf einem der Steckbriefe, die Wild Bill vergangenes Jahr aus Abilene herübergeschickt hat?«

Courtney zuckte die Schultern. »Ich habe nie begriffen, warum Marshal Hickok uns diese Steckbriefe zusendet. Wir haben in der Stadt noch nie einen Marshal gehabt. Auch wenn Mr. Ward steckbrieflich gesucht wird, gibt es hier niemanden, der ihn verhaften könnte.«

»Das stimmt, aber es ist gut, wenn man weiß, vor wem man sich zu hüten hat«, sagte Mattie.

»Ich hüte mich vor allen Fremden.«

»Das ist klar, aber du weißt, was ich meine. Wenn Harry gewußt hätte, daß Parker gesucht wird, hätte er ihn erschossen, statt ihn nur aus der Stadt zu vertreiben.«

»Erinnere mich nicht daran«, wehrte Courtney ab. »Sarah war monatelang wütend, als sie erfuhr, daß in Hays City jemand tausend Dollar Belohnung für Parker kassiert hat.«

Mattie lachte. »Sarah ist immer wegen irgend etwas wütend.«

Die beiden Mädchen überquerten die Straße, um in den Schatten zu gelangen. Courtney ging nur in die Sonne, wenn sie Wäsche aufhing, aber schon das genügte, damit ihre Haut im Sommer wie Gold schimmerte. Es paßte sehr gut zu ihren honigfarbenen Augen.

Lars Handley lächelte die Mädchen an, als sie seinen Laden betraten. Er bediente gerade Berny Bixler, der die beiden ebenfalls freundlich begrüßte.

In Handleys Laden konnte man alles finden, was man brauchte, vorausgesetzt, es diente praktischen Zwecken. Das einzige, was er nicht verkaufte, war Fleisch, aber Zing Hodges, ein ehemaliger Büffeljäger, hatte im Nachbargebäude einen Metzgerladen eröffnet.

In der vorderen Ecke von Handleys Laden schnitt Hector Evans den Männern die Haare, rasierte sie oder zog ihnen einen Zahn. Der Barbier hatte diesen Winkel von

Lars gemietet, weil er sich nie darüber klarwerden konnte, ob er für immer in Rockley bleiben würde, und wollte deshalb kein Geld für einen eigenen Laden ausgeben.

Mattie zog Courtney geradewegs zu der Wand, an der die alten Steckbriefe hingen.

»Siehst du?« strahlte sie. »Dreihundert Dollar Belohnung für Jim Ward, der wegen Mordes, Raubüberfällen und zahlreicher anderer Verbrechen gesucht wird, die er in Neu-Mexiko begangen hat.«

Courtney musterte den Steckbrief. »Er wird tot oder lebendig gesucht. Warum tun sie das, Mattie? Es ist für alle Kopfjäger ein Freibrief, ihn zu ermorden.«

»Das müssen sie tun, sonst würde niemand mehr auf Verbrecherjagd gehen. Es kommt immer zu einem Kampf, und wenn der Kopfjäger oder der Marshal nicht flink genug ist, dann ist er tot. Wenn er flink genug ist, dann bekommt er die Belohnung – und es gibt einen Verbrecher weniger. Wäre es dir lieber, daß keiner es versucht?«

»Nein, natürlich nicht. Es kommt mir nur so hart vor.«

»Du bist einfach zu zart besaitet, aber es hat dir bestimmt nicht leid getan, daß Parker getötet wurde.«

»Natürlich nicht.«

»Und sie sind alle wie er, Courtney. Es ist bestimmt besser, wenn sie tot sind.«

»Vermutlich, Mattie.«

»Man sollte doch annehmen, daß dieser Idiot seinen Namen ändert, wenn so viele Steckbriefe ausgehängt sind«, meinte Mattie.

»Vielleicht gefällt mir mein Name.«

Die Mädchen fuhren erschrocken herum. Hinter ihnen stand Jim Ward und sah sie keineswegs freundlich an. Er war mittelgroß und hager, hatte engstehende Augen, eine Hakennase und einen langen, struppigen Schnurrbart, der ihm bis zum Kinn hinunterhing. Er riß den Steckbrief herunter, zerknüllte ihn und steckte ihn in die Tasche. Dann blickte er mit seinen kalten, grauen Augen Mattie an, die ausnahmsweise sprachlos war. Schließlich brachte Courtney heraus: »Sie hat es nicht böse gemeint, Mr. Ward.«

»Vielleicht mag ich es nicht, wenn man mich einen Idioten nennt.«

»Wollen Sie mich womöglich erschießen?« höhnte Mattie, die ihren Mut wiedergefunden hatte.

Courtney hätte ihr am liebsten den Mund zugehalten.

»Die Idee klingt großartig«, meinte Ward.

»Sie da drüben!« rief Lars Handley, »ich will in meinem Laden keinen Ärger haben.«

»Dann bleib, wo du bist, Alter«, befahl Ward scharf, und Lars blieb stehen. »Das hier geht nur mich und Miß Großmaul an.« Lars schielte nach dem Gewehr, das er unter dem Ladentisch aufbewahrte, griff aber nicht danach.

Es war totenstill. Charley und Snub waren sofort hinter Ward hereingekommen, hatten sich in die Ecke des Barbiers gesetzt und genossen jetzt das Schauspiel.

Hector war mit der Rasur seines Kunden fertig, und dieser wischte sich das Gesicht ab, traf aber keine Anstalten aufzustehen. Genau wie die anderen beobachtete er gespannt das Drama, das sich zu entwickeln drohte.

Courtney war den Tränen nahe. Und diesen Mann hatte sie noch vor wenigen Augenblicken bedauert, weil ihn irgendwer irgendwann erschießen würde!

»Mattie?« Sie bemühte sich, ruhig zu sprechen. »Gehen wir, Mattie.«

Jim ergriff einen von Matties Zöpfen und zog ihr Gesicht dicht an das seine heran. »Großmaul geht erst, wenn sie sich entschuldigt hat. Dann kümmere ich mich um dich, Süße. Also?« fragte er Mattie.

Matties blaue Augen funkelten.

»Entschuldigen Sie«, sagte sie schließlich leise.

»Lauter!«

»Entschuldigen Sie!« rief das Mädchen wütend.

Er ließ sie grinsend los.

Doch jetzt wandte er sich bösartig lächelnd Courtney zu.

»Warum gehen du und ich nicht irgendwohin, um uns besser kennenzulernen, Süße? Du bist mir sofort aufgefallen –«

»Nein!« platzte Courtney heraus.

»Nein?« Seine Augen wurden schmal. »Du sagst mir nein?«

»Ich muß ins Hotel zurück, Mr. Ward.«

Er packte sie am Arm. »Du hast mich wahrscheinlich nicht verstanden, Kleines. Ich habe gesagt, daß wir uns besser kennenlernen werden, also werden wir das tun.«

»Bitte nicht«, schrie Courtney, als er sie aus dem Laden zerrte. Er kümmerte sich nicht darum.

»Laß sie los, Ward.«

»Was?« Jim blieb stehen und sah sich um. Hatte er richtig gehört?«

»Ich sage es nicht zweimal.«

Jim ließ Courtney nicht los, sondern suchte mit den Blicken den, der da gesprochen hatte.

»Du hast die Wahl, Ward«, meinte dieser gleichgültig. »Zieh oder verschwinde. Aber denk nicht zu lange nach.«

Jim Ward ließ Courtney los, um die rechte Hand freizubekommen, und griff nach seinem Revolver.

Einen Augenblick später war er tot.

8. KAPITEL

Courtney zwang sich, an glückliche Erlebnisse zu denken – wie sie zum ersten Mal im Herrensattel geritten war, wie Mattie sie schwimmen gelehrt hatte, Sarahs Gesichtsausdruck, als Courtney ihr zum ersten Mal gesagt hatte, sie solle den Mund halten.

Es nützte nichts. Sie sah immer noch den Toten in Lars Handleys Laden vor sich. Er war der erste Tote, den sie zu Gesicht bekommen hatte. Im Laden hatte sie wie verrückt geschrien, bis es Mattie endlich gelungen war, sie zu beruhigen und ins Hotel zu führen. Jetzt lag sie mit einer kalten Kompresse auf den Augen im Bett.

»Komm, trink das.«

»Hör auf, mich zu bemuttern, Mattie.«

»Jemand muß es tun, vor allem, nachdem Sarah so über dich hergefallen ist.« Matties blaue Augen glitzerten angriffslustig. »Die Frau hat vielleicht Nerven – dir die Schuld für das Ganze zu geben. Dabei war ich ganz allein schuld daran.«

Courtney nahm den Umschlag ab und sah Mattie an. Sie brachte es nicht fertig zu widersprechen – Mattie hatte mit ihrer Großspurigkeit das Ganze ins Rollen gebracht.

»Ich weiß nicht, was über mich gekommen ist«, fuhr Mattie leiser fort. »Aber auf dich bin ich wirklich stolz, Courtney. Noch vor zwei Jahren wärst du in Ohnmacht gefallen, und jetzt hast du dich diesem Schwein gestellt.«

»Ich habe Todesängste ausgestanden«, unterbrach sie Courtney. »Hattest du denn überhaupt keine Angst?«

»Natürlich. Aber je mehr Angst ich habe, desto frecher werde ich, ich kann einfach nicht anders. Und jetzt trink das endlich. Es ist Mutters Allheilmittel, und du wirst dich im Handumdrehen wieder putzmunter fühlen.«

»Ich bin nicht krank, Mattie.«

»Trink!«

Courtney trank das Kräutergebräu, schloß dann die Augen und legte sich wieder hin. »Sarah war doch ungerecht, nicht wahr?«

»Natürlich. Wenn du mich fragst, war sie nur wütend, weil sie den Kerl nicht vorher erkannt hat. Sonst wäre sie nämlich selbst in sein Zimmer geschlichen und hätte ihn erschossen, um die dreihundert Dollar einzustecken.«

»Sarah sollte jemanden erschießen?«

»Ich traue es ihr zu. Ich sehe sie vor mir, wie sie um Mitternacht mit Harrys Gewehr durch den Korridor schleicht –«

»Hör auf, Mattie«, kicherte Courtney.

»So ist es schon besser, du lachst wieder. Und sieh es mal so: Du hast den Rest des Tages frei.«

»So möchte ich es lieber nicht sehen.«

»Hör auf, dir Vorwürfe zu machen. Du kannst nichts dafür, wenn die Männer deinetwegen den Kopf verlieren. Außerdem ist dem Kerl recht geschehen. Du weißt ganz genau, was er mit dir getan hätte.« Courtney erschauerte. Sie wußte es.

»Er hat angenommen, daß ihn niemand aufhalten wird«, fuhr Mattie fort, »und damit hatte er wahrscheinlich recht, denn der einzige, der es wagte, war dieser Fremde. Außerdem hatte Ward die Wahl – ziehen oder verschwinden. Er hat gezogen.« Nach einer kurzen Pause fügte sie hinzu: »Du bist dem Fremden Dank schuldig. Ich würde zu gern wissen, wer er ist.«

»Mr. Chandos.«

»Natürlich! Das hätte ich mir denken können! Kein Wunder, daß du seinetwegen neugierig warst. Er sieht verdammt gut aus, nicht wahr?«

»Eigentlich schon.«

»Eigentlich schon?« grinste Mattie. »Der Mann hat deine Unschuld gerettet, Courtney. Du mußt dich zumindest bei ihm bedanken, bevor er morgen früh die Stadt verläßt.«

»Er verläßt Rockley?«

»Charley und Snub haben in der Halle darüber gesprochen. Er bringt die Leiche nach Wichita, um die Belohnung zu kassieren.«

Courtney war plötzlich erschöpft. »Mußt du nicht nach Hause, Mattie?«

»Eigentlich ja. Pearce wird aber Verständnis dafür haben, daß ich so spät komme, wenn ich ihm erzähle, was geschehen ist. Du mußt mir nur versprechen, daß du nicht den ganzen Abend darüber grübeln wirst.«

»Das werde ich bestimmt nicht tun. Das Ganze hat mich nur in meinem Entschluß bestärkt, irgendwie in den Osten zurückzukehren. Dort kommt es nicht zu solchen Zwischenfällen. Der Westen ist unzivilisiert.«

»Es ist ein Jammer, daß deine Tante gestorben ist. Jetzt hast du niemanden, der dich im Osten aufnehmen wird.«

»Ich weiß, aber ich kann Arbeit annehmen, schlimmstenfalls die gleiche wie in den letzten vier Jahren hier. Das macht mir nichts aus. Ich fühlte mich hier nicht sicher, Mattie. Harry beschützt uns nicht. Er weiß kaum, daß es mich gibt. Ich brauche Sicherheit, und weil ich sie bei Harry und Sarah nicht finde, muß ich zumindest an einem Ort leben, an dem ich mich sicher fühle.«

»Du bist also entschlossen, allein zu reisen?«

»Nein«, meinte Courtney trübselig, »das geht nun doch nicht. Aber Hector Evans möchte auch gern von hier fort. Vielleicht entschließt er sich aufgrund der heutigen Ereignisse, in den Osten zurückzukehren. Ich könnte ihn mit dem Geld bezahlen, von dem Sarah nichts weiß.«

»Klar könntest du ihn bezahlen, aber das wäre reine Verschwendung, denn Hector kann sich nicht einmal selbst beschützen, geschweige denn dich. Du weißt, daß in Missouri immer wieder Züge ausgeraubt werden. Wahrscheinlich erwischt dich die Brüder-James-Bande, und dann bist du dein letztes Geld los.«

»Dieses Risiko muß ich eingehen.«

»Wenn du wirklich entschlossen bist, dann suche dir wenigstens einen echten Beschützer. Reed würde es wahrscheinlich tun, wenn du ihn darum bittest.«

»Er würde darauf bestehen, daß ich ihn zuerst heirate.«

»Das könntest du doch tun. Warum nicht?«

Courtney runzelte die Stirn. »Darüber macht man keine Witze. Du weißt, daß ich ihn nicht einmal mag.«

»Wir können ein andermal in Ruhe darüber sprechen«,

meinte Mattie, »denn ich muß jetzt wirklich nach Hause. Aber komm ja nicht auf die Idee, Hector zu nehmen. Eigentlich brauchst du einen Mann wie Chandos. Der würde bestimmt nicht dulden, daß dir jemand auch nur in die Nähe kommt. Hast du daran gedacht, ihn zu fragen?«

Courtney schauderte. »Das kann ich nicht. Er ist ein Killer.«

»Hast du mir denn überhaupt nicht zugehört, Courtney? Genau diese Art von Mann brauchst du als Begleiter. Du bestehst doch darauf, daß du dich sicher fühlen willst.«

Nachdem Mattie gegangen war, dachte Courtney über alles nach, was ihre Freundin gesagt hatte. Wenn sie nach Westen, Süden oder Norden gereist wäre, dann wäre Mr. Chandos tatsächlich der beste Beschützer gewesen. Aber sie wollte in den Osten, zurück in die Zivilisation. Es war gar nicht so weit bis zur Eisenbahn. Sie brauchte nur deshalb einen Begleiter, damit sie nicht ganz allein unterwegs war.

In einem Punkt hatte Mattie jedoch recht. Courtney mußte sich bei Mr. Chandos bedanken.

Sie brauchte eine ganze Stunde, um sich zu diesem Schritt zu entschließen.

Courtney hoffte, daß sie Mr. Chandos nicht in seinem Zimmer antreffen würde. Um diese Zeit wurde das Abendessen serviert, und es war möglich, daß er sich bereits im Speisesaal befand. Dann konnte sie Mattie wahrheitsgemäß erzählen, daß sie ihn gesucht, aber nicht gefunden hatte. Sie würde ihm einfach einen Zettel mit ein paar Worten hinterlassen.

Sie klopfte zweimal an seine Tür, hielt den Atem an und lauschte. Als sich nichts rührte, versuchte sie, den Türknauf zu drehen. Die Tür war versperrt. Und einen zweiten Schlüssel zu den Zimmern gab es nicht, weil Harry auf dem Standpunkt stand, daß ein Gast, der sein Zimmer zusperrte, nicht wollte, daß jemand hineinkam.

Courtney atmete erleichtert auf. Dieser Mann war gefährlich, und sie war froh, daß sie ihm ausweichen konnte.

Dennoch war sie merkwürdigerweise enttäuscht, daß sie ihn nicht angetroffen hatte. Ihre Angst war in dem Augenblick verflogen, in dem er Jim Ward befohlen hatte, sie loszulassen. Sie hatte sich zum ersten Mal seit dem Tod ihres Vaters sicher gefühlt.

Courtney wandte sich ab, um den Zettel mit ein paar Dankesworten zu schreiben und ihn unten am Pult zu hinterlegen. Doch in diesem Augenblick ging die Tür auf. Sie drehte sich wieder um und erstarrte, denn er hielt einen Revolver in der Hand.

»Entschuldigung.« Er steckte den Revolver in den Hosenbund, stieß die Tür weiter auf und trat zurück. »Kommen Sie herein.«

»Nn-ein, das geht nicht.«

»Ist das Wasser denn nicht für mich bestimmt?«

»Ach, natürlich, ja – ich wollte es auf Ihren Waschtisch stellen.«

Courtneys Gesicht glühte, während sie zum Waschtisch lief, den Wasserkrug hinstellte und die Handtücher danebenlegte. Was er wohl von ihr dachte? Zuerst nach der Schießerei in Handleys Laden ein hysterischer Anfall und jetzt dieses idiotische Gestotter.

Courtney brauchte ihren ganzen Mut, um sich umzudrehen und ihn anzusehen. Er lehnte am Türrahmen, hatte die Arme über der Brust verschränkt und verstellte ihr den Ausgang – absichtlich oder unabsichtlich. Er wirkte überhaupt nicht gespannt. Im Gegenteil, seine Haltung war so lässig, daß sie sich noch dümmer vorkam.

Seine schönen, leuchtend blauen Augen musterten sie unverwandt, und sie hatte das Gefühl, daß er bis auf den Grund ihrer Seele blickte. Doch sein Gesichtsausdruck blieb verschlossen; er ließ sich nicht anmerken, ob sie ihn interessierte, ob er neugierig war, oder ob er sie womöglich sogar hübsch fand. Damit weckte er ihre alte Schüchternheit, und sie reagierte mit Zorn darauf.

Bring es hinter dich, Courtney, und sieh zu, daß du von ihm fortkommst, bevor er den letzten Rest deines Selbstvertrauens zerstört, das du im Lauf der Jahre so mühsam erworben hast.

»Mr. Chandos –«

»Nicht Mister. Nur Chandos.«

Es war ihr noch nicht aufgefallen, wie sanft und beruhigend seine tiefe Stimme klang.

Sie war aus dem Konzept geraten und wußte nicht mehr, was sie sagen wollte.

»Sie haben Angst«, stellte er schlicht fest. »Warum?«

»Nein, nein, ich habe keine Angst, wirklich nicht.« *Stottere nicht herum, Courtney.* »Ich wollte mich nur bei Ihnen bedanken. Für das, was Sie heute getan haben.«

»Dafür, daß ich einen Menschen getötet habe?«

»Nein. Nicht dafür.« *O Gott, warum macht er es mir so schwer?* »Ich meine – es war nicht anders möglich. Aber Sie – Sie haben mich gerettet – ich meine – er hat auf niemanden gehört – und Sie haben ihn daran gehindert – und –«

»Ich halte es für besser, wenn Sie dieses Zimmer verlassen, bevor Sie vollkommen zusammenbrechen.«

Er hatte sie durchschaut. Courtney sah unglücklich zu, wie er sich vom Türstock löste und zur Seite trat, und rannte an ihm vorbei.

Doch dann schämte sie sich so sehr über ihr kindisches Benehmen, daß sie stehenblieb und sich umdrehte. Der Blick seiner hellblauen Augen war noch immer unverwandt auf sie gerichtet. Doch jetzt beruhigten sie diese Augen und vertrieben ihre Angst. Sie verstand nicht, wie er das schaffte, war ihm aber dafür dankbar.

»Ich danke Ihnen«, sagte sie einfach.

»Das ist nicht nötig. Man wird mich für meine Mühe bezahlen.«

»Aber Sie haben nicht gewußt, daß er steckbrieflich gesucht wird.«

»Glauben Sie?«

Er war also im Laden gewesen. Vielleicht hatte er zugehört, als Mattie und sie sich unterhielten. Trotzdem...

»Ganz gleich, aus welchem Grund – Sie haben mir geholfen, Mister. Und ich bin Ihnen dankbar, ob Sie es wollen oder nicht.«

»Wie Sie meinen.« Die Worte klangen abschließend.

Courtney nickte steif und ging schnell durch den Korridor zur Treppe. Sie spürte, daß er ihr noch immer nachsah. Gott sei Dank würde er morgen fort sein. Der Mann brachte sie vollkommen aus der Fassung.

9. KAPITEL

Als Reed Taylor Courtney an diesem Abend besuchte, weigerte sie sich, mit ihm zu sprechen. Das trug ihr einen scharfen Verweis von Sarah ein, aber das war ihr gleichgültig. Sarah mochte Reed, und Courtney konnte sie verstehen. Die beiden waren einander ähnlich; beide waren despotisch, und es war schwer, mit ihnen zurechtzukommen. Und beide hatten beschlossen, daß Courtney Reed heiraten würde. Was sie selbst wollte, spielte offenbar keine Rolle.

Sarah machte aus ihrem Herzen keine Mördergrube. Am Ende jeder Schimpfkanonade kam unweigerlich der Satz: »Ich möchte, daß du heiratest, damit ich dich endlich los bin. Ich habe dich lange genug durchgefüttert.«

Das war lächerlich. Courtney verdiente ihren Unterhalt doppelt und dreifach. Sarah stellte ihr nur die Unterkunft und das Essen zur Verfügung und hatte ihr nie auch nur einen Penny bezahlt. Um zu eigenem Geld zu kommen, mußte Courtney in ihrer kargen Freizeit für Misses Coffman nähen. Trotzdem hatte sie Sarah nie verraten, daß sie in ihrem Zimmer fünfhundert Dollar versteckt hatte.

Als sie Chicago verließen, hatte Edward Harte einen Teil seiner Möbel verkauft. Sarah wußte nicht, daß Courtney das Geld in Verwahrung genommen und in ihrer Kiste versteckt hatte, in der es sogar den Indianern entgangen war.

Courtney hätte nicht sagen können, warum sie das Geld nicht erwähnt hatte, als Sarah darüber jammerte, daß sie nun arm wie Kirchenmäuse waren, weil Edward stets seine gesamte Barschaft bei sich trug; aber jetzt war sie froh darüber. Wahrscheinlich wäre sie mit dem Geld herausgerückt, wenn sie wirklich in Not geraten wären, es war jedoch nicht nötig gewesen. Sarah hatte sofort für sie beide Arbeit im Hotel gefunden und drei Monate später Harry Ackerman, den Besitzer des Etablissements, geheiratet. Er war kein so guter Fang wie seinerzeit Edward, aber seine Zukunftsaussichten waren rosig.

Die Heirat brachte Courtney nur Nachteile. Sie bekam für ihre Arbeit keinen Lohn mehr, und Sarah gewöhnte sich an, keinen Finger zu rühren und nur noch Befehle zu erteilen.

Courtney wußte genau, warum Sarah sie unbedingt loswerden wollte. Die Leute hatten begonnen, sie als die ›alte Sarah‹ zu bezeichnen, weil sie Courtney für ihre Tochter hielten. Sarah stellte den Sachverhalt zwar immer wieder richtig, aber die Bezeichnung blieb an ihr hängen. Sie war erst vierunddreißig und empfand deshalb diesen Zustand als unerträglich.

Dazu kam, daß Sarah Harry dazu überredet hatte, in das ständig wachsende Wichita zu übersiedeln. Ihr neues Hotel befand sich bereits im Bau. In Wichita konnte man Geld machen. Das meinte auch Reed, dessen neuer Saloon mit Spielhalle in Wichita fertiggestellt sein sollte, bevor die Viehtriebsaison 1873 begann.

Sarah war es gleichgültig, ob Courtney ebenfalls nach Wichita übersiedelte; Hauptsache, sie wohnte nicht mehr bei Harry und ihr.

Courtney sah der Zukunft mit Bangen entgegen. In Wichita würden sich zehnmal so viele unangenehme Zeitgenossen herumtreiben wie in Rockley. Sie wollte nicht in Sarahs neues Hotel übersiedeln und wollte ganz bestimmt nicht Reed heiraten. Aber sie wollte auch nicht allein in Rockley leben.

Sie wälzte sich schlaflos im Bett herum, machte Pläne und verwarf sie wieder. Schließlich zündete sie die Kerze auf ihrem Nachtkästchen an und holte die Zeitung, die sie versteckt hatte, hervor. Zu ihrer Enttäuschung war es kein Blatt aus dem Osten, sondern nur ein acht Monate altes Wochenmagazin aus Fort Worth. Trotzdem breitete sie es auf dem Bett aus und las die ersten Artikel, überblätterte aber den Bericht über eine Schießerei. Das erinnerte sie zu sehr an Mr. Chandos und Jim Ward.

Obwohl sie sich bemühte, gelang es ihr nicht, Chandos aus ihren Gedanken zu verdrängen. Sie mußte zugeben, daß er sie beeindruckt hatte. Er war keineswegs der erste Mann, der ihr gefiel, aber keiner hatte sie so gründlich durcheinandergebracht. Das Merkwürdige daran war, daß sie wußte, wer Chandos war, was er war, und daß sie dennoch seine Anziehungskraft als überwältigend empfand.

Er war hager und von Kopf bis Fuß hart; von seinem Gesicht bis zur schlanken Taille und den kräftigen Muskeln der langen Beine. An einem kleineren Mann hätten seine Schultern zu breit gewirkt, zu seiner hochgewachsenen Gestalt aber paßten sie genau. Sein Gesicht war sonnengebräunt und makellos bis auf eine einzige kleine Narbe auf der linken Wange. Doch sein Mund und seine Augen waren schuld daran, daß er so unverschämt gut aussah. Die Lippen waren ein wenig geschwungen und gerade so voll, daß sie unglaublich sinnlich wirkten. Und die Augen, deren helles Blau durch die dunkle Haut besonders betont wurde, waren infolge der dichten, dunklen, langen Wimpern einfach unwiderstehlich.

Seine Nähe hatte Courtney ihre Weiblichkeit mehr denn je zu Bewußtsein gebracht; das war auch die Erklärung dafür, warum sie sich so unmöglich benommen hatte.

Sie seufzte. Ihr Blick fiel wieder auf die Zeitung und auf das Bild, das sie angestarrt hatte, ohne es bewußt wahrzunehmen. Ihr Herz begann schneller zu klopfen, und sie betrachtete es ungläubig. War es möglich? Nein – ja!

Sie las rasch den Artikel, der zu dem unscharfen Foto gehörte – dem ersten Foto, das sie je in einer Zeitung gesehen hatte. Es ging um die Verhaftung des berüchtigten Viehdiebs Henry McGinnis in McLennan County, Texas, den der Rancher Fletcher Straton auf frischer Tat ertappt hatte. Das Foto zeigte den Viehdieb, der über die Hauptstraße von Waco geführt wurde sowie einige schaulustige Stadtbewohner. Natürlich hatte sich der Fotograf auf McGinnis konzentriert, und die Gesichter der Zuschauer waren unscharf. Trotzdem sah einer von ihnen genau aus wie Edward Harte.

Courtney schlüpfte in ihren Schlafrock und lief mit der Zeitung und Kerze zu Sarahs und Harrys Zimmer. Als sie an die Tür trommelte, fluchte Harry, aber sie stürzte trotzdem hinein. Sarah fuhr sie an: »Weißt du eigentlich, wie spät –«

Courtney unterbrach sie. »Sarah, mein Vater lebt.«

»Was?« riefen die beiden wie aus einem Mund.

Harry sah Sarah von der Seite an. »Bedeutet das, daß wir nicht verheiratet sind, Sarah?«

»Es bedeutet überhaupt nichts«, fauchte Sarah. »Wie kannst du es wagen, Courtney –«

Courtney unterbrach sie wieder, indem sie sich auf den Bettrand setzte. »Sieh doch her, Sarah. Du kannst mir nicht einreden, daß das nicht mein Vater ist.«

Sarah betrachtete das Bild lange, dann entspannte sie sich. »Du kannst weiterschlafen, Harry. Courtneys Phantasie ist mit ihr durchgegangen. Du hättest wirklich bis morgen früh warten können, um uns diesen Unsinn zu erzählen, Courtney.«

»Es ist kein Unsinn. Der Mann ist mein Vater. Und das Foto wurde in Waco gemacht, was beweist –«

Jetzt unterbrach Sarah sie. »Es beweist überhaupt nichts. Schön, es gibt in Waco einen Menschen, der Edward entfernt ähnlich sieht. Das Foto ist unscharf, und die Züge des Mannes sind verschwommen. Wegen einer flüchtigen Ähnlichkeit ist er noch lange nicht Edward. Edward ist tot, Courtney. Alle sind sich darüber einig, daß er die Gefangenschaft unmöglich überlebt haben kann.«

»Alle außer mir«, widersprach Courtney zornig. »Ich habe nie geglaubt, daß er tot ist. Vielleicht ist er geflohen. Vielleicht –«

»Dummkopf. Wo war er dann in diesen vier Jahren? In Waco? Warum hat er nie versucht, uns zu finden?« Sarah seufzte. »Edward ist tot, Courtney. Alles bleibt beim alten. Geh jetzt schlafen.«

»Ich reise nach Waco.«

»Du tust was?« Sarah brauchte einen Augenblick um zu begreifen, dann begann sie zu lachen. »Natürlich fährst du nach Waco. Wenn du dich unbedingt umbringen lassen willst, indem du allein auf Wanderschaft gehst, dann kannst du es von mir aus gern tun.« Dann wurde ihr Ton schneidend. »Und jetzt verschwinde und laß mich schlafen!«

Courtney wollte noch etwas antworten, überlegte es sich aber und verließ schweigend den Raum.

Sie kehrte nicht in ihr Zimmer zurück. Kein Mensch konnte sie davon überzeugen, daß der Mann auf dem Foto nicht ihr Vater war. Er war am Leben. Sie fühlte es instinktiv, hatte es immer gefühlt. Er war nach Waco gezogen – sie wußte nicht, warum, sie wußte auch nicht, warum er nicht versucht hatte, sie zu finden. Aber jetzt würde sie ihn finden.

Zum Teufel mit Sarah. Sie wollte einfach nicht, daß

Edward am Leben war. Sie hatte einen Mann gefunden, der sie reich machen würde, und der ihr mehr zusagte als Edward.

Courtney begab sich in die Halle. Auf dem Pult brannte eine Kerze, aber sie entdeckte keine Spur von dem jungen Tom, der in der Nacht am Pult sitzen sollte, falls ein verspäteter Reisender auftauchte. Es war schon vorgekommen, daß sich ein nächtlicher Gast selber auf die Suche nach einem Zimmer begeben mußte und dabei alle Gäste weckte.

Courtney dachte nicht darüber nach, wo sich Tom herumtrieb, und vergaß auch, daß sie nur Nachthemd und Schlafrock anhatte. Sie hielt die Kerze in der Hand, hatte sich die kostbare Zeitung unter den Arm geklemmt und stieg die Treppe zu den Gästezimmern hinauf.

Sie wußte genau, was sie jetzt tun würde. Sie hatte noch nie etwas so Kühnes unternommen, und deshalb dachte sie lieber nicht darüber nach. Ohne zu zögern klopfte sie an die Tür, doch sie war so vernünftig, daß sie nur leise klopfte. Sie wollte ausschließlich Chandos wecken.

Als sie zum dritten Mal klopfte, flog die Tür auf, und sie wurde grob in den Raum gerissen. Eine Hand legte sich ihr auf den Mund, und ihr Rücken wurde an Chandos' harte Brust gepreßt. Die Kerze fiel ihr aus der Hand, und als er die Tür schloß, war es stockfinster im Zimmer.

»Hat Ihnen noch niemand gesagt, daß es Ihren Tod bedeuten kann, wenn Sie jemanden mitten in der Nacht wecken? Jemand, der schlaftrunken ist, hätte sich nicht die Zeit genommen festzustellen, daß Sie eine Frau sind.«

Er ließ sie los, und Courtney hielt sich nur mit Mühe auf den Füßen.

»Entschuldigen Sie, bitte, aber ich muß mit Ihnen sprechen. Ich wollte nicht den Morgen abwarten, weil ich Angst hatte, daß ich Sie verfehlen würde. Sie verlassen doch morgen die Stadt?«

Sie verstummte, als ein Streichholz aufflammte. Er hob

ihre Kerze auf, zündete sie an und stellte sie auf die kleine Kommode. Neben der Kommode lagen seine Satteltaschen und sein Sattel. Wahrscheinlich hatte er seine Sachen gar nicht erst ausgepackt, damit er jederzeit unverzüglich aufbrechen konnte.

Der Raum hatte sich verändert. Der große, handgewebte Teppich war zusammengerollt und lehnte an der Wand. Warum? Und warum war der kleine Teppich unter das Bett geschoben worden? Er hatte das Wasser und die Handtücher benützt, die sie am Abend heraufgebracht hatte, und die Tücher zum Trocknen über die Stangen des Waschtisches gehängt. Das einzige Fenster war geschlossen und die Vorhänge zugezogen. Auf dem Holzstuhl neben dem gußeisernen Ofen hingen ein sauberes blaues Hemd, die schwarze Jacke, das Halstuch und ein Gürtel. Der Revolvergürtel hing neben dem Bett, und das Halfter war leer. Beim Anblick seines zerwühlten Bettes wurde sie verlegen und wich zur Tür zurück. Sie hatte ihn geweckt, und das war absolut ungehörig.

»Es tut mir leid, daß ich Sie gestört habe«, entschuldigte sie sich.

»Aber Sie haben es getan. Deshalb werden Sie dieses Zimmer erst verlassen, wenn ich weiß, warum.«

Das klang wie eine Drohung, und plötzlich fiel ihr auf, daß sein Oberkörper nackt war und daß er die Hose nur hastig übergestreift hatte, so daß sein Nabel frei war. Die dichten, dunklen Haare auf seiner Brust bildeten ein T, dessen senkrechter Strich in der Hose verschwand. In einer seiner Gürtelschlingen steckte ein kurzes, gefährlich aussehendes Messer. Den Revolver hatte er wahrscheinlich hinten in den Hosenbund geschoben.

Nein, er war kein Risiko eingegangen, als er die Tür öffnete.

»Also?«

Sie zuckte zusammen. Seine Stimme klang nicht ungeduldig, aber er hatte sicherlich genug von ihr.

Sie hob zögernd den Blick. Sein Gesichtsausdruck war genauso undurchdringlich wie immer.

»Ich – ich habe gehofft, daß Sie mir helfen werden.«

Er hatte den Revolver tatsächlich hinten in den Hosenbund gesteckt. Jetzt zog er ihn heraus, ging zum Bett und steckte ihn in das Halfter. Dann setzte er sich auf das Bett und sah sie nachdenklich an. Das zerwühlte Bett, der halbbekleidete Mann waren zuviel für Courtney. Ihre Wangen begannen zu brennen.

»Sind Sie in Schwierigkeiten?«

»Nein.«

»Was dann?«

»Würden Sie mich nach Texas bringen?«

Sie hatte es hervorgesprudelt, bevor sie es sich anders überlegte.

Nach einer kurzen Pause fragte er: »Sie sind verrückt, nicht wahr?«

»Nein, ich versichere Ihnen, daß ich es ernst meine. Ich muß nach Texas. Ich habe Grund zu der Annahme, daß mein Vater in Waco lebt.«

»Ich kenne Waco. Die Entfernung von hier dorthin beträgt über vierhundert Meilen, und die Hälfte davon ist Indianerterritorium. Das haben Sie nicht gewußt, nicht wahr?«

»Ich habe es gewußt.«

»Aber Sie hatten nicht vor, diesen Weg zu wählen.«

»Es ist die kürzeste Route. Ich hätte sie vor vier Jahren mit meinem Vater benützt, wenn nicht –. Ich kenne die Gefahren. Deshalb bitte ich Sie, mich zu begleiten.«

»Warum ich?«

»Weil es sonst niemanden gibt, den ich darum bitten kann. Das heißt, es gibt einen Mann, aber der Preis, den er verlangt, ist zu hoch. Außerdem haben Sie heute bewiesen, daß Sie durchaus dazu fähig sind, mich zu beschützen. Ich bin davon überzeugt, daß Sie mich heil nach Waco bringen würden.« Sie unterbrach sich und überlegte, ob sie weitersprechen sollte, dann tat sie es. »Außerdem kommen Sie mir irgendwie bekannt vor.«

»Ich vergesse niemals ein Gesicht, Lady.«

»Ich will damit nicht sagen, daß wir einander kennengelernt haben. Ich würde mich bestimmt daran erinnern. Ich glaube, es liegt an Ihren Augen.« Natürlich konnte sie ihm nicht sagen, daß seine Augen sie auf magische Weise beruhigten, denn dann würde er sie bestimmt für verrückt halten. Deshalb fuhr sie fort: »Vielleicht habe ich als Kind jemandem vertraut, der die gleichen Augen hatte wie Sie. Ich weiß es nicht. Aber ich weiß, daß Sie mir das Gefühl der Sicherheit geben – ich fühlte mich zum ersten Mal seit der Trennung von meinem Vater sicher.«

Er stand auf, ging zur Tür und öffnete sie. »Ich bringe Sie nicht nach Texas.«

Sie war verzweifelt. Sie war nie auf die Idee gekommen, daß er ablehnen könnte. »Ich würde Sie dafür bezahlen.«

»Ich lasse mich nicht anheuern.«

»Aber Sie bringen eine Leiche nach Wichita, um die Belohnung zu kassieren.«

Er lächelte amüsiert. »Ich wäre auf dem Weg nach Newton ohnehin durch Wichita gekommen.«

»Ach – ich habe nicht gewußt, daß Sie vorhaben, in Kansas zu bleiben.«

»Das habe ich auch nicht vor.«

»Dann verstehe ich nicht –«

»Ich bleibe bei meinem Nein. Ich bin kein Kindermädchen.«

»Ich bin kein hilfloses Kind«, begann Courtney empört, verstummte aber, als sie seinen ironischen Gesichtsausdruck bemerkte. »Dann werde ich eben jemand anderen finden, der mich nach Waco bringt«, schloß sie.

»Das würde ich Ihnen nicht empfehlen. Man würde sie umbringen.«

Sarah hatte dasselbe gesagt, und Courtneys Zorn wuchs. »Es tut mir leid, daß ich Sie gestört habe, Mister

Chandos«, sagte sie scharf, machte kehrt und verließ hoch erhobenen Hauptes sein Zimmer.

10. KAPITEL

Das fünfundzwanzig Meilen nördlich von Wichita gelegene Newton lief Abilene allmählich den Rang als Rindersammelzentrum von Kansas ab. Vermutlich aber würde das Glück nur eine Saison dauern, denn Wichita traf bereits Anstalten, den Titel an sich zu reißen.

Die Tanzsäle, Saloons und Bordelle waren südlich der Eisenbahnlinie im Hide-Park-Viertel angesiedelt. In der Stadt hielten sich immer zahlreiche Cowboys auf, und der Höllenlärm dauerte rund um die Uhr an. Schießereien und Prügeleien waren gang und gäbe.

Dieser Rummel war für die Viehtriebsaison charakteristisch, denn die Cowboys erhielten ihren Lohn, sobald sie ihren Zielort erreichten, und brachten das Geld für gewöhnlich innerhalb weniger Tage durch. Chandos ritt durch Hide Park und beobachtete dabei die Viehtreiber. Sobald ihre Taschen leer waren, kehrten die meisten nach Texas zurück; einige versuchten ihr Glück in anderen Städten. Es war natürlich möglich, daß sich einmal einer von ihnen nach Rockley verirrte und dort von Courtney Harte dazu überredet wurde, sie nach Texas zu bringen.

Chandos' Gesicht spiegelte selten seine Gedanken wider, doch jetzt hätte er beinahe die Stirn gerunzelt. Die Vorstellung, daß die junge Courtney Harte mit einem dieser nach Frauen ausgehungerten Cowboys allein in der Prärie unterwegs war, wirkte nicht gerade beruhigend. Noch mehr ärgerte ihn, daß es ihm naheging. Diese dumme Frau aus dem Osten. In den vier Jahren, in denen sie auf sich selbst gestellt gewesen war, hatte sie überhaupt nichts gelernt. Ihr Überlebensinstinkt war entschieden unterentwickelt.

Chandos hielt vor Tuttles Saloon an, stieg aber nicht ab. Er griff in die Tasche seiner Jacke und zog einen kleinen Knäuel Haare heraus, den er seit vier Jahren bei sich trug. Es waren die Strähnen, die in seiner Hand geblieben waren, als er Courtney an den Haaren gezerrt hatte.

Er hatte damals ihren Namen nicht gekannt, ihn aber bald danach erfahren, als er nach Rockley ritt, um nachzusehen, was aus Kätzchen geworden war. Auch nachdem er ihren wirklichen Namen kannte, hatte er sie in Gedanken nur so genannt. Und er hatte in diesen vier Jahren oft an sie gedacht.

Natürlich hatte er im Geist immer noch das erschrokkene Gesicht des Kindes vor sich gesehen, das nicht viel älter war als seine getötete Schwester. Doch das dumme Kind hatte sich zu einer schönen Frau entwickelt – ohne jedoch viel klüger zu werden. Er war davon überzeugt, daß ihr eigensinniger Entschluß, nach Texas zu gelangen, sehr wahrscheinlich dazu führen würde, daß sie vergewaltigt und getötet wurde.

Chandos stieg ab und band sein Pferd vor Tuttles Saloon an. Er betrachtete den Haarknäuel noch einmal, warf ihn dann angewidert weg und stieß die Tür zum Saloon auf.

Obwohl es um die Mittagszeit war, saßen mindestens zwanzig Personen an der Bar und an den Tischen; sogar zwei tiefdekolletierte Damen waren anwesend. An einem Tisch hatte ein Berufsspieler eine Pokerrunde zusammengetrommelt, und am anderen Ende des Raumes trank der Marshal mit einigen Zechkumpanen und machte genausoviel Krach wie die übrigen Trinker. Drei Cowboys stritten freundschaftlich um die beiden Huren. Zwei gefährlich aussehende Individuen tranken schweigend an einem Ecktisch.

»Ist Dare Trask schon vorbeigekommen?« fragte Chandos den Barkeeper, als er einen Drink bestellte.

»Keine Ahnung, Mister. Kennst du einen Dare Trask, Will?« rief der Barkeeper einem Stammgast zu.

»Nicht, daß ich wüßte«, erwiderte Will.

»Er ist mit Wade Smith und Leroy Curly geritten«, ergänzte Chandos.

»Smith kenne ich. Angeblich hat er sich unten in Paris in Texas mit einer Frau zusammengetan. Die anderen beiden?« Der Mann zuckte die Schultern.

Chandos trank seinen Whisky. Das war wenigstens ein Hinweis. Durch ein paar harmlose Fragen in einem anderen Saloon hatte er erfahren, daß Trask nach Newton unterwegs war; von Smith hatte er jedoch seit zwei Jahren nichts mehr gehört. Dafür hatte er Leroy Curly in einer kleinen Stadt in Neu-Mexiko aufgespürt und nicht einmal einen Streit heraufbeschwören müssen. Curly war der geborene Unruhestifter. Er hatte begeistert die Gelegenheit benützt, Chandos zu beweisen, wie rasch er ziehen konnte, und war dabei gestorben.

Chandos besaß nur eine flüchtige Beschreibung von Dare Trask; ein kleiner Mann, Ende zwanzig, mit braunem Haar und braunen Augen. Die Beschreibung paßte auf zwei der Cowboys und auf einen der Revolverhelden am Ecktisch. Doch Dare Trask besaß ein besonderes Kennzeichen: an der linken Hand fehlte ihm ein Finger. Chandos bestellte einen zweiten Whisky. »Falls Trask vorbeikommt, erzählen Sie ihm, daß Chandos ihn sucht.«

»Chandos? Klar, Mister. Sind Sie ein Freund von ihm?«

»Nein.«

Das genügte. Nichts reizte einen Revolverhelden mehr als die Tatsache, daß ihn jemand suchte, den er nicht kannte. Auf diese Art und Weise hatte Chandos Cincinnati gefunden; er hoffte, daß die Methode auch bei Trask wirken würde.

Sicherheitshalber musterte er die drei Männer, auf die

Trasks Beschreibung ungefähr paßte, unauffällig. Jeder von ihnen besaß zehn Finger.

»Verdammt noch mal, was suchen Sie eigentlich, Mister?« fragte der Cowboy, der allein am Tisch zurückblieb, nachdem seine beiden Freunde gerade mit den Huren in den ersten Stock abgezogen waren, was ihm offensichtlich gar nicht paßte.

Chandos kümmerte sich nicht um ihn. Einen Mann, der es auf einen Streit angelegt hat, kann kein Mensch beruhigen.

Der Cowboy stand auf, packte Chandos an der Schulter und drehte ihn zu sich. »Ich habe dich etwas gefragt, du –«

Chandos versetzte ihm einen Tritt in den Unterleib; der Cowboy sank totenblaß auf die Knie und drückte die Hände auf den schmerzenden Körperteil. Chandos zog den Revolver.

Marshal McCluskie war zwar aufgestanden, traf aber keine Anstalten einzugreifen. Er wollte nicht unbedingt dasselbe Schicksal erleiden wie sein Vorgänger, der versucht hatte, Ruhe und Ordnung in Newton einkehren zu lassen. Außerdem legte man sich nicht mit einem Fremden an, der den Revolver bereits in der Hand hielt.

Die anderen beiden Cowboys kamen mit versöhnlich ausgestreckten Händen die Treppe herunter, um ihren Freund einzusammeln. »Nur mit der Ruhe, Mister. Bucky hat soviel Verstand wie eine Fliege. Er wird Ihnen bestimmt keine Schwierigkeiten mehr machen.«

»Verdammt nochmal, ich –«

Einer der beiden Cowboys rammte Bucky den Ellbogen in die Magengrube, während er ihm auf die Füße half. »Halt das Maul, du Idiot, solange du noch eines hast. Du kannst froh sein, daß er dir nicht ein Loch in den Kopf gebrannt hat.«

»Ich bleibe noch einige Stunden in der Stadt, falls euer Freund Lust auf mehr hat«, erklärte Chandos den beiden Cowboys.

»Nein, Sir. Wir bringen Bucky ins Lager zurück und bläuen ihm ein wenig Verstand in den Schädel, wenn er keine Ruhe gibt. Er wird Ihnen nicht mehr über den Weg laufen.«

Davon war Chandos nicht überzeugt; er würde eben auf der Hut sein müssen, bis er Newton wieder verließ.

Sobald Chandos den Revolver ins Halfter gesteckt hatte, schwoll der Lärm im Raum wieder an. Der Marshal nahm mit einem erleichterten Seufzer Platz, und das Kartenspiel ging weiter.

Kurz darauf verließ auch Chandos Tuttles Saloon. Er mußte noch die übrigen Saloons sowie die Tanzsäle und die Bordelle abklappern. In einem der letzteren würde er sich vielleicht länger aufhalten, denn es war Ewigkeiten her, daß er eine Frau gehabt hatte. Als Courtney im Nachthemd vor ihm gestanden hatte, war ihm diese Tatsache brennend heiß zu Bewußtsein gekommen.

In diesem Augenblick erblickte er im Staub den Haarknäuel, den er weggeworfen hatte. Der Wind blies ihn ihm vor die Füße: Chandos hob ihn auf und steckte ihn in die Jackentasche.

11. KAPITEL

Während die anständigen Menschen am Sonntagmorgen in der Kirche beteten, saß Reed Taylor in seinem Büro oberhalb des Saloons. Er hatte einen Stuhl ans Fenster gezogen und Groschenromane neben sich liegen.

Abenteuerromane faszinierten ihn, und er war gerade zum zehnten Mal in die Lektüre seines Lieblingsbuchs vertieft, als Ellie May aus seinem Schlafzimmer geschlendert kam und laut gähnte, um ihn auf sich aufmerksam zu machen. Doch er ließ sich nicht ablenken, zumal ihn die vergangene Nacht restlos erschöpft hatte.

»Du hättest mich wecken sollen, Süßer«, murmelte sie kehlig und legte ihm die Arme um den Hals. »Ich habe geglaubt, daß wir den ganzen Tag im Bett verbringen werden.«

»Das war ein Irrtum. Jetzt geh schön brav in dein Zimmer.«

Er tätschelte ihre Hand, ohne von seiner Lektüre aufzublicken, worauf May verärgert den Mund verzog. Sie war hübsch, hatte eine gute Figur und mochte Männer über alles. Das galt übrigens auch für Dora, das Mädchen, das gemeinsam mit ihr in Reeds Saloon arbeitete. Doch Reed ließ nicht zu, daß die zwei auch seine Kunden betreuten. Er hatte sogar einen Revolverhelden angestellt, der dafür sorgen mußte, daß die beiden sich an diese Vorschrift hielten.

Reed betrachtete beide Mädchen als seinen Privatbesitz und konnte äußerst ungemütlich werden, wenn er Lust hatte, mit einer von ihnen ins Bett zu gehen und sie ihn warten ließ. Das Problem bestand nur darin, daß er nach Ansicht seiner Schutzbefohlenen mit keiner von ihnen oft genug ins Bett ging, weil sie ihn sich teilen mußten. Dora und Ellie May waren einmal Freundinnen gewesen, standen einander jetzt aber dank dieser Sachlage feindselig gegenüber.

Am liebsten wäre es Ellie May gewesen, wenn Courtney Harte Reed geheiratet hätte. Vielleicht würde der dann Dora und sie gehen lassen. Er hatte ihnen versprochen, sie nach Wichita mitzunehmen, und vielleicht würde sich dort Verschiedenes ändern.

»Weißt du, worin dein Problem besteht, Reed?« fragte Ellie May. »Du interessierst dich nur für drei Dinge – Geld, die blöden Groschenromane und deine Freundin von gegenüber. Ich wundere mich ja, daß du sie nicht in die Kirche begleitest; allerdings würde der Pfarrer dann vielleicht vor Schreck in Ohnmacht fallen.«

Sie hätte sich ihren Sarkasmus schenken können, denn

Reed hörte ihr nicht einmal zu. Sie wandte sich zornig ab, blickte dabei zufällig zum offenen Fenster hinaus, und ihre Augen leuchteten auf.

»Wer wohl der Kerl ist, der Miß Courtney von der Kirche nach Hause begleitet?« fragte sie unschuldig.

Reed sprang auf und schob Ellie May vom Fenster weg, um selbst nachzusehen. Dann zog er die Vorhänge zu, drehte sich um und funkelte sie wütend an.

»Du verdienst eine Tracht Prügel. Du solltest doch Pearce Cates erkennen können.«

»Ach, das war Pearce?« meinte sie scheinheilig.

»Verschwinde!«

Als sie das Zimmer verließ, lächelte sie zufrieden. Es hatte gut getan, Reed aus der Fassung zu bringen, wenn auch nur für kurze Zeit. Er war so daran gewöhnt, seinen Willen durchzusetzen, daß er aus dem Häuschen geriet, wenn ihm etwas in die Quere kam. Er war fest entschlossen, Courtney zu heiraten, und obwohl sie sich bis jetzt weigerte, war er davon überzeugt, daß sie schließlich nachgeben würde.

»Courtney!«

Sie blieb stehen und seufzte tief, als sie Reed Taylor erblickte, der über die Straße auf sie zukam. Ausgerechnet der. Noch ein paar Meter, und sie hätte sich glücklich im Hotel befunden.

Mattie und Pearce blieben ebenfalls stehen, aber Courtney bedeutete ihnen weiterzugehen. Im nächsten Augenblick stand Reed neben ihr; er war offenbar in dem Augenblick aus seinem Saloon gestürzt, in dem er sie sah, denn er hatte weder seinen Rock angezogen, noch seinen Hut aufgesetzt. Er wirkte überhaupt etwas ungepflegt; seine blonden Haare waren ungekämmt, und er hatte sich an diesem Tag noch nicht rasiert. Dennoch sah er immer noch sehr gut aus. Die Kombination von dunkelgrünen Augen, Adlernase und Grübchen beim Lächeln war unwiderstehlich. Außerdem war er groß und kräftig – er strahlte Stärke aus. Er war der geborene Gewinner, der typische erfolgreiche Mann.

Manchmal dachte Courtney darüber nach, ob sie seine schlechten Eigenschaften vielleicht zu schwer nahm. Aber sie konnte nicht anders. Er war der herrschsüchtigste, eigensinnigste, hartnäckigste Mann, den sie je kennengelernt hatte. Sie mochte ihn einfach nicht. Doch als sie ihn jetzt begrüßte, ließ sie sich ihre Gefühle nicht anmerken, dazu war sie viel zu gut erzogen.

»Guten Morgen, Reed.«

Er kam sofort zur Sache. »Seit dem Zwischenfall in Handleys Laden hast du keine Zeit für mich gehabt.«

»Ja, und?«

»Hat dich der Zwischenfall so aufgeregt?«

»Natürlich.«

Das stimmte. Aber sie war vor allem damit beschäftigt, jemanden zu finden, der sie nach Texas brachte. Berny Bixler war bereit, ihr einen Wagen und ein kräftiges Pferd zu verkaufen. Ihr fehlte nur noch ein Begleiter.

Doch die Schießerei bei Handley war ein guter Vorwand, um Reed abzuwimmeln.

»Ich habe es kaum glauben können, als ich zurückkam«, erzählte Reed. »Es war ein verdammtes Glück, daß dieser Chandler dabei war.«

»Chandos«, stellte Courtney richtig.

»Was? Ist ja gleich. Ich wollte mich bei ihm dafür bedanken, daß er dir zu Hilfe gekommen ist, aber er ist am nächsten Tag frühmorgens abgereist. Wahrscheinlich war dies ohnehin die beste Lösung, weil der Mann bei der geringsten Herausforderung sofort den Revolver gezogen hat.«

Courtney wußte, was Reed meinte. Es war am nächsten Tag zu einer zweiten Schießerei gekommen, weil Jim Wards Freund Chandos vor dem Hotel herausgefordert hatte. Laut dem alten Charley hatte der Kerl keine Chance gehabt, weil Chandos blitzschnell zog. Chandos hatte seinen Gegner jedoch nicht getötet, sondern nur an der rechten Hand verletzt. Dann hatte er den Verwundeten gefesselt, Jim Wards Leiche auf seinem Pferd festgebunden, und war mit dem Toten und dem Lebenden im Schlepptau nach Wichita geritten.

»Es war nicht deine Aufgabe, dich in meinem Namen bei dem Mann zu bedanken, Reed«, widersprach Courtney. »Ich habe selbst versucht, ihm meinen Dank auszusprechen, aber er wollte nichts davon hören.«

»Es tut mir wirklich leid, daß ich nicht dabei war, um dich zu verteidigen, Liebling«, erklärte Reed aufrichtig. Dann fuhr er ohne Übergang fort: »Aber meine Reise war wenigstens erfolgreich. Ich habe mir in Buffalo City einen erstklassigen Baugrund sichern können. Der Mann, der mir davon erzählt hat, hat recht gehabt. Dank der Eisenbahn ist praktisch über Nacht eine weitere Stadt entstanden, diesmal an der Stelle, an der sich früher das Lager der Schnapsbrenner befunden hat. Sie wurde nach dem Kommandanten der nahegelegenen Garnison Dodge City benannt.«

»Schon wieder ein Viehsammelzentrum?« bemerkte Courtney unbeeindruckt. »Willst du nun dorthin übersiedeln statt nach Wichita?«

»Nein. Ich werde jemanden anstellen, der den Saloon in Dodge leitet; mein Hauptquartier wird aber nach wie vor Wichita sein.«

»Wie unternehmungslustig. Warum behältst du nicht auch deinen Saloon in Rockley, statt ihn niederzureißen?«

»Daran habe ich auch schon gedacht. Wenn du findest –«

»Hör auf, Reed«, unterbrach ihn Courtney schnell. Der Mann war tatsächlich dickhäutig wie ein Elefant. »Was immer du entscheidest hat nichts mit mir zu tun.«

»Natürlich hat es mit dir zu tun.«

»Du täuschst dich. Ich habe beschlossen, Rockley zu verlassen.«

»Was soll das wieder heißen? Ich weiß, daß du in den Osten zurückkehren möchtest, und dafür habe ich volles Verständnis. Ich bin ja nur deinetwegen in Rockley geblieben. Aber was willst du jetzt noch im Osten? Sarah hat mir erzählt –«

»Es ist mir gleichgültig, was Sarah dir erzählt hat. Und wohin ich von hier ziehe, geht dich überhaupt nichts an.«

»Natürlich geht es mich etwas an.«

Sie hätte am liebsten geschrien. Aber es war immer so gewesen. Ein Nein hatte er noch nie akzeptiert, und er hatte einfach nicht zur Kenntnis genommen, daß sie sich weigerte, ihn zu heiraten. Wie konnte sie ihm das bloß begreiflich machen?

»Ich muß weiter, Reed. Mattie und Pearce warten auf mich.«

»Laß sie warten und hör mir zu. Es geht darum, daß du fortziehen willst. Ich kann dir einfach nicht gestatten –«

»Du kannst mir nicht *gestatten!*« wiederholte sie.

»Ich habe es doch nicht so gemeint«, versuchte er, sie zu beruhigen. Es kam nur selten vor, daß ihre Augen so funkelten wie jetzt, aber dann erregte sie ihn wie keine andere Frau. »Es geht doch nur darum, daß ich in zwei Wochen nach Wichita übersiedle und finde, daß wir vorher heiraten sollten.«

»Nein.«

»Es ist ein verdammt langer Ritt von Wichita hierher und wieder zurück, nur um weiterhin um dich zu werben.«

»Fein.«

Er runzelte die Stirn. »Du hast mir nie einen vernünftigen Grund genannt, warum du mich nicht heiraten willst. Ich weiß, du behauptest, daß du mich nicht liebst –«

»Das hast du also wenigstens gehört.«

»Du wirst lernen, mich zu lieben«, versicherte er lächelnd, und seine Grübchen vertieften sich. »Du wirst dich an mich gewöhnen.«

»Ich will mich nicht an dich gewöhnen, Reed, ich –«

Sie ertrug seinen unerwarteten Kuß, ohne sich zu wehren. Er war nicht widerlich. Reed verstand etwas vom Küssen. Doch die einzige Reaktion, die sie empfand, war Wut. Am liebsten hätte sie ihm eine Ohrfeige gegeben. Doch das Schauspiel, das sie boten, war schon arg genug. Sie wollte es nicht noch schlimmer machen.

Als er sie losließ, trat sie zurück. »Auf Wiedersehen, Reed.«

»Wir werden heiraten, Courtney«, sagte er, als sie an ihm vorüberging.

Courtney reagierte nicht auf diese Worte, die wie eine Drohung geklungen hatten. Vielleicht sollte sie ihre Abreise verschieben, bis Reed nach Wichita übersiedelte. Sie glaubte zwar nicht, daß er versuchen würde, sie am Weggehen zu hindern, aber bei Reed konnte man nie wissen.

Sie war so sehr in ihre Gedanken vertieft, daß sie beinahe in den Revolvermann hineinrannte, der in der Eingangstür des Hotels stand. Er mußte den Arm ausstrecken, um sie daran zu hindern. Wieso hatte sie ihn nicht bemerkt? Hatte er womöglich den Kuß gesehen? Wie immer war sein Gesicht undurchdringlich.

Sie spürte, wie sie errötete, und wurde noch verlegener. Sie warf einen Blick zurück, aber Reed war bereits in seinem Saloon verschwunden.

»Ich habe geglaubt, daß ich Sie nie wieder –« begann sie, unterbrach sich aber, als er ihr ein Stück Papier in die Hand drückte.

»Können Sie das innerhalb einer Stunde beisammen haben?«

Sie faltete das zerknüllte Blatt auseinander und überflog den Inhalt. Ihr Herz setzte kurz aus. Es war eine Packliste.

Sie blickte zu ihm auf. »Soll das heißen, daß Sie es sich überlegt haben?«

Er erwiderte ihren Blick, wie es schien, eine Ewigkeit lang. Sie war so leicht zu durchschauen: ihre Katzenaugen leuchteten vor Hoffnung und Aufregung.

»Eine Stunde, Lady, oder ich reite allein.«

12. KAPITEL

Mattie klopfte nur kurz und öffnete dann sofort die Tür. »Er ist also wiedergekommen?«

Courtney sah sich um. »Was? Ach, Mattie, ich habe vergessen, daß du und Pearce warten. Entschuldige bitte. Aber steh nicht herum, sondern komm herein und hilf mir.«

»Wobei soll ich dir helfen?«

»Was glaubst du wohl?«

Die Augen der Jüngeren weiteten sich, als sie das Durcheinander im Raum betrachtete. Überall lagen Sachen herum, Kleider und Unterröcke waren auf dem Stuhl, dem Bett, dem Tisch verstreut.

»Du meinst, ich soll dir helfen, in deinem Zimmer Ordnung zu machen?«

»Dummchen, ich kann meine Kiste nicht mitnehmen, weil er auf der Liste keinen Wagen, sondern nur ein Pferd mit komplettem Geschirr erwähnt hat. Sieh selbst.« Courtney reichte Mattie die Liste.

Diese starrte sie ungläubig an. »Er will dich also doch nach Texas bringen? Du hast doch gesagt –«

»Er hat es sich überlegt. Er macht nicht viele Worte, Mattie. Er hat mir die Liste gegeben und mich gefragt, ob ich die Sachen innerhalb einer Stunde beisammen haben kann. Und jetzt mach schon, ich habe nicht viel Zeit. Ich muß bei Handley noch Satteltaschen und Vorräte besorgen, ein Pferd kaufen, und –«

»Du kannst doch die Strecke nach Texas nicht ohne

Wagen zurücklegen, Courtney. Du wirst auf der Erde schlafen müssen.«

»Ich nehme eine Bettrolle mit«, erklärte Courtney fröhlich. »Du siehst ja, daß auf der Liste eine steht.«

»Courtney!«

»Mir bleibt keine andere Wahl, nicht wahr? Und ohne Wagen kommen wir viel schneller voran. Ich werde viel früher in Waco sein, als ich angenommen habe.«

»Du bist noch nie einen ganzen Tag lang geritten, geschweige denn Wochen. Du wirst dich bestimmt so wundreiten –«

»Ich werde es schaffen, Mattie. Ich habe keine Zeit, mit dir zu streiten. Wenn ich nicht fertig werde, reitet er ohne mich.«

»Laß ihn doch. Der Mann hat es viel zu eilig. Er wird dich über die Prärie jagen. Deine Blasen werden Blasen ziehen. Nach zwei Tagen wirst du dir wünschen, tot zu sein, und ihn anflehen, er möge dich zurückbringen. Du wirst bestimmt jemand anderen finden, der dich begleitet.«

»Nein. Kann ich denn den Männern trauen, die durch Rockley durchkommen? Chandos vertraue ich. Du hast selbst gemeint, daß er der Richtige wäre. Außerdem kommt noch etwas dazu. Ich habe das Gefühl, daß Reed versuchen wird, mich zurückzuhalten.«

»Das würde er nie wagen.«

»O doch. Und es gibt nicht viele Männer, die sich Reed widersetzen würden.«

»Und du glaubst, daß Chandos es tun würde? Damit könntest du allerdings recht haben, aber –«

»Ich muß nach Waco, Mattie. Und Chandos ist der beste Begleiter, den ich finden kann. So einfach ist das. Hilfst du mir jetzt? Die Zeit wird knapp.«

»Also schön«, seufzte Mattie. »Was steht noch auf der Liste? Wirst du eine Hose und Hemden kaufen? Er hat sie angeführt.«

Courtney schüttelte den Kopf. »Er hat sie bestimmt nur auf die Liste genommen, weil ich nicht in einem Kleid reiten kann. Aber ich habe aus meinem Mohairrock einen Reitrock geschneidert, und damit ist alles in Ordnung.«

»Glaubst du wirklich, daß das der einzige Grund ist? Vielleicht will er, daß du wie ein Mann aussiehst. Du vergißt, durch was für Gebiete ihr reitet.«

»Fang nicht an, mir die Gefahren zu schildern, Mattie. Ich habe auch so schon genügend Angst.«

»Kaufe dir wenigstens eine Hose, um nichts falsch zu machen.«

»Mr. Handley wird mich für verrückt halten. Außerdem habe ich nicht soviel Zeit.«

Mattie betrachtete die Reisetasche, in die Courtney gerade zwei Kleider stopfte. »Auf der Liste steht zwar, daß du nur wenig Wäsche mitnehmen sollst, aber du bringst in der Tasche noch ein Kleid unter. Warum nicht? Du brauchst ohnehin einen zweiten Sack für die Lebensmittel, und du hast immer noch die Satteltaschen. Du wirst auf deinem Pferd ziemlich eingeengt sein, aber um das kommst du nicht herum.«

»Du kennst dich doch mit Pferden besser aus als ich, Mattie, und hier steht, daß ich ein gutes Pferd brauche. Könntest du vielleicht für mich eins kaufen?«

»Die Auswahl im Stall drüben ist nicht groß. Wenn wir etwas mehr Zeit hätten, würde ich dir ein Prachtstück von unserer Farm bringen.«

»Ich habe aber keine Zeit, Mattie. Er hat gesagt, eine Stunde, und das heißt eine Stunde.«

»Ich werde sehen, was ich tun kann«, murrte Mattie. »Wir treffen uns dann vor Handleys Laden. Weiß Sarah es schon?«

Während Courtney ihrer Freundin Geld gab, meinte sie grinsend: »Machst du Witze? Wenn sie es wüßte, würde sie jetzt hier stehen und mir in den düstersten Farben schildern, was mich erwartet.«

»Warum machst du dich nicht aus dem Staub, ohne es ihr zu sagen? Du würdest dir viel ersparen.«

»Das kann ich nicht, Mattie. Schließlich hat sie sich all die Jahre um mich gekümmert.«

»Um dich gekümmert!« rief Mattie empört. »Sie hat dich bis zum Umfallen schuften lassen.«

Courtney lächelte über die offene Ausdrucksweise ihrer Freundin. Doch sie hatte sich im Lauf der Jahre ebenfalls angewöhnt, unbekümmerter zu sprechen; zumindest errötete sie nicht mehr, wenn Mattie mit einem Kraftausdruck herausplatzte.

Ihr wurde erst in diesem Augenblick klar, wie lang es dauern würde, bis sie Mattie wiedersah, und sie meinte: »Du wirst mir fehlen, Mattie; ich möchte übrigens, daß du dir von den Dingen, die ich zurücklasse, alles nimmst, was dir gefällt.«

»Soll das heißen, daß ich all die hübschen Kleider haben kann?«

»Mir ist es lieber, wenn du sie hast, und nicht Sarah.«

»Ich weiß wirklich nicht, was ich sagen soll. Ich meine – du wirst mir auch fehlen.«

Sie lief aus dem Zimmer, um nicht in Tränen auszubrechen. Es hatte keinen Sinn; Courtneys Entschluß stand fest.

Auch in Courtneys Augen standen Tränen, während sie rasch fertigpackte und dann in ihr Reitkleid schlüpfte.

Sie traf noch im Hotel auf Sarah. Sie hatte vorgehabt, sich erst im letzten Augenblick zu verabschieden, nachdem sie bei Handley eingekauft hatte, doch das ging nun nicht mehr.

»Du hältst also immer noch an der idiotischen Idee fest, nach Waco zu reisen?« fragte Sarah.

»Allerdings.«

»Wenn du draußen in der Prärie stirbst, du kleine Närrin, will ich verdammt sein, wenn ich um dich traue-re.«

»Ich mache mich nicht allein auf den Weg, Sarah.«

»Was? Wer begleitet dich denn?«

»Er heißt Chandos und ist der Mann, der –«

»Ich weiß, wer er ist«, zischte Sarah. Dann begann sie überraschenderweise zu lachen. »Ich verstehe. Der lächerliche Unsinn über deinen Vater war nur ein Vorwand, damit du mit diesem Revolverhelden auf und davon gehen kannst. Ich habe immer schon gewußt, daß du ein Tramp bist.«

Courtneys Augen blitzten zornig. »Das stimmt nicht, Sarah. Aber von mir aus kannst du denken, was du willst. Übrigens, falls mein Vater wirklich am Leben ist, dann bist du eine Ehebrecherin, stimmt's?«

Während des kurzen Augenblicks, in dem Sarah sie sprachlos anstarrte, verließ Courtney das Hotel. Sie befürchtete, daß Sarah ihr folgen würde, doch das war nicht der Fall.

Sie erblickte auf der Straße weder Chandos noch sein Pferd, also blieb ihr noch etwas Zeit. Sie kaufte rasch ein, was sie brauchte, und verabschiedete sich gleich von einigen Leuten, die freundlich zu ihr gewesen waren, denn außer Lars Handley befanden sich zufällig Charley, Snub und die Coffman-Schwestern in seinem Laden.

Mattie kam herein, bevor Courtney fertig war. »Er wartet draußen.«

Courtney sah zum Fester hinaus und erblickte Chandos auf seinem Pferd. In diesem Augenblick empfand sie einen Anflug von Angst. Sie kannte diesen Mann kaum und vertraute ihm dennoch ihr Leben an.

»Er hat ein zweites Pferd mitgebracht«, fuhr Mattie leise fort. »Es ist aufgezäumt und gesattelt. Er hat das Tier gekauft und auch den Sattel ausgesucht. Wahrscheinlich hat er sich ausgerechnet, daß du in Rockley kein ordentliches Reittier bekommen wirst. Ich habe dir trotzdem die alte Nelly gekauft. Ich habe sie wirklich billig bekommen.« Mattie gab Courtney den Rest ihres Geldes zurück. »Du kannst sie zwar nicht reiten, aber sie gibt ein gutes Packpferd ab, und du wirst nicht so beengt sein.«

»Warum klingst du dann so unglücklich?«

»Bin ich gar nicht. Das heißt – du gehst fort... aber das ist nicht alles. Chandos hat mich durcheinandergebracht. Er hat im Stall so entschieden gewirkt, ohne viel zu sprechen. Du hast recht, er macht wirklich nicht viele Worte. Und ich habe eine Heidenangst vor ihm.«

»Aber Mattie!«

»Ich kann es nicht ändern. Woher weißt du eigentlich, daß du ihm vertrauen kannst?«

»Ich vertraue ihm eben. Du vergißt, daß er mich vor dem schrecklichen Jim Ward gerettet hat. Jetzt ist er wieder bereit, mir zu helfen.«

»Das weiß ich, aber ich möchte gern wissen, warum.«

»Das ist unwichtig, Mattie, ich brauche ihn. Und jetzt komm und hilf mir, das Zeug auf der alten Nelly festzuzurren.«

Chandos reagierte nicht, als die beiden Mädchen aus dem Laden traten. Er stieg nicht einmal ab, um ihnen zu helfen, so daß sie Courtneys Sachen allein auf das Packpferd binden mußten. Courtney beeilte sich; nicht so sehr wegen Chandos, sondern weil sie nicht wollte, daß Reed sie überraschte. Sie blickte immer wieder nervös zu seinem Saloon hinüber und hoffte, daß sie und Chandos Rockley verlassen konnten, bevor es zu einer Szene kam.

Nachdem die beiden Freundinnen einander zum letzten Mal umarmt hatten und Courtney im Sattel saß, fragte Chandos: »Haben Sie alles, was auf der Liste steht?«

»Ja.«

»Es ist wahrscheinlich zu spät, wenn ich Sie jetzt frage, ob Sie reiten können.«

Er sagte es so trocken, daß Courtney lachen mußte. »Ich kann reiten.«

»Dann tun wir's doch, Lady.«

Er ergriff die Zügel der alten Nelly und wandte sich

nach Süden. Courtney hatte gerade noch Zeit, Mattie zuzuwinken.

Sie erreichten sehr bald die letzten Häuser von Rockley. Courtney seufzte erleichtert auf und sagte diesem Kapitel ihres Lebens Lebewohl.

Sie gewöhnte sich sehr rasch daran, Chandos' Rücken vor sich zu sehen. Er weigerte sich einfach, neben ihr zu reiten. Sie versuchte einige Male, ihn einzuholen, aber er blieb immer eine gute Pferdelänge vor ihr. Es war nicht weit, aber nicht nahe genug für ein Gespräch. Dennoch wußte er stets, was sie tat. Er drehte sich nie um, aber jedes Mal, wenn ihr Pferd zurückblieb, wurde er langsamer. Er hielt immer die gleiche Entfernung zu ihr ein, was äußerst beruhigend wirkte.

Dieser Eindruck war falsch. Chandos hielt plötzlich an, stieg ab und kam dann zu ihr. Sie blickte ihn fragend an. Die Sonne war noch nicht untergegangen, und sie hatte nicht geglaubt, daß sie das Nachtlager so zeitig aufschlagen würden.

Doch dann regte sich leise Besorgnis in ihr, denn sein Gesichtsausdruck war entschlossen, und seine Augen waren kalt.

Er griff wortlos hinauf und zog sie vom Pferd. Sie schrie erschrocken auf, als sie gegen ihn fiel, und ihre Stiefel an seine Schienbeine prallten. Er zuckte mit keiner Wimper, drückte sie mit einem Arm an sich und umfaßte mit der zweiten Hand ihr Gesäß.

»Chandos, bitte!« rief sie entsetzt. »Was tun Sie?«

Er schwieg. Seine blauen Augen waren eisig, und sie las in ihnen die Antwort auf ihre Frage.

»Warum?«

»Warum nicht.«

Sie wollte es nicht glauben. »Ich habe Ihnen vertraut.«

»Das hätten Sie wahrscheinlich nicht tun sollen«, erklärte er kalt und drückte sie mit beiden Armen an sich.

Courtney begann zu weinen. »Bitte, Sie tun mir weh.«

»Ich werde Ihnen noch viel ärgere Schmerzen zufügen, wenn Sie nicht genau das tun, was ich Ihnen sage, Lady. Legen Sie jetzt die Arme um mich.«

Er wirkte weder zornig, noch sprach er laut. Seine kalte Entschlossenheit erschreckte sie mehr als seine Worte.

Sie sah ihm in die eisigen Augen und gehorchte, weil sie nicht wagte, ihm zu widersprechen. Ihr Herz klopfte rasend. Wie hatte sie sich nur so in ihm irren können?

»So ist es schon besser«, meinte er unbeeindruckt. Dann riß er mit einer einzigen Bewegung ihre Bluse vorn auf.

Courtney schrie auf, und obwohl sie wußte, daß es sinnlos war, konnte sie nicht anders. Sie erreichte damit allerdings nur, daß Chandos sie von sich stieß und sie mit einem Plumps vor seinen Füßen landete. Hastig raffte sie ihre Bluse zusammen.

Sie hatte sich darauf verlassen, daß Chandos sie beschützen würde, und kam sich jetzt verraten und verkauft vor. Sie blickte zu ihm auf, und in ihren Augen lag das tiefe Entsetzen, das sie empfand.

Doch dann erschauerte sie. Er wirkte so erbarmungslos, wie er mit gespreizten Beinen vor ihr stand, so stark, so schön und so grausam.

»Sie haben die Situation offenbar noch immer nicht erfaßt, sonst würden Sie nicht meinen Zorn riskieren, indem Sie schreien.«

»Ich weiß genau, in welcher Situation ich mich befinde.«

»Dann erklären Sie es mir. Sofort.«

»Sie werden mich vergewaltigen.«

»Und?«

»Ich kann Sie nicht daran hindern.«

»Und?«

»Ich weiß nicht, was ich noch sagen sollte.«

»Eine ganze Menge, Lady. Die Vergewaltigung sollte

Ihnen die geringste Sorge bereiten. Sie haben sich mir ausgeliefert. Das war dumm, denn jetzt kann ich mit Ihnen tun, was ich will. Habe ich mich klar ausgedrückt? Ich kann Ihnen die Kehle durchschneiden und Sie an einer Stelle liegen lassen, an der kein Mensch jemals Ihre Knochen suchen wird.«

Courtney zitterte wie Espenlaub. Sie hatte das alles nicht bedacht, als noch Zeit dafür gewesen war, und jetzt war es zu spät.

Als sie nicht aufhörte zu zittern, beugte sich Chandos vor und schlug sie ins Gesicht. Sie brach prompt laut heulend in Tränen aus, und er fluchte. Vielleicht verfuhr er zu hart mit ihr, aber sie hatte die Lektion gebraucht.

Er war bereit gewesen, notfalls noch weiter zu gehen, aber das war nicht notwendig. Sie ließ sich leicht in Angst versetzen.

Er legte ihr die Hand auf den Mund, um sie zum Schweigen zu bringen. »Du kannst aufhören zu weinen. Ich tue dir nichts.«

Er erkannte, daß sie ihm nicht glaubte, und seufzte. Er hatte sie tiefer verunsichert, als er vorgehabt hatte. »Hör zu, Kätzchen«, sagte er bewußt sanft. »Schmerz merkt man sich, deshalb habe ich ihn dir zugefügt. Du sollst nicht vergessen, was du heute gelernt hast. Ein anderer hätte dich vergewaltigt, ausgeraubt und wahrscheinlich getötet, um sein Verbrechen zu verbergen. Du kannst dein Leben nicht in die Hände eines Fremden legen, weder in diesem Teil des Landes noch sonstwo. Ich habe versucht, dir das begreiflich zu machen, aber du wolltest nicht auf mich hören. Diesen Trail benützen zu viele gefährliche Männer.«

Sie hatte aufgehört zu weinen. Er nahm die Hand von ihrem Mund und sah zu, wie sie sich mit der kleinen, rosa Zunge über die Lippen fuhr. Dann richtete er sich auf und wandte ihr den Rücken zu.

»Wir können genauso gut unser Nachtlager hier aufschlagen«, meinte er, ohne sie anzusehen. »Morgen früh bringe ich Sie nach Rockley zurück.«

13. KAPITEL

Courtney blickte einige Stunden lang zu den Sternen empor. Dann drehte sie sich um und starrte in das erlöschende Feuer. Sie nahm an, daß es gegen Mitternacht war.

Sie hatte sich beruhigt. Chandos hatte sie nicht mehr angerührt und war nur einmal zu ihr gekommen, um ihr einen Teller mit Essen zu geben. Er hatte auch nicht mehr mit ihr gesprochen, denn er war zweifellos der Ansicht, daß er alles Notwendige gesagt hatte.

Dieser Schuft! Wer gab ihm das Recht, sich als ihr Lehrer aufzuspielen? Das Recht, ihr Hoffnung zu machen, und diese Hoffnung dann wieder zu zerstören? Dennoch wagte sie nicht, ihm zu sagen, was sie von seiner ›Lektion‹ hielt. Sie hatte Angst, ihn damit zu provozieren.

Dann kamen die Tränen, Tränen der Verzweiflung. Es waren stumme Tränen, nur gelegentlich schnüffelte sie oder holte stockend Atem. Aber das genügte; Chandos hörte sie.

Er hatte nicht geschlafen, denn seine Gedanken hielten ihn wach. Seine Vorgehensweise bereute er allerdings nicht. Er hatte in bester Absicht gehandelt, auch wenn die Lektion etwas drastisch ausgefallen war. Doch es war besser, wenn das Mädchen jetzt einen Schreck bekam, als wenn es später irgendwo in der Prärie verscharrt wurde. Reden allein hätte nichts genützt, denn sie hätte nicht auf ihn gehört.

Sein Problem war nur, daß ihr Schmerz ihn unerwarteterweise tief getroffen hatte. Es war beinahe wie damals gewesen, als ihr Leben zum ersten Mal in seinen Händen gelegen hatte. In ihm war der Beschützerinstinkt erwacht, und er wollte sie trösten und beruhigen. Daß sie weinte, zerrte an seinen Nerven. Er ertrug es nicht.

Sein erster Gedanke war fortzureiten, bis sie sich beruhigt hatte. Aber dann würde sie natürlich glauben, daß er sie im Stich ließ, und er wollte ihr nicht noch mehr Angst einjagen. Verdammt! Frauentränen hatten ihn bis jetzt nie beeindruckt. Was war an ihren Tränen anders?

Er stand geräuschlos auf, ging zu ihr hinüber und ließ sich neben sie auf den Boden fallen. Sie zog erschrocken die Luft ein, als er die Arme um sie schloß und sie an sich zog, so daß sie mit dem Rücken zu ihm lag.

»Keine Angst, kleine Katze. Entspann dich. Ich tue dir nichts.«

Sie war steif wie ein Brett. Sie traute ihm nicht, und er konnte ihr daraus kaum einen Vorwurf machen. »Ich werde Sie nur festhalten, nichts sonst«, erklärte er beruhigend. »Dann können Sie endlich aufhören zu weinen.«

Sie wandte sich ihm zu, und ihr tränennasses Gesicht rührte Chandos zutiefst. Ihre Augen waren wie große Wunden.

»Sie haben alles zerstört«, sagte sie jämmerlich.

»Das weiß ich«, bestätigte er, nur um sie zu beruhigen.

»Ich werde meinen Vater niemals finden.«

»Natürlich werden Sie ihn finden. Sie müssen nur eine andere Möglichkeit suchen, um zu ihm zu gelangen.«

»Wie soll ich das tun? Ich habe Ihretwegen so viel Geld für Lebensmittel ausgegeben, daß ich es mir nun nicht mehr leisten kann, nach Waco zu reisen. Ich habe Kleidungsstücke gekauft, die ich niemals tragen werde, ein Pferd, das so alt ist, daß Mr. Sieber es nie zurücknehmen wird, und einen nutzlosen Revolver, der mehr gekostet hat als das Pferd.«

»Ein Revolver ist nie nutzlos«, erklärte Chandos geduldig. »Hätten Sie den Ihren heute getragen, so hätten Sie verhindern können, daß ich auch nur in Ihre Nähe gelange.«

»Ich habe nicht gewußt, daß Sie mich angreifen werden«, erwiderte sie entrüstet.

»Das stimmt«, gab er zu. »Aber Sie hätten darauf gefaßt sein müssen. Hier draußen muß man auf alles gefaßt sein.«

»Jetzt bin ich es.« Sie spannte den Revolver, den sie unter der Decke versteckt hatte.

Er war nicht sonderlich beeindruckt. »Sehr gut, Lady, Sie lernen. Aber Sie müssen rascher reagieren.« Er griff unter die Decke, packte den Revolver am Lauf und entriß ihn ihr. »Das nächste Mal müssen Sie darauf achten, daß Sie schußbereit sind, vor allem, wenn Ihnen Ihr Ziel so nahe ist.«

»Es hat ja doch keinen Sinn«, seufzte sie hoffnungslos. »Ich hätte Sie ohnehin nicht erschießen können.«

»Wenn die Bedrängnis groß genug ist, kann man beinahe alles erschießen. Aber jetzt hören Sie endlich auf zu weinen, bitte. Ich gebe Ihnen auch Ihr Geld zurück.«

»Danke sehr«, erwiderte sie kurz angebunden und nicht im geringsten besänftigt. »Aber das nützt mir auch nichts. Ganz gleich, wie ich nach Texas gelange – ich kann nicht allein reisen. Und Sie haben mir klargemacht, daß ich niemandem vertrauen kann –«

»Es ist ohnehin falsch, daß Sie Ihren Vater aufsuchen, denn eigentlich sollte er zu Ihnen kommen. Schreiben Sie ihm.«

»Wissen Sie eigentlich, wie lange ein Brief nach Waco unterwegs ist? Sogar ich würde dort früher eintreffen.«

»Ich könnte den Brief hinbringen.«

»Sie reiten nach Waco?«

»Ich hatte es nicht vor, aber ich würde es tun.«

»Sie tun es bestimmt nicht«, widersprach sie unfreundlich. »Sobald wir uns trennen, würden Sie nicht mehr daran denken.«

»Ich habe gesagt, daß ich es tue, und ich pflege meine Versprechen zu halten.«

»Und was ist, wenn mein Vater nicht dort ist? Wie erfahre ich es?« Sie sah ihn bittend an, aber er schien sie nicht zu verstehen.

»Ich werde wahrscheinlich irgendwann wieder vorbeikommen.«

»Irgendwann? Ich soll auf irgendwann warten?«

»Was wollen Sie eigentlich von mir, Lady? Ich habe Wichtigeres zu tun, als Botengänge für Sie zu besorgen.«

»Ich will, daß Sie mich nach Waco bringen. Sie haben gesagt, daß Sie es tun werden.«

»Das habe ich nie gesagt. Ich habe Sie aufgefordert, aufgrund einer Liste eine Ausrüstung zusammenzustellen, und Sie haben den Schluß daraus gezogen, den Sie ziehen wollten.«

Er hatte nicht lauter gesprochen, aber sie spürte, daß er langsam die Geduld verlor. Trotzdem konnte sie nicht einfach darüber hinweggehen.

»Ich verstehe nicht, warum Sie mich nicht nach Waco bringen können. Sie reiten doch ohnehin nach Texas.«

»Sie haben wohl überhaupt nichts begriffen, nicht wahr?« Seine Stimme klang jetzt kalt.

»O doch«, widersprach sie unsicher.

»Wieso wollen Sie dann immer noch mit mir reiten?«

Courtney senkte verlegen den Blick. Er hatte natürlich recht. Eigentlich sollte sie nicht einmal mit ihm reden.

»Ich weiß, warum Sie sich so benommen haben«, meinte sie schüchtern. »Natürlich gefällt mir Ihre Vorgehensweise nicht, aber ich glaube nicht, daß Sie mir etwas antun wollten.«

»Sie haben keine Ahnung, was ich wollte.«

Courtney verkrampfte sich, als seine Arme sich plötzlich fester um sie schlossen.

»Hätten Sie – hätten Sie wirklich...?« stotterte sie.

»Hören Sie zu, Lady«, unterbrach er sie barsch. »Sie haben keine Ahnung, wozu ich fähig bin, also versuchen Sie gar nicht erst, Vermutungen anzustellen.«

»Wollen Sie mir schon wieder Angst machen?«

Er setzte sich auf. »Ich wollte nur, daß Sie aufhören zu weinen. Das ist mir gelungen. Jetzt sollten wir beide versuchen, wenigstens noch ein bißchen zu schlafen.«

»Warum nicht?« meinte sie vorwurfsvoll. »Meine Probleme berühren Sie ja nicht im geringsten. Vergessen Sie, daß ich Sie um Hilfe gebeten habe. Am besten, Sie vergessen alles.«

Chandos stand auf. Ihr spöttischer Ton beeindruckte ihn überhaupt nicht. Sie war eine Frau, und denen konnte man es nie recht machen. Aber ihre nächsten Worte trafen ihn wie ein Schlag in die Magengrube.

»Für mich gibt es doch noch eine Möglichkeit. Reed Taylor wird mich bestimmt nach Waco bringen. Das bedeutet natürlich, daß ich ihn heiraten muß, aber was soll ich sonst tun? Ich habe mich allmählich daran gewöhnt, daß nichts so geht, wie ich es möchte, also spielt auch das keine Rolle mehr.«

Sie hatte sich von ihm abgewandt und sprach mehr mit sich selbst als mit ihm. Dieses Luder! Er wußte nicht, ob er sich einfach nicht um sie kümmern oder ihr etwas Vernunft einbläuen sollte.

»Lady?«

»Was ist jetzt?« fuhr sie ihn an.

Er lächelte. Feige war sie jedenfalls nicht.

»Sie hätten ja gleich sagen können, daß Sie Ihren Körper einsetzen wollen, um nach Waco zu gelangen.«

»Was?« Sie fuhr so heftig herum, daß ihre Decke herunterglitt. »Ich würde nie –«

»Sie haben gerade gesagt, daß Sie den Kerl heiraten wollen.«

»Das hat doch nichts mit dem zu tun, was Sie gemeint haben.«

»Wirklich? Glauben Sie, daß Sie einen Mann heiraten können, ohne das Bett mit ihm zu teilen?«

Courtney errötete bis über beide Ohren. Sie hatte darüber noch nie nachgedacht, sondern nur geredet, um ihre Wut loszuwerden.

»Sobald Sie mich nach Rockley zurückgebracht haben, geht es Sie überhaupt nichts mehr an, was ich tue«, meinte sie schließlich.

Er trat wieder zu ihr. »Wenn Sie Ihre Jungfräulichkeit verkaufen, wäre ich unter Umständen an dem Geschäft interessiert.«

Sie war sprachlos. Wollte er sie vielleicht nur aus der Fassung bringen?

»Ich habe von einer Heirat gesprochen«, erwiderte sie unsicher. »Sie auch?«

»Nein.«

»Dann haben wir nichts mehr zu besprechen«, erklärte sie entschieden und wandte sich ab.

Chandos sah zu, wie sie nach ihrer Decke griff und sie sich bis zum Kinn hinaufzog.

Er drehte sich um und blickte zum Sternenhimmel empor. Wahrscheinlich war er verrückt geworden.

Trotz dieser Erkenntnis holte er tief Luft und sagte: »Ich bringe sie nach Texas.«

Sie schien einen Augenblick verblüfft, dann sagte sie: »Ihr Preis ist mir zu hoch.«

»Ich stelle keine zusätzlichen Forderungen, Lady; Sie bezahlen, was wir ursprünglich vereinbart hatten.«

Auf einmal, nach allem, was er ihr angetan hatte, überlegte er es sich jetzt wieder anders! Sie war so verärgert, daß sie nur kurz »Nein, danke«, sagte.

»Wie Sie wollen«, erwiderte er unbeeindruckt und kehrte zu seinem Schlafplatz zurück.

Sie war stolz darauf, daß sie abgelehnt hatte. Für wen hielt er sich denn, daß er mit ihrem Leben spielte?

Lange Zeit war nur das Knistern des Feuers zu hören. Dann flüsterte sie: »Chandos?«

»Ja?«

»Ich habe es mir überlegt. Ich nehme Ihr Angebot an.«

»Dann schlafen Sie endlich, Lady. Wir brechen zeitig auf.«

14. KAPITEL

Der Duft nach starkem Kaffee weckte Courtney. Sie blieb einen Augenblick regungslos liegen und genoß die Wärme der Morgensonne, die ihr ins Gesicht schien. Sie hatte noch nie unter freiem Himmel geschlafen und empfand dieses Erwachen als angenehme Abwechslung. Die Bettrolle, die sie auf dem dichten Gras ausgebreitet hatte, war sehr bequem; vielleicht würde es sie wirklich nicht stören, daß sie ohne Wagen reisten.

Doch als sie sich bewegte, sah das Ganze wieder anders aus. Ihr gesamter Körper schmerzte. Dann erinnerte sie sich an Matties Warnung. Sie waren gestern beinahe sechs Stunden geritten, zwar nicht scharf, und sie hatten nur fünfzehn oder zwanzig Meilen zurückgelegt, aber Courtney war es nicht gewohnt, so lange im Sattel zu sitzen. Ihre Muskeln protestierten unmißverständlich.

Als sie sich umdrehte, zuckte sie zusammen. Es war schlimmer, als sie gedacht hatte. Dann fiel ihr Blick auf ihren Begleiter, und sie vergaß ihre Beschwerden.

Chandos rasierte sich gerade. Er stand in etwa drei Metern Entfernung von ihr neben den angebundenen Pferden. Auf dem Boden neben seinen Füßen befand sich ein Rasiernapf mit einem Pinsel darin. Er hatte seinem Pferd bereits den Sattel aufgelegt und einen Rasierspiegel daran befestigt, und zwar so, daß er in ihn hinunterblikken konnte. Courtney hatte ihrem Vater oft beim Rasieren zugesehen, aber bei Chandos war es etwas anderes. Er trug kein Hemd, nur Hose und Stiefel, und den Revolvergürtel, den das an seinen Oberschenkel geschnallte Halfter an der rechten Seite hinunterzog.

Sie sah zu, wie er den Arm hob und sich den Schaum vom Gesicht kratzte. Sie sah zu, wie seine Muskeln sich anspannten und bewegten, und konnte den Blick nicht von seinem kräftigen, harten Körper wenden. Seine nackte Haut war dunkel, glatt und faszinierend.

»Ruhig, Surefoot.«

Chandos' Pferd war einen Schritt zur Seite gewichen, und Courtney war darüber erstaunt, wie sanft und beruhigend Chandos' Stimme klingen konnte. Er sprach noch einige Worte in einer ihr unbekannten Sprache zu dem Pferd, und als er schließlich sagte: »Sie sollten sich Kaffee holen, Lady. Wir bleiben nicht mehr lange hier«, schnappte sie nach Luft und errötete. Wußte er, daß sie ihn beobachtet hatte? Wieso hatte er überhaupt bemerkt, daß sie wach war?

Sie setzte sich langsam auf, und ihre Muskeln meldeten sich wieder. Am liebsten hätte sie gestöhnt, aber sie wagte nicht, Chandos zu gestehen, daß sie Schmerzen hatte. Sie waren erst einen Tag geritten. Wenn er auf die Idee kam, daß sie nicht durchhalten würde, überlegte er es sich womöglich wieder.

»Haben Sie vorhin Spanisch gesprochen?« erkundigte sie sich.

»Nein.«

»Mattie hat angenommen, daß Sie vielleicht spanischer Abstammung sind. Kommt Ihr Name aus dem Spanischen?«

»Nein.«

Courtney verzog das Gesicht. Er war aber auch ein Griesgram! Konnte er denn nicht zur Abwechslung einmal freundlich sein? Sie versuchte es noch einmal.

»Wenn Sie kein Spanier sind, was sind Sie dann?«

»Der Kaffee wird kalt, Lady.«

Das kommt davon, wenn man ein höfliches Gespräch führen will, dachte sie. Dann konzentrierte sich ihre Aufmerksamkeit auf den Kaffee. Sie war hungrig!

»Gibt es auch etwas zu essen, Chandos?«

Endlich sah er sie an. Ihre Haare hatten sich im Schlaf gelöst und hingen ihr bis zur Taile herab. Er erinnerte sich daran, wie er sich ihre Haare um die Hand geschlungen hatte. Sie blickte ihn unter schweren Lidern an, und ihre Augen wirkten noch schräger als gewöhnlich. Sie war müde, weil sie geweint hatte und die halbe Nacht wachgeblieben war. Sie hatte offensichtlich keine Ahnung, wie unglaublich verführerisch sie aussah.

»Neben dem Feuer liegen Pfannkuchen«, antwortete er.

»Ist das alles?«

»Am Morgen esse ich für gewöhnlich wenig. Sie hätten gestern abend essen sollen.«

»Ich wäre nicht imstande gewesen, es bei mir zu behalten. Ich war so –« Sie unterbrach sich. *Erwähne nicht den gestrigen Tag, Courtney.* »Pfannkuchen sind großartig, danke.«

Chandos wandte sich wieder seiner Rasur zu. Ich bin ganz bestimmt verrückt, sagte er sich. Das war die einzige Erklärung dafür, daß er eine Frau – diese Frau – durch über vierhundert Meilen Wildnis führen wollte. Ausgerechnet eine gottverdammte Jungfrau. Noch dazu hatte sie nichts Besseres zu tun, als ihn anzustarren und zu glauben, daß er es nicht merkte. Doch er hatte ihren Blick in dem Augenblick gespürt, in dem sie sich ihm zuwandte. Er hatte diese Augen genauso gespürt, als hätten nicht ihre Blicke, sondern ihre Hände seinen Körper liebkost.

Er mochte die Gefühle nicht, die sie in ihm weckte. Aber er würde sie nach Waco bringen. Er mußte es tun, denn sonst könnte er nie ihr schönes, tränenüberströmtes Gesicht, ihre von Verzweiflung erfüllten Katzenaugen vergessen. Er hatte keine Lust, dieses Bild für den Rest seines Lebens mit sich herumzutragen. Es genügte, daß er in den letzten vier Jahren das Bild des verängstigten Mädchens mit sich herumgetragen hatte, das ihn an seine tote Schwester erinnerte.

Zu seinem Verdruß war sie von dem Tag an, als er sie zum ersten Mal erblickte, mit ihm verbunden; verbunden durch das, was er erlitten hatte und was sie erleiden würde. Als er ihr Leben schonte, wurde sie zu einem Teil seines Lebens.

Das wußte sie natürlich nicht. Und es gab auch keinen Grund, warum sie es erfahren sollte.

Es war ein Fehler gewesen, daß er nach Rockley gekommen war, um nachzusehen, ob sie noch dort lebte. Und es war ein noch größerer Fehler gewesen, daß er zurückgekommen war, um sie vor den Folgen ihrer Unüberlegtheit zu bewahren. Er war nicht für sie verantwortlich. Er wollte nur eines: sich von dieser Neigung befreien, das Band zwischen ihnen durchtrennen. Statt dessen brachte er sie nach Waco. Ja, er war eindeutig verrückt.

»Chandos?«

Er wischte sich den restlichen Schaum vom Gesicht, ergriff das Hemd, das am Sattelknopf hing, und wandte sich ihr zu, während er hineinschlüpfte. Sie saß äußerst damenhaft am Feuer und hielt einen Blechnapf in der einen und die Reste eines Pfannkuchens in der anderen Hand. Ihre Wangen waren tiefrot, und sie wich seinem Blick aus. Statt dessen musterte sie die Prärie rings um sie, auf der es weder Büsche noch Bäume gab. Er erriet sofort, worin ihr Problem bestand, und wartete ab, was sie sagen würde.

Sie sah ihn kurz an und wandte dann den Blick wieder ab. »Ich – ich glaube, ich habe ... ich meine ... ach, vergessen Sie's.«

Er unterdrückte mühsam ein Lachen. Sie war unglaublich. Sie litt lieber, als über etwas zu sprechen, das sie sichtlich für unaussprechlich hielt.

Er schlenderte zum Feuer und hockte sich neben sie. »Sie sollten etwas damit tun«, meinte er und schob ihr eine Locke aus dem Gesicht.

Courtney starrte seine gebräunte Brust mit den dunklen Haaren darauf an. Eigentlich hätte er das Hemd zuknöpfen können, bevor er sich ihr näherte. Doch sie würde sich vermutlich daran gewöhnen müssen, daß sie mit einem Mann unterwegs war, der nichts von guten Umgangsformen hielt.

»Natürlich«, erwiderte sie sittsam. Sie zog die Haarnadeln aus der Tasche, schlang das lange, honigbraune Haar schnell zu einem Knoten und steckte ihn im Nacken fest. Chandos ließ sie dabei nicht aus den Augen. Er würde Abstand von ihr halten müssen.

»Ich breche jetzt auf«, erklärte er unvermittelt. Als sie ihn erschrocken ansah, fügte er hinzu: »Lassen Sie sich nicht zu lange Zeit, sonst werden Sie Mühe haben, mich einzuholen.«

Er packte den Wasserkessel und seinen Blechbecher ein, trat das Feuer aus und ritt davon. Courtney seufzte hörbar erleichtert auf. Jetzt konnte sie endlich ihrem menschlichen Bedürfnis nachgeben.

Dann begriff sie plötzlich, daß Courtney gewußt hatte, worin ihr Problem bestand. Wie schrecklich peinlich! Aber sie mußte wahrscheinlich ihr Zartgefühl vergessen, wenn sie mit einem Mann unterwegs war.

Sie beeilte sich, weil sie befürchtete, daß sie Courtney nicht mehr einholen würde, und machte sich so rasch wie möglich auf den Weg.

Ihre Besorgnis war unnötig gewesen. Er war etwa eine Viertelmeile geritten und hatte dann angehalten. Er blickte nach Westen und drehte sich nicht einmal um, als sie näherkam.

Erst als sie neben ihm hielt, sah er sie an und reichte ihr einen Streifen luftgetrocknetes Fleisch. »Kauen Sie das. Es sollte Ihren Hunger stillen, bis wir zu Mittag Rast machen.«

Er wußte also, daß sie immer noch, trotz der Pfannkuchen, halb verhungert war. »Danke«, flüsterte sie.

Doch Chandos traf keine Anstalten weiterzureiten. Als

sie endlich aufblickte, stellte sie fest, daß seine unergründlichen blauen Augen sie fixierten.

»Das ist Ihre letzte Gelegenheit umzukehren, Lady. Das wissen Sie doch?«

»Ich will nicht umkehren.«

»Wissen Sie wirklich, worauf Sie sich einlassen? Hier draußen finden Sie nichts, was auch nur entfernt an Zivilisation erinnert. Und wie ich schon gesagt habe, bin ich kein Kindermädchen. Erwarten Sie nicht, daß ich etwas für Sie tue, was Sie selbst tun können.«

Sie nickte langsam. »Ich werde selbst für mich sorgen. Ich erwarte von Ihnen nur, daß Sie mich beschützen, wenn es notwendig ist. Das werden Sie doch tun?«

»So gut ich kann.«

Während er das getrocknete Fleisch wieder in seiner Satteltasche verstaute, seufzte sie erleichtert auf. Das war wenigstens geklärt. Und wenn er jetzt noch aufhören würde, sich so zu benehmen, als hätte sie sich ihm aufgedrängt, würden sie sogar miteinander auskommen. Er könnte zumindest aufhören, sie Lady zu nennen.

»Ich habe einen Namen, Chandos«, begann sie.

»Ich kenne ihn«, unterbrach er sie, gab seinem Pferd die Sporen und fiel in Galopp.

Sie sah ihm empört nach.

15. KAPITEL

Courtney erblickte den Indianer zum ersten Mal kurz vor Mittag, als sie im Begriff waren, den Arkansas zu überqueren. Chandos war nach Westen geritten, bis sie den Fluß erreichten, und ihm dann nach Süden gefolgt, um eine seichte Stelle zu finden.

Courtney war nahezu geblendet, weil sie so lange auf den in der Sonne glitzernden Fluß gestarrt hatte. Deshalb konnte die Bewegung, die sie in dem Gebüsch am gegenüberliegenden Ufer wahrnahm, alles Mögliche gewesen sein. Vielleicht war der Mann mit den schwarzen Zöpfen nur eine Illusion.

Als sie Chandos erzählte, daß sie auf der anderen Seite des Flusses vielleicht einen Indianer erblickt hatte, zuckte er nur mit den Schultern.

»Dann war es eben einer. Machen Sie sich deshalb keine Sorgen.«

Dann faßte er die Zügel ihre Pferdes und die der alten Nell und zog die Tiere in den Fluß. Sie vergaß der Indianer, weil sie damit beschäftigt war, im Sattel zu bleiben. Das eiskalte Wasser reichte ihr bald bis zu den Hüften, und die scheckige Stute bemühte sich krampfhaft, in der starken Strömung nicht den Halt zu verlieren.

Als sie den Fluß hinter sich hatten, ihr Reitrock und ihr Unterrock zum Trocknen über einem Busch hingen und sie die ungewohnte Hose angezogen hatte, freundete sich Courtney mit der kleinen Stute an. Ihre Stute und Chandos' Wallach waren sogenannte Pintos, schöne, blauäugige Tiere. Ihre Zeichnung war beinahe gleich, nur war der Wallach schwarzweiß und die Stute braunweiß gefleckt.

Die Pintos waren die Lieblingspferde der Indianer – vermutlich wegen ihrer Ausdauer bei langen Ritten. Die Stute war Courtneys erstes Pferd, und sie empfand das Bedürfnis, ihr einen Namen zu geben.

Sie entschloß sich endlich, hinter den Büschen, hinter denen sie sich umgezogen hatte, hervorzukommen und Chandos zum ersten Mal in Hosen gegenüberzutreten.

Sie hatte die Hose im Laden nicht anprobiert und angenommen, daß sie ihr passen würde. Das erwies sich als Irrtum, denn sie saß viel zu knapp.

Chandos stand unten am Fluß und füllte ihre Feldflaschen, doch sie beachtete ihn nicht weiter, als sie sah, daß in dem Kessel über dem Feuer ein Stew brodelte. Das

Wasser lief ihr im Mund zusammen; sie ergriff den Löffel und beugte sich über den Kessel, um umzurühren.

»Verdammt nochmal!«

Sie ließ erschrocken den Löffel fallen, richtete sich auf und drehte sich zu Chandos um. Er stand ein paar Schritte von ihr entfernt, hielt die beiden Feldflaschen in der einen Hand und hatte die andere über die Augen gelegt, als wäre er erschrocken. Doch als er die Hand sinken ließ und sie ansah, merkte sie, daß dieser Eindruck nicht stimmte.

»Chandos?«

Er antwortete ihr nicht, sondern ließ den Blick über ihre Rundungen gleiten, die durch die hautenge Hose betont wurden. Sie bekam allmählich das Gefühl, daß sie überhaupt nichts anhatte.

Ihre Wangen brannten. »Sie haben keinen Grund, mich so anzusehen. Ich wollte mir keine Hose kaufen, aber Mattie hat gemeint, daß Sie mich vielleicht für einen Mann ausgeben wollen, also habe ich es getan. Ich habe mir noch nie Hosen gekauft, und ich hatte auch keine Zeit, sie anzuprobieren, weil –«

»Halten Sie den Mund. Es ist verdammt egal, warum Sie sie tragen; ziehen Sie die Hose aus und Ihren Rock wieder an.«

»Aber Sie haben verlangt, daß ich mir eine Hose kaufe!«

»Ich habe gesagt, Hose und Hemd. Und wenn Ihre Verstand nicht weiter reicht, als Ihren kleinen Arsch zur Schau zu stellen –«

»Wie können Sie es wagen!«

»Reizen Sie mich nicht noch mehr, Lady. Ziehen Sie wieder Ihren Rock an.«

»Er ist noch nicht trocken.«

»Von mir aus kann er triefnaß sein. Ziehen Sie ihn an – sofort!«

»Schön.« Sie drehte sich um und fügte wütend hinzu: »Aber machen Sie mir keine Vorwürfe, wenn ich mich erkälte und Sie –«

Er packte sie an der Schulter und riß sie so heftig herum, daß sie ihm in die Arme fiel. Offenbar war er genauso überrascht wie sie, denn er hielt sie am Gesäß fest und ließ sie auch nicht los, als sie ihr Gleichgewicht wiedergefunden hatte.

Courtney reichte es. »Ich habe geglaubt, daß ich mich umziehen soll?« fragte sie scharf.

Seine Stimme war leise, aber seltsam beunruhigend. »Sie verstehen wohl überhaupt nichts, Kätzchen?«

»Könnten Sie mich vielleicht jetzt loslassen?« fragte sie unsicher.

Er gehorchte nicht sofort, und einen Augenblick lang waren seine Augen genauso verwirrt wie die ihren. Sie bekam plötzlich keine Luft mehr.

»In Zukunft, Lady«, murmelte er schließlich, »würde ich Ihnen raten, mich nicht mehr auf diese Art zu überraschen. Wenn Sie unbedingt wollen, können Sie die Hose auch weiterhin tragen, denn ich habe tatsächlich auf ihr bestanden. Wenn ich meine . . . Mißbilligung über Ihren Aufzug nicht verbergen kann, dann ist das schließlich mein Problem, nicht das Ihre.«

»Wenn es Ihnen nichts ausmacht, würde ich dann lieber die Hose anlassen, bis wir gegessen haben und mein Rock etwas getrocknet ist. Ist es Ihnen recht?«

Er nickte, und Courtney ging zum Packpferd, um die Teller zu holen.

Etwa eine Stunde, nachdem sie aufgebrochen waren – sie folgten immer noch dem Fluß, allerdings in einiger Entfernung, um die dichten Büsche an seinem Ufer zu vermeiden –, erblickte Courtney wieder den Indianer. Sie wußte natürlich nicht, ob es derselbe war, aber diesmal war sie sicher, daß sie es sich nicht einbildete. Er hielt auf seinem kleinen Pinto auf einem Hügel westlich von ihnen und beobachtete sie von dort aus.

Sie trieb ihr Pferd an, um Chandos einzuholen. »Sehen Sie ihn?«

»Ja.«

»Was will er?«

»Nichts von uns.«

»Warum beobachtet er uns dann?«

Er wandte ihr endlich den Blick zu. »Beruhigen Sie sich, Lady. Er ist nicht der letzte Indianer, den Sie in den nächsten Wochen sehen werden. Kümmern Sie sich nicht um ihn.«

Der Mann konnte einen tatsächlich in Wut bringen. Doch es beruhigte sie, daß Chandos sich offensichtlich keine Sorgen machte.

Trotzdem erinnerte sich Courtney im Lauf des Nachmittags an all die Indianerüberfälle, von denen sie gehört oder gelesen hatte. Einige davon waren die begreifliche Reaktion auf das Massaker, das General Custers Kavallerie vor etwa vier Jahren an einer Gruppe von befreundeten Cheyennes verübt hatte.

Sie seufzte. Die Weißen töteten. Die Indianer rächten sich. Dann rächten sich wieder die Weißen, und die Indianer schlugen zurück. Würde es jemals aufhören?

Vor einem Jahr hatten in Nord-Texas einhundertfünfzig Kiowas und Komantschen zehn Wagen angegriffen, die Weizen transportierten. Obwohl es dem Leiter des Transports gelungen war, eine Wagenburg zu bilden, so daß einige seiner Männer entkommen konnten, waren alle übrigen getötet und verstümmelt worden.

Angeblich hatte der Kiowahäuptling Satanta diesen Angriff geleitet. Er war leicht zu erkennen, weil er oft den Messinghelm mit Federbusch und den Waffenrock eines US-Generals trug.

Satanta verfügte offensichtlich auch über Humor. Nachdem er den größten Teil der Pferdeherde von Fort Larned gestohlen hatte, beschwerte er sich in einem Brief an den Befehlshaber des Forts über die schlechte Qualität der gestohlenen Pferde und verlangte, daß man für seinen nächsten Besuch bessere Tiere bereitstellen solle.

Courtney war allerdings sicher, daß sie Satanta auf diesem Trail nicht zu Gesicht bekommen würde, weil er zur Zeit in Texas im Zuchthaus saß. Es gab jedoch genügend andere kriegerische Häuptlinge, und sie sah allmählich ein, daß sie sich auf eine wirklich gefährliche Reise begeben hatte. Ihr blieb nichts anderes übrig, als zu beten und zu hoffen, daß sie sich auf Chandos und auf ihre Pferde verlassen konnte.

16. KAPITEL

Chandos wartete, bis er sicher war, daß Courtney schlief. Dann erhob er sich, schlüpfte in seine Stiefel, griff nach seinem Revolver und verließ das Lager.

Er war noch nicht weit gekommen, als Springender Wolf auftauchte und sich ihm anschloß. Keiner von ihnen sprach, bis sie weit genug vom Lager entfernt waren, so daß Courtney sie nicht hören konnte.

»Ist sie deine Frau?«

Chandos blieb stehen und überlegte. Seine Frau? Es klang nicht schlecht. Aber er hatte noch keine Frau als die seine bezeichnet und hatte auch noch nie das Bedürfnis gehabt, es zu tun. Dafür hatte er keine Zeit. Die einzige Frau, die er immer wieder aufsuchte, war die leidenschaftliche Calida; doch Calida gehörte vielen Männern.

»Nein, sie ist nicht meine Frau«, antwortete er endlich.

Springender Wolf hörte den bedauernden Unterton heraus. »Warum nicht?«

Chandos hatte viele Gründe, aber er nannte nur einen. »Sie gehört nicht zu den Frauen, die blind gehorchen, und ich gehöre nicht zu den Männern, die aufgeben, bevor sie etwas zu Ende geführt haben.«

»Aber sie ist bei dir.«

»Für gewöhnlich bist du nicht so neugierig, mein

Freund. Hältst du mich für verrückt, wenn ich dir verrate, daß sie stärker, oder vielleicht hartnäckiger ist als ich?«

»Wie bekommt sie Macht über dich?«

»Durch Tränen, gottverdammte Tränen.«

»Ach ja, ich kann mich sehr genau an die Macht der Tränen erinnern.«

Chandos wußte, daß Springender Wolf an seine tote Frau dachte. Obwohl Chandos immer noch darauf aus war, seine Rache zu vollziehen, versuchte er, das Geschehene zu vergessen. Springender Wolf hingegen hielt die Erinnerung bewußt wach. Sie war seine Nahrung, die ihn am Leben hielt. Erst wenn der letzte der fünfzehn Mörder tot war, würde der Alptraum für Chandos und Springender Wolf vorbei sein. Erst dann würde Chandos im Schlaf keine Todesschreie mehr hören und nicht mehr Springender Wolf vor sich sehen, wie er mit tränenüberströmtem Gesicht neben seiner toten Frau auf die Knie gesunken war und fassungslos seinen zwei Monate alten Sohn anstarrte, der mit durchschnittener Kehle neben ihr lag.

Manchmal wurde auch in Chandos die Erinnerung wieder so stark, daß er seine Umgebung vergaß und innerlich weinte wie an dem Tag, an dem er zurückgekehrt war und vor den hingeschlachteten Indianern stand. Dann sah er wieder seinen weinenden Stiefvater vor sich, der die blutbefleckten Beine seiner toten Frau zugedeckt und ihr die Augen zugedrückt hatte. Diese vor Entsetzen geweiteten schönen, blauen Augen seiner Mutter, der Frau mit den Himmelsaugen, wie sie genannt wurde.

Vielleicht würde er eines Tages imstande sein zu weinen. Dann würde er ihre Schreie nicht mehr hören, und sie konnte endlich in Frieden schlafen.

Aber er glaubte nicht, daß das Bild von Weißer Flügel jemals verblassen würde – seiner kleinen Halbschwester, die er innig geliebt und die ihn angebetet hatte. Wie dieses süße, liebevolle Kind hingeschlachtet worden war, hatte sich unauslöschlich in seine Seele eingebrannt – die gebrochenen Arme, die Spuren der Zähne, der verkrümmte, blutige Körper. Daß seine Mutter vergewaltigt worden war, konnte man vielleicht begreifen, weil sie eine schöne Frau gewesen war. Aber die Vergewaltigung von Weißer Flügel war ein unfaßbarer Greuel.

Von den fünfzehn weißen Mördern waren nur noch zwei am Leben. Springender Wolf und die fünf Krieger, die Chandos begleiteten, hatten innerhalb des ersten Jahres den größten Teil der Schuldigen aufgespürt und hingerichtet. Chandos' Stiefvater hatte die beiden Cottle-Brüder verfolgt und war später tot neben ihren Leichen gefunden worden. Erst als die Schweinehunde begonnen hatten, sich in den Städten zu verstecken, wo eine kleine Gruppe von Indianern nichts gegen sie unternehmen konnte, hatte Chandos sich die Haare schneiden lassen wie ein Weißer und seinen Revolver umgeschnallt, so daß er die Männer aus den Städten hinaustreiben konnte.

Die nur unter den Namen Tad und Carl bekannten Cowboys hatten die Stadt verlassen, als sie erfuhren, daß Chandos sie suchte, und waren Springender Wolf direkt in die Arme gelaufen. Später hatte sich Cincinnati – und danach auch Curly – Chandos gestellt. Beide waren tot.

Chandos hatte es vor allem auf Wade Smith abgesehen, der ihm immer wieder entging – genau wie Trask.

Bevor John Handley starb, hatte er noch mehr Informationen geliefert als der fette Farmer und hatte auch Namen genannt. Trask hatte die junge Frau von Springender Wolf getötet, und der Komantsche würde erst Ruhe finden, wenn Trask tot war. Genauso ging es Chandos mit Wade Smith, der Weißer Flügel gefoltert hatte, bevor er ihr den Hals durchschnitt.

So oft es möglich war, ritten die indianischen Freunde zusammen. Sie waren gemeinsam nach Arizona geritten, wo Chandos Curly fand. Sie hatten Texas mehr als einmal durchquert und waren bis nach Neu-Mexiko und sogar nach Nebraska gelangt. Chandos verließ seine Freunde nur, wenn sie sich Städten näherten. Sie waren auch bei dem letzten Ritt gemeinsam von Texas heraufgekommen, und Chandos wäre mit ihnen zurückgekehrt – wenn Courtney nicht gewesen wäre.

»Er war nicht in Newton«, berichtete Chandos leise.

»Und jetzt?«

»Ich habe gehört, daß Smith sich in Paris in Texas verkrochen hat.«

Eine kurze Pause trat ein.

»Und die Frau?«

»Sie reitet mit mir nach Texas.«

»Dann wirst du auf diesem Ritt auf unsere Gesellschaft verzichten.«

Chandos grinste. »Sie würde kein Verständnis dafür haben. Sie ist heute schon aus dem Häuschen geraten, als sie dich gesehen hat. Wenn auch noch die anderen auftauchen, wird sie wahrscheinlich hysterisch.«

»Du weißt jedenfalls, daß wir in der Nähe sind, wenn du uns brauchst.« Damit verschwand Springender Wolf so geräuschlos, wie er gekommen war.

Chandos blieb stehen, blickte zum Nachthimmel empor und dachte daran, daß erst nach dem Tod des letzten Mörders die Last von seiner Seele genommen sein würde.

Plötzlich erstarrte er, weil er hörte, wie Courtney seinen Namen schrie. Er empfand die gleiche Angst wie an dem schrecklichen Tag, an dem er ins Lager zurückgekehrt war.

Und dann rannte er so schnell er konnte zu ihr zurück.

»Was ist geschehen?«

Courtney sank an seine Brust, klammerte sich an ihn und vergrub ihr Gesicht an seiner Schulter.

»Es tut mir leid – ich bin aufgewacht, und Sie waren nicht da. Ich wollte nicht schreien, aber ich habe geglaubt, daß Sie mich im Stich gelassen haben. Ich hatte so schreckliche Angst, Chandos. Sie würden mich doch nicht verlassen, nicht wahr?«

Er packte ihre Haare und bog ihren Kopf zurück. Dann küßte er sie hart. Seine Lippen, die ihr so sinnlich vorkamen, preßten sich ganz und gar nicht sanft auf die ihren. Weder sein Kuß noch die Art, wie er sie hielt, hatten etwas Zärtliches an sich.

Doch allmählich mischte sich ein neues Gefühl in ihre Verwirrung. Dieses komische Gefühl in ihrem Bauch, das sie schon einmal empfunden hatte.

Als ihr dämmerte, daß sie es war, die den Kuß verlängerte, indem sie sich an ihn klammerte, dachte sie daran, daß sie ihn loslassen, sich von ihm lösen sollte, aber sie tat es nicht. Sie wollte auf keinen Fall, daß der Kuß zu Ende ging.

Aber alles hat einmal ein Ende. Und so ließ Chandos sie schließlich los und schob sie auf Armlänge von sich.

Seine leuchtend blauen Augen waren unverwandt auf sie gerichtet, und das verwirrte sie. Sie wunderte sich etwas zu spät über ihr Benehmen, verstand das seine allerdings noch weniger. Unwillkürlich hob sie die Hand und berührte ihre Lippen.

»Warum haben Sie das getan?«

Chandos brauchte seine gesamte Willenskraft, um etwas Abstand zwischen sie und sich zu legen, und sie fragte ihn, warum er das getan hatte! Andererseits – was konnte man von einer Jungfrau erwarten? Sie wollte wissen, warum? Die weichen, vollen Brüste, die sich an seine Brust preßten, die seidig glatten, nackten Arme, die sich um seinen Hals schlangen. Nur ein dünnes Hemd und ein Unterrock hatten ihre Körper voneinander getrennt. Warum? Großer Gott!

»Chandos?« Sie ließ nicht locker.

Chandos wußte nicht, was er getan hätte, wenn nicht in diesem Augenblick Springender Wolf hinter ihr aufgetaucht wäre. Er hatte offenbar Courtneys Schrei gehört und war zu Hilfe geeilt. Wieviel hatte er gesehen? Zuviel, besagte sein verschmitztes Lächeln, bevor er sich umdrehte und verschwand.

Chandos seufzte tief. »Vergessen Sie es. Es war die einzige Möglichkeit, Sie zum Schweigen zu bringen.«

»Oh!«

Verdammt noch mal, mußte sie so enttäuscht klingen? Ahnte sie denn nicht, wie schwer es ihm fiel, sich zu beherrschen? Nein, sie ahnte es nicht, rief er sich ins Gedächtnis. Sie hatte keine Ahnung, was sie ihm antat.

Er ging zum Feuer und warf zornig ein Stück Holz hinein. »Gehen Sie schlafen, Lady«, sagte er, ohne sich umzudrehen.

»Wo sind Sie gewesen?«

»Ich habe ein Geräusch gehört und nachgesehen. Es war nichts. Aber Sie hätten sich davon überzeugen können, ob mein Pferd noch da ist, bevor Sie voreilige Schlüsse zogen. Denken Sie nächstes Mal daran.«

Courtney stöhnte innerlich. Sie hatte sich hoffnungslos lächerlich gemacht. Kein Wunder, daß er so verärgert war. Er mußte denken, daß er ein hysterisches Weib am Hals hatte, das ihm nur Schwierigkeiten bereiten würde.

»Es wird nicht wieder vorkommen –« begann Courtney, verstummte aber, als er eines der fremden Worte hervorstieß, die er immer verwendete, wenn er außer sich war. Er machte kehrt und trat zu seinem Pferd. »Wohin gehen Sie?«

»Da ich ohnehin hellwach bin, werde ich ein Bad nehmen.« Er holte ein Stück Seife und ein Handtuch aus der Satteltasche.

»Chandos, ich –«

»Gehen Sie schlafen.«

Courtney wickelte sich wieder in ihre Bettrolle und sah ihm wütend nach, als er zum Fluß ging. Sie hatte sich nur entschuldigen wollen; deshalb mußte er ihr nicht gleich den Kopf abreißen. Dann fiel ihr Blick auf ihre ordentlich zusammengelegte Kleidung, und sie wurde krebsrot. Daran hatte sie nicht gedacht. O Gott! Sie hatte sich ihm an den Hals geworfen, obwohl sie nur ihre Leibwäsche anhatte. Wie konnte sie nur?

Courtney wußte nicht, ob sie weinen oder lachen sollte, wenn sie an das absurde Bild dachte, das sie Chandos geboten hatte. Kein Wunder, daß er sich so verhalten hatte. Es war ihm womöglich noch peinlicher gewesen als ihr.

Courtney seufzte und wandte sich dem Feuer und dem dahinter liegenden Fluß zu. Sie hätte gern den Mut aufgebracht, nackt im Fluß zu baden, wie er es tat, statt voll bekleidet ein bißchen Katzenwäsche zu machen. Es wäre bestimmt auch das richtige Heilmittel für ihre schmerzenden Muskeln gewesen.

Sie war noch hellwach, als Chandos ins Lager zurückkehrte, tat jedoch, als würde sie schlafen, weil sie nicht wußte, ob sein Ärger schon verflogen war. Doch sie beobachtete ihn unter ihren gesenkten Lidern hervor.

Er erinnerte sie an ein schlankes Tier, weil er sich so geschmeidig bewegte. Er hatte entschieden etwas Raubtierhaftes an sich, nicht im üblichen Sinn des Wortes, sondern deshalb, weil er seine Umgebung durch seine Selbstsicherheit und Überlegenheit zu beherrschen schien.

Sie sah ihm nach, als er das Handtuch zum Trocknen über einen Strauch breitete und die Seife wieder in der Satteltasche verstaute. Dann hockte er sich ans Feuer und stocherte mit einem Stock darin herum. Als er plötzlich den Kopf wandte und sie ansah, stockte ihr der Atem. Hatte er bemerkt, daß sie ihn beobachtete? Oder doch nicht?

Was hielt er eigentlich von ihr? Vermutlich empfand er sie als Last, die er gern losgeworden wäre.

Als er endlich aufstand und zu seinem Schlafplatz ging, bemerkte sie, daß sein Rücken in der Vertiefung zwischen seinen Schulterblättern noch naß war, und empfand das überwältigende Bedürfnis, seine Haut mit ihren Händen trockenzureiben.

Um Himmels willen, Courtney, schlaf endlich!

17. KAPITEL

»Guten Morgen! Der Kaffee ist fertig, und ich habe Ihr Essen warmgehalten.«

Chandos stöhnte, als ihn ihre fröhliche Stimme weckte. Wieso, zum Teufel, war sie vor ihm wach? Dann fiel ihm ein, daß er dank ihr in der vergangenen Nacht kaum geschlafen hatte.

Er musterte sie teilnahmslos.

»Wollen Sie jetzt essen?«

»Nein!« bellte er.

»Das könnten Sie auch freundlicher sagen, verdammt nochmal!«

»Verdammt nochmal?« wiederholte er und begann zu lachen. Sie wirkte sehr komisch.

Courtney starrte ihn verständnislos an. Sie hatte noch nie erlebt, daß er gelächelt, geschweige denn gelacht hatte. Sein strenges Gesicht wurde weich, und er sah noch besser aus – einfach unwiderstehlich.

»Entschuldigen Sie«, sagte er endlich. »Ich habe geglaubt, daß nur die Leute aus dem Westen drastische Ausdrucksweise bevorzugen.«

Courtney lächelte. »Wahrscheinlich ist es der schlechte Einfluß meiner Freundin Mattie. Mit ihren zeitweilig sehr prägnanten Ausdrücken –«

»Zeitweilig?« unterbrach er sie. »Sie fallen wirklich von einem Extrem ins andere.« Er lachte wieder.

Courtneys gute Stimmung verflog schnell. Er machte sich ja über sie lustig.

»Das Essen, mein Herr«, erinnerte sie ihn kurz angebunden.

»Sie haben wohl vergessen, daß ich am Morgen nichts esse?«

»Ich weiß noch genau, was Sie gesagt haben. Sie haben erwähnt, daß Sie am Morgen nur wenig essen, aber nicht, daß Sie überhaupt nicht essen. Deshalb habe ich zwei Pfannkuchen für Sie gemacht, und das ist bestimmt nicht viel. Aber ich möchte darauf hinweisen, daß wir uns die Mittagsrast ersparen können, wenn Sie zum Frühstück mehr essen. Dadurch könnten wir das Tageslicht besser ausnützen. Wir könnten größere Strecken zurücklegen und vielleicht –«

»Wenn Sie imstande sind, eine Zeitlang den Mund zu halten, Lady, dann kann ich Ihnen erklären, daß wir gestern zu Mittag Ihretwegen und nicht meinetwegen Rast gemacht haben. Ohne Sie hätte ich diese Strecke in der halben Zeit zurückgelegt. Aber wenn Ihr Hintern es aushält –«

»Bitte!« unterbrach ihn Courtney. »Entschuldigen Sie. Ich habe nur gedacht... nein, ich habe überhaupt nicht gedacht. Ich bin tatsächlich... nicht fähig, länger im Sattel zu sitzen, als es gestern der Fall war. Jedenfalls jetzt noch nicht.« Sie errötete. »Und ich bin Ihnen dankbar dafür, daß Sie an mein...« Sie verstummte und wurde feuerrot.

»Ich werde jetzt die Pfannkuchen essen«, sagte er.

Courtney stürzte davon, um ihm Kaffee und Pfannkuchen zu bringen. Sie hatte sich wieder einmal blamiert. Er hatte natürlich recht, denn sie hatte nicht daran gedacht, wie sehr ihr Körper schmerzte, und daß sie längere Ritte als den gestrigen noch nicht durchstehen würde. Daß Matties Prophezeiung sich nicht bewahrheitet hatte, verdankte Courtney nur Chandos' Rücksichtnahme.

»Wann gelangen wir eigentlich in das Indianerterritorium?« erkundigte sie sich, um von dem heiklen Thema wegzukommen.

»Etwa zwei Stunden, bevor wir gestern unser Lager aufgeschlagen haben«, meinte er beiläufig.

»Oh! Schon?« fragte sie verblüfft.

Das Gebiet sah genauso aus wie der Teil von Kansas, den sie verlassen hatten. Was hatte sie eigentlich erwartet? Indianerdörfer? Die Prärie erstreckte sich, soweit sie blicken konnte; Bäume gab es nur an den Ufern der Flüsse. Dennoch war dieses Land den Indianern zugewiesen worden, und irgendwo mußten sie sich befinden.

»Machen Sie sich keine Sorgen, Lady.«

Sie lächelte verlegen. Ließ sie ihre Angst so deutlich merken?

»Warum nennen Sie mich nicht Courtney?« fragte sie unvermittelt.

»Das ist Ihr zivilisierter Name. Er paßt nicht zu einem Ritt durch dieses Land.«

Wieder war sie gekränkt. »Dann ist Chandos wahrscheinlich auch nicht Ihr richtiger Name.«

»Nein.« Sie nahm an, daß sie sich, wie gewöhnlich, mit dieser Antwort begnügen mußte. Doch er überraschte sie, indem er fortfuhr: »Meine Schwester hat mich so genannt, als sie meinen Namen noch nicht aussprechen konnte.«

Courtney hätte gern gewußt, welcher Name ähnlich wie Chandos klang, war aber froh, daß sie mehr über ihn erfahren hatte. Er hatte also eine Schwester.

Er sprach weiter, aber mehr zu sich selbst als zu ihr.

»Ich werde diesen Namen verwenden, bis ich getan habe, was ich mir vorgenommen habe, damit meine Schwester aufhört zu weinen und endlich in Frieden schlafen kann.«

Courtney fröstelte. »Das klingt rätselhaft. Sie wollen mir wohl nicht erklären, was es bedeutet?«

Es schien, als bemerkte er erst jetzt ihre Anwesenheit. Seine leuchtend blauen Augen fixierten sie einen Augenblick, dann erwiderte er: »Es ist besser, wenn Sie es nicht wissen.«

Sie wollte ihm widersprechen, denn sie wollte alles über ihn erfahren. Aber sie beherrschte sich und hielt den Mund.

Während er seinen Kaffee trank, sattelte sie ihr Pferd, weil sie wußte, daß sie dazu doppelt so lange brauchte wie Chandos.

Als sie ihre Bettrolle holte, um sie hinter dem Sattel zu befestigen, fragte sie: »Hat die Stute einen Namen, Chandos?«

»Nein.«

»Könnte ich –«

»Nennen Sie sie, wie Sie wollen, Kätzchen.«

Courtney war sich der Ironie seiner Bemerkung bewußt. Sie konnte ihr Pferd nennen, wie sie wollte – genauso wie Chandos sie nannte, wie er wollte. Er wußte, daß sie es nicht mochte, wenn er sie Lady nannte. Aber Kätzchen? Es war jedenfalls besser als Lady, denn es klang irgendwie vertrauter.

Sie kehrte zum Feuer zurück, um das Geschirr zusammenzuräumen. Dabei betrachtete sie immer wieder verstohlen den sich rasierenden Chandos. Er wandte ihr den Rücken zu, und ihr Blick wanderte langsam und zärtlich über seine Gestalt.

Für einen männlichen Körper war der seine gar nicht so übel. *Hör mit dem Unsinn auf, Courtney. Prachtvoll ist der einzig richtige Ausdruck.* Sie war davon überzeugt, daß ein Bildhauer sich glücklich schätzen würde, wenn ihm Chandos Modell stand.

Während Courtney mit dem Kochgeschirr zum Fluß ging, seufzte sie tief. Sie hatte sich endlich eingestanden, daß sie Chandos' Körper bewunderte.

»›Verlangen‹ würde besser passen als ›Bewunderung‹«, murmelte sie vor sich hin. Dann wurde sie rot. Stimmte das? Hatte sie deshalb dieses komische Gefühl, wenn sie ihn ansah, oder er sie berührte oder gar küßte? Dank Mattie, die sehr offen über ihr Verhältnis zu ihrem

Mann sprach, wußte Courtney über körperliches Verlangen besser Bescheid als andere Mädchen.

»Ich kann mich nicht von ihm fernhalten«, hatte Mattie einmal gesagt, und Courtneys Gefühle für Chandos waren ungefähr die gleichen. Sie empfand immer wieder den Drang, ihn zu berühren, mit den Fingern über die glatte Haut und die straffen Muskeln zu streichen.

Sie mußte diese Gefühle unter Kontrolle bekommen, denn Chandos hatte überhaupt kein Interesse für sie gezeigt. Als Frau war sie ihm offensichtlich vollkommen gleichgültig, er mochte sie ja nicht einmal.

Dann fiel ihr der Kuß der vergangenen Nacht wieder ein. Sie war schon von anderen Männern geküßt worden, doch sie hatte keinen dieser Küsse so genossen wie den gestrigen. Wie mußte es erst sein, wenn Chandos jemanden küßte, den er liebte? Zu ihrem Entsetzen ertappte sie sich dabei, daß sie darüber nachdachte, wie dieser Mann in der Liebe war. Primitiv? Wild wie sein Leben? Oder vielleicht sanft? Vielleicht war er alles zugleich.

»Wie lange muß man eine Pfanne eigentlich spülen?«

Courtney zuckte zusammen, ließ die Pfanne ins Wasser fallen und mußte hinterherspringen, als die Strömung sie mitriß. Sie drehte sich mit der Pfanne in der Hand wütend um, um Chandos zu sagen, was sie davon hielt, daß er sich so an sie anschlich. Doch ihr Blick fiel auf seine unglaublich sinnlichen Lippen, und sie blickte rasch wieder weg. »Ich habe mit offenen Augen geträumt«, erklärte sie schuldbewußt und hoffte, daß er nicht erraten würde, wovon sie geträumt hatte.

»Warten Sie damit lieber, bis Sie im Sattel sitzen. Wir sollten längst unterwegs sein.«

Er ging zu den Pferden zurück, und sie blickte ihm erbost nach. So sah also die Wirklichkeit aus. Er war ein rücksichtsloser, harter, wilder Revolverheld. Er war widerwärtig. Und auf keinen Fall der Mann, von dem ein Mädchen träumte.

18. KAPITEL

Als ihr Weg sie am nächsten Tag vom Arkansas fortführte, wurde vieles anders. Keine kühle Brise mehr, die lästige Insekten vertrieb. Keine schattenspendenden Bäume mehr. Der Fluß hatte sich nach Südosten gewandt, und Chandos ritt nach Südwesten. Er erklärte Courtney, daß sie im Lauf des Tages jedoch wieder auf den Arkansas stoßen würden, der ein Stück weiter scharf nach Westen abbog. Sie würden gegen Abend eine Gabelung des Flusses überqueren.

Courtney litt unter der Hitze. Es war die erste Septemberwoche, aber die Temperatur war sommerlich und die Luft sehr feucht. Sie schwitzte am ganzen Körper, und ihr Reitrock war zwischen den Beinen völlig durchgeweicht. Sie verlor so viel Flüssigkeit, daß Chandos ihr Trinkwasser mit Salz versetzte, sehr zu ihrem Verdruß.

Am späten Nachmittag erreichten sie das Gebiet der niedrigen, flachen Sandsteinhügel, die sich über den östlichen Teil des Indianerterritoriums erstreckten. Die Hügel waren dicht mit Eichen bestanden, und es gab viel Wild.

Während Courtney nach der zweiten Flußüberquerung ihren Rock auswrang, erklärte ihr Chandos, daß er etwas zum Abendessen besorgen würde. Bis zu seiner Rückkehr sollte das Lager aufgeschlagen sein. Bevor Courtney protestieren konnte, war er fort. Sie setzte sich und sah ihm zornig nach.

Sie wußte, daß er sie damit prüfen wollte, und nahm es ihm übel. Aber sie tat, was er verlangte, versorgte ihre Stute und die alte Nelly und sammelte Holz. Einige Stücke waren nicht ganz trocken, und das Feuer qualmte entsetzlich. Sie stellte Bohnen zum Kochen auf – sie hatten unzählige Konservendosen mit Bohnen mit – und beschloß, nach diesem Ritt nie wieder eine einzige Bohne zu essen. Schließlich backte sie sogar ein Brot.

Als sie fertig war, war sie sehr stolz auf sich. Sie hatte

nur etwas mehr als eine Stunde gebraucht und dabei den größten Teil der Zeit den Pferden gewidmet. Erst als sie sich hinsetzen wollte, um auf Chandos' Rückkehr zu warten, fiel ihr ein, daß es eine gute Gelegenheit war, ihren Rock und die Unterwäsche zu waschen. Und sie konnte sogar im Fluß baden.

Bei dem Gedanken daran erwachten ihre Lebensgeister und so holte sie rasch Seife, Handtuch und Wäsche zum Wechseln und ging zum Ufer. Es bestand aus Steinen, Felsen und Geröllblöcken, von denen einer in den Fluß gefallen war und einen Damm in der Strömung bildete, so daß sie in beinahe stehendem Wasser baden konnte.

Zuerst wusch sie ihre Kleidung und warf sie dann auf die Felsen. Dann wusch sie ihr verfilztes Haar und zuletzt ihre Unterwäsche, allerdings ohne sie auszuziehen. Und schließlich reinigte sie gründlich ihren Körper von Staub und Schweiß. Das Wasser war erfrischend kalt, und sie fühlte sich so wohl wie schon lange nicht.

Am Himmel tauchten die ersten roten und violetten Streifen auf, als sie aus dem Fluß stieg, um ihre nassen Sachen einzusammeln. Sie kam jedoch nur bis zum Rand des Wassers. Vier Reiter auf ihren Pferden versperrten ihr den Weg zum Lager.

Es waren keine Indianer. Doch diese Feststellung beruhigte Courtney keinesfalls. Die vier starrten sie auf eine Art an, die ihr einen Schauer über den Rücken jagte. Die Beine der Männer waren naß, was bedeutete, daß sie den Fluß erst kürzlich überquert hatten.

»Wo ist dein Mann?«

Der, der die Frage gestellt hatte, war von Kopf bis Fuß braun gekleidet. Er war jung, etwa Ende zwanzig. Alle vier waren jung, und sie erinnerte sich an das Sprichwort, daß Revolvermänner jung sterben. Es waren Revolverhelden. Sie hatte gelernt, diese Art von Männern zu erkennen.

»Ich habe dir eine Frage gestellt.« Die Stimme des Mannes war rauh.

Courtney war vor Angst erstarrt. Aber sie mußte sich zusammenreißen.

»Mein Begleiter wird jeden Augenblick da sein.«

Zwei von ihnen lachten. Warum? Der Mann in Braun lachte nicht. »Damit hast du meine Frage nicht beantwortet. Wo ist er?«

»Er ist auf die Jagd gegangen.«

»Wann?«

»Vor über einer Stunde.«

»Ich habe keine Schüsse gehört, Dare«, sagte ein rothaariger Jüngling. »Es sieht so aus, als müßten wir länger warten.«

»Das würde mir passen«, meinte ein großer, schwarzhaariger Kerl mit struppigem Bart. »Ich wüßte schon, wie ich mir die Zeit vertreiben würde.«

Die anderen lachten. »Das kommt nicht in Frage, jedenfalls vorläufig nicht«, erklärte der Mann in Braun. »Bring sie in ihr Lager hinauf, Romero.«

Der Mann der absaß und auf Courtney zukam, sah genauso mexikanisch aus, wie sein Name klang, nur hatte er leuchtend grüne Augen. Er war ein wenig größer als sie, drahtig und ganz in Schwarz gekleidet. Sein Gesichtsausdruck war genauso düster und ernst wie der von Chandos; er wirkte äußerst gefährlich.

Als er Courtney erreichte und sie am Arm packte, brachte sie den Mut auf, seine Hand abzuschütteln. »Warten Sie mal –«

»Tu das nicht, bella«, warnte er sie scharf. »Mach mir keine Schwierigkeiten, por favor.«

»Aber ich –«

»Cállate!« zischte er.

Courtney wußte instinktiv, daß er ihr befahl, leise zu sprechen. Sie hatte beinahe den Eindruck, daß er sie beschützen wollte. Die anderen stiegen bereits den Hügel hinauf. Sie begann zu zittern, sowohl weil ihr kalt war als auch aus Angst vor dem Mann neben ihr.

Er faßte sie wieder am Arm, und sie schüttelte ihn wieder ab.

»Sie könnten wenigstens warten, bis ich mich angezogen habe.«

»Du willst die nassen Sachen wieder anziehen?«

»Nein, die dort drüben.« Sie zeigte auf den Busch, bei dem sie ihre trockenen Sachen gelassen hatte.

»Sí, aber schnell, por favor.« Courtney war so aufgeregt, als sie nach dem Handtuch griff, unter dem sie den Revolver versteckt hatte, daß die Waffe laut klappernd auf den Boden fiel. Der Mann gab einen verärgerten Laut von sich, hob den Revolver auf und steckte ihn in seinen Gürtel. Sie schämte sich, als sie daran dachte, was Chandos zu ihrer Ungeschicklichkeit sagen würde, und lief den Hügel hinauf.

Romero folgte ihr und wich ihr nicht von der Seite, als sie stehenblieb. Es kam also nicht in Frage, daß sie die nasse Unterwäsche aus- und die trockene anzog, deshalb streifte sie einfach das Kleid über die nassen Sachen. Es war sofort naß.

»Du wirst dich erkälten, bella«, bemerkte Romero.

»Mir bleibt ja keine Wahl«, fuhr sie ihn an.

Er zuckte die Schultern. »Wie du meinst. Komm.«

Er versuchte nicht wieder, sie am Arm zu packen, sondern bedeutete ihr nur, voranzugehen. Sie sammelte schnell ihre Habseligkeiten ein, und ein paar Minuten später betraten sie die Lichtung, auf der sie das Lager aufgeschlagen hatte.

Die anderen drei Männer saßen an ihrem Lagerfeuer, aßen ihre Bohnen und ihr Brot und tranken ihren Kaffee. Courtney war empört, bekam aber immer mehr Angst.

»Er hat nicht lang gebraucht«, grinste der Schwarzhaarige. »Hab ich dir nicht erzählt, Johnny Red, wie schnell er zieht?«

Courtney störte die Beleidigung nicht, aber der Mexikaner zischte: »Imbécil! Sie ist eine Lady.«

»Ich will rosa scheißen, wenn sie eine Lady ist«, spottete der Riese. »Bring sie herüber und setz sie hierher.«

Courtney wurde krebsrot, als er auf seinen Schoß klopfte. Sie sah den Mexikaner flehend an, aber dieser zuckte nur die Achseln.

»Das ist deine Sache, bella.«

»Nein!«

Romero zuckte wieder die Schultern, aber diesmal galt es dem Riesen. »Siehst du, Hanchett? Sie will dich nicht näher kennenlernen.«

»Ich pfeif drauf, was sie will, Romero!« Hanchett sprang auf.

Der Mexikaner stellte sich vor Courtney und wandte sich an Dare. »Willst du deinem Amigo nicht erklären, daß die Frau für dich die einzige Möglichkeit ist, Chandos aus seinem Versteck zu locken? Chandos hat sein Pferd, also hat er keinen Grund, ins Lager zurückzukehren – außer ihretwegen. Wenn meine Frau benützt würde, auch gegen ihren Willen, würde ich sie allerdings nicht zurückhaben wollen, sondern einfach weiterreiten.«

Courtney war über seine Gefühllosigkeit entsetzt. Wie konnte er nur?

Dare überlegte eine Weile und meinte schließlich: »Romero hat recht, Hanchett. Warte, bis ich den Kerl habe und weiß, worauf er aus ist.«

»Kennen Sie Chandos?« erkundigte sich Courtney flüsternd beim Mexikaner.

»Nein.«

»Aber die anderen kennen ihn?«

»Nein. Chandos hat Dare gesucht, ist aber weitergeritten, ohne auf ihn zu warten. Das gefällt Dare nicht.«

»Soll das heißen, daß Sie uns gefolgt sind?«

»Sí. Ihr hattet zwar über einen Tag Vorsprung, und wir haben nicht geglaubt, daß wir euch so bald einholen würden. Aber dann waren wir überrascht, daß ihr so langsam geritten seid.«

Courtney wußte, daß es ihre Schuld war, wenn die Männer Chandos eingeholt hatten.

»Und wenn Ihr Freund seine Antworten bekommt, was geschieht dann?«

»Dann wird Dare ihn töten.«

»Warum denn?«

»Dare will nicht mehr seine Zeit damit vergeuden, ihn aufzuspüren. Chandos' Suche nach Dare war eine Kampfansage. Wir waren damals in Abilene und sind erst zurückgekommen, als dein Mann schon einen Tag weg war.«

»Er ist nicht mein Mann, er bringt mich nur nach Texas«, sagte Courtney.

Er schob ihre Erklärung mit einer Handbewegung beiseite. »Es spielt überhaupt keine Rolle, warum du mit ihm reitest, bella.«

»Man tötet doch einen Menschen nicht aus einem so unsinnigen Grund.«

»Dare schon.«

»Und Sie hindern ihn nicht daran?«

»Mir ist es gleichgültig. Aber du mußt dir deinetwegen keine Sorgen machen. Wir kehren von hier nach Kansas zurück und werden dich mitnehmen.«

»Das ist nicht gerade ein Trost.«

»Es sollte aber einer sein, bella. Die Alternative wäre, daß auch du stirbst. Du hast Zeit, dir zu überlegen, ob du kämpfen willst. Überlege es dir genau, denn wir bekommen dich auf jeden Fall. Und was spielt es für eine Rolle, ob du einen Mann hast oder vier.«

Courtney schüttelte ungläubig den Kopf. »Aber Sie haben doch Hanchett daran gehindert –«

»Weil er dumm ist. Er hätte uns abgelenkt und Chandos dadurch einen Vorteil verschafft.«

Sie versuchte, sein Selbstvertrauen zu erschüttern. »Chandos befindet sich jetzt schon im Vorteil. Sie stehen im Licht, und ihm bietet die Dunkelheit Deckung.«

»Das stimmt, aber wir haben dich.«

Da kam ihr eine Idee. »Ich bin Chandos so auf die Nerven gegangen, daß er bestimmt froh ist, wenn er mich los wird. Sie vergeuden also nur Ihre Zeit.«

»Kein schlechter Versuch, Miß, aber darauf falle ich nicht herein«, sagte Dare vom Feuer her. Er hatte zugehört.

Courtney starrte ins Feuer. Chandos würde die Gefahr bestimmt rechtzeitig erkennen. Warum sollte er sich ihretwegen vier Männern stellen und sein Leben aufs Spiel setzen?

»Wir haben gehört, daß er ein Halbblut ist, stimmt das?«

Courtney begriff erst nach einer Weile, daß Hanchett zu ihr gesprochen hatte. Sie wußten anscheinend wirklich nichts über Chandos. Daß sie selbst genausowenig wußte, mußte sie ihnen nicht auf die Nase binden.

»Wenn Sie damit meinen, daß er zur Hälfte Indianer ist, dann irren Sie sich. Er ist zu drei Vierteln Komantsche. Gibt es ein eigenes Wort dafür?«

Courtney wunderte sich darüber, daß ihre Antwort den großen Mann offensichtlich aus der Fassung brachte. Er starrte in die Dunkelheit jenseits des Lagerfeuers und zuckte zusammen, als eines der Pferde auf einen Ast trat.

»Sie haben vielleicht Nerven, Lady, mit einem Halbblut zu schlafen«, meinte Johnny Red.

Courtneys Augen blitzten. »Ich sage es zum letzten Mal. Chandos ist nicht mein – Geliebter. Aber ich habe gesehen, wie er Jim Ward getötet hat und habe von diesem Augenblick an gewußt, daß er der richtige Mann ist, um mich nach Texas zu bringen.«

»Verdammte Scheiße! Der alte Jim ist tot?« fragte Hanchett. Courtney seufzte. Es überraschte sie nicht, daß die vier Jim Ward kannten. Sie waren genau solche Banditen wie er einer gewesen war.

»Ja, Chandos hat ihn getötet«, wiederholte sie. »Er ist

ein Kopfgeldjäger. Ist er vielleicht deshalb hinter Ihnen her?«

Dare schüttelte unbeeindruckt den Kopf. »Ich werde nicht vom Gesetz gesucht, Miß. Ich achte schon darauf, daß bei meinen Verbrechen keine Zeugen dabei sind.«

Hanchett und Johnny lachten. Courtney versuchte, wieder die Oberhand zu bekommen. »Ich bin davon überzeugt, daß Sie genauso gewissenlos und niederträchtig sind wie Chandos. Er hat mir erzählt, wie viele Skalps er genommen hat. Er behauptet sogar, daß er mit Satanta geritten ist und bis jetzt das Kopfgeld für siebzehn Gesetzlose kassiert hat. Aber das glaube ich ihm nicht. Dazu ist er zu jung. Ich habe ihm gesagt –«

»Halt den Mund«, fuhr Dare sie wütend an.

»Warum? Haben Sie etwas gehört?« fragte Courtney unschuldig. »Das ist wahrscheinlich Chandos. Er müßte längst zurück sein. Aber warum sollte er seine Deckung aufgeben –«

»Stopf ihr etwas ins Maul, Johnny«, befahl Dare.

Der Schuß fiel, als Johnny nach ihr griff. Er traf ihn in die linke Schulter, und der Junge taumelte zurück. Die anderen sprangen auf, auch Courtney.

Johnny wand sich auf dem Boden und schrie, daß sein Knochen zerschmettert sei. Courtney wußte nur eines: Sie mußte Chandos warnen.

»Sie wollen Sie töten, Chandos!«

Dare holte aus, um sie zu schlagen, doch in diesem Augenblick zerschmetterte ihm eine Kugel den Ellbogen. Er ließ den Revolver fallen. Daraufhin richtete Hanchett seine Waffe auf Courtney, doch der Revolver wurde ihm im nächsten Augenblick aus der Hand geschossen.

»Er beschützt die Frau, ihr Idioten«, rief Romero. »Laßt sie in Ruhe.« Dann rief er Chandos zu: »Schießen Sie nicht mehr, Señor, por favor. Ich werfe meinen Revolver weg.«

Er tat es und breitete dann die Arme aus. Er ging damit ein beträchtliches Risiko ein, hatte aber offenbar Erfolg, denn Chandos feuerte keinen weiteren Schuß ab. Außerhalb des Lichtscheins des Feuers herrschte tiefe Stille. Neben dem Feuer stöhnte Johnny Red, und Hanchett umklammerte keuchend seine blutende Hand.

Courtneys Angst war beinahe vollkommen verflogen, trotzdem zitterte sie noch. Chandos hatte es geschafft – er hatte die Männer in der Hand.

Warum befahl er den vier Banditen nicht zu verschwinden? Warum sagte er nichts?

Romero ging langsam zu Dare und half ihm, seinen Arm zu verbinden. »Sei vernünftig, Amigo«, flüsterte er. »Er hätte uns alle töten können, hat uns aber nur verwundet. Stell ihm deine Fragen, und dann machen wir uns auf dem Staub.«

»Ich habe immer noch das Mädchen«, zischte Dare.

»Das stimmt nicht, Mister«, widersprach Courtney. »Er hat Sie alle in seinem Schußfeld. Ich könnte jederzeit das Lager verlassen.«

Als wolle Dare nicht wahrhaben, daß er geschlagen war, trat er einen Schritt auf Courtney zu. Wieder knallte ein Schuß; die Kugel bohrte sich in Dares Schenkel, und er fiel mit einem Aufschrei zu Boden.

Romero packte Dare an den Schultern und hielt ihn fest. »Schluß jetzt! Wenn du nicht aufhörst, macht er Siebe aus uns.«

»Sehr richtig.«

»Chandos!« rief Courtney glücklich und wandte sich in die Richtung, aus der seine Stimme kam.

Allmählich gewöhnten sich ihre Augen an die Dunkelheit, und sie entdeckte ihn am Rand der Lichtung. Am liebsten wäre sie zu ihm gelaufen und ihm um den Hals gefallen, aber sie durfte ihn nicht ablenken. Er hatte den Revolver auf die Banditen gerichtet und den Hut in die Stirn gezogen, so daß seine Augen im Schatten lagen und niemand wußte, wen er beobachtete.

»Sie sind also Chandos.« Romero stand auf, hielt dabei

aber die Arme deutlich vom Körper weg. »Sie dürften etwas mißverstanden haben, Señor. Sie haben meinen Freund gesucht, und er tut Ihnen den Gefallen, zu Ihnen zu kommen. Er möchte nur wissen, warum Sie hinter ihm her sind.«

»Das ist eine Lüge«, widersprach Courtney heftig. »Er hat vor, Sie zu töten, sobald Sie seine Fragen beantwortet haben. Und dann wollten sie – sie wollten –«

»Das Wort macht dir immer noch Schwierigkeiten, nicht wahr?« fragte Chandos. Sie verstand nicht, daß er in einem solchen Augenblick scherzen konnte.

»Sie hätten es jedenfalls getan«, fuhr sie ihn an.

»Das bezweifle ich ja nicht, Liebling«, erwiderte Chandos. »Vielleicht könntest du jetzt deine Empörung soweit beherrschen, daß du die Revolver der vier Helden einsammelst.«

Das Wort ›Liebling‹ überraschte sie so sehr, daß sie sich einen Augenblick nicht rührte. Doch dann wurde ihr klar, daß Chandos bei den Männern den Eindruck erwecken wollte, sie wäre seine Frau.

Sie ging von einem Mann zum anderen, achtete dabei darauf, daß sie Chandos nicht die Sicht verstellte, und sammelte die Revolver ein. Ihr eigener Revolver steckte noch in Romeros Gürtel, und als Courtney ihn herauszog, sah sie den Mexikaner triumphierend an.

»Sei nicht rachsüchtig, bella«, sagte er leise. »Denk daran, daß ich dir geholfen habe.«

»Natürlich. Genau wie ich daran denken werde, was Sie nach Chandos' Tod mit mir vorhatten.« Romero war ihr besonders widerwärtig, weil er ihr immer wieder Hoffnung gemacht und diese Hoffnung dann zerstört hatte. Er war der grausamste von allen.

Sie ging am Rand der Lichtung entlang zu Chandos und ließ die Revolver hinter ihm auf den Boden fallen. Ihren eigenen behielt sie. »Ich weiß, daß Sie im Augenblick keinen großen Wert auf Dankbarkeitsbezeugungen legen«, meinte sie und umarmte ihn rasch. »Aber ich muß Ihnen sagen, wie froh ich darüber bin, daß Sie zurückgekommen sind.«

»Sie sind ja ganz naß«, murmelte er.

»Ich habe gerade gebadet, als die vier aufgetaucht sind.«

»Und dabei das Kleid anbehalten?«

»Ich habe natürlich die Unterwäsche anbehalten.«

»Natürlich.« Er lachte.

Und dann sagte er zur Verblüffung aller: »Verschwindet – solange ihr es noch könnt.«

Er ließ sie laufen!

19. KAPITEL

Es war kein Vollmond, aber doch so hell, daß Courtney die Männer sehen konnte, wie sie den Nebenfluß des Arkansas überquerten. Chandos stand neben ihr, und sie beobachteten sie, bis sie alle das andere Ufer erreicht hatten, die Richtung nach Norden, Kansas, einschlugen und langsam außer Sicht verschwanden.

Als wäre damit alles in Ordnung, als baumle Dare Trask nicht neben dem Feuer an einem Baum, begann Chandos, die beiden Erdhörnchen abzuhäuten, die er offenbar mit bloßen Händen gefangen hatte, da sie keine Wunden aufwiesen. Dann ließ er sie über dem Feuer braten, öffnete eine Dose Bohnen und kochte Kaffee. Courtney, die den Blick nicht von Dare Trask abwenden konnte, war beinahe übel.

Chandos hatte den Männern erklärt, daß Trask zurückbleiben müsse. Dann hatte er Romero gezwungen, Trask mit seinem eigenen Hemd und seiner Hose an Händen und Füßen zu fesseln, und hatte sich von Courtney den Strick aus seiner Satteltasche bringen lassen.

Sobald Chandos das Seil hatte, befahl er Romero, es Trask um die Handgelenke zu binden und dafür zu sorgen, daß es fest genug saß, weil sich Trask sonst bei einem Sturz beide Beine brechen würde. Dann schleppte er Trask zum nächsten Baum, warf das Seil über einen Ast, zog Trask etwa einen Meter in die Höhe und band den Strick am Baumstamm fest.

»Werden Sie ihn töten?« fragte Romero.

»Nein, aber er wird für alles, was er hier getan hat, ein wenig leiden.«

»Er hat Ihnen nichts getan, Señor.«

»Das stimmt, aber er wollte der Lady etwas antun. Außer mir darf sie keiner anrühren, ist das klar?«

»Ich glaube, daß diese Strafe nicht nur mit der Frau, sondern auch mit dem Grund zu tun hat, aus dem Sie meinen Amigo gesucht haben, stimmt's?« fragte Romero.

Chandos antwortete nicht. Er holte die Pferde der Männer, nahm die an den Sätteln befestigten Gewehre an sich und übergab dann die Tiere ihren Reitern. Die Waffen warf er später in den Fluß.

Jetzt waren die Männer fort, und Dare Trask hing noch immer am Baum. Chandos hatte ihm ein Tuch in den Mund gestopft, weil Trask begonnen hatte, nach seinen Männern zu rufen, damit sie ihn befreiten. Seine Wunden bluteten noch, und er litt bestimmt schreckliche Schmerzen.

Courtney wußte, daß Trask diese Strafe verdiente, aber sie konnte das nicht mit ansehen und schon gar nicht, sich an seinen Qualen weiden.

Chandos' Gesichtsausdruck war wie immer undurchdringlich. Er bereitete das Essen zu und verzehrte es schweigend und scheinbar gleichgültig. Aber er ließ Trask nicht aus den Augen.

Als Courtney ihn etwas fragen wollte, befahl er ihr, still zu sein, weil er hören wollte, ob die anderen vielleicht zurückkamen. Sie gehorchte.

Dann befahl er ihr, alles zu verstauen und ihre Pferde zu satteln. Sie war froh darüber, daß sie aufbrachen, und beeilte sich. Doch als sie die Pferde auf die Lichtung führte, traf Chandos keine Anstalten aufzusitzen. Statt dessen sah er sie so ernst an, daß es ihr den Hals zuschnürte.

»Sie – Sie wollen doch nicht – Sie wollen, daß ich ohne Sie aufbreche. Habe ich recht?«

Er ergriff ihre Hand und zog sie auf die andere Seite der Lichtung. »Regen Sie sich nicht auf, Lady. Ich möchte nur, daß Sie ein Stück vorausreiten. Schlagen Sie die Richtung nach Süden ein und lassen Sie die Pferde im Schritt gehen. Ich werde Sie in wenigen Minuten einholen.«

Er nannte sie wieder Lady. Und er meinte es todernst. Sie konnte es nicht fassen.

»Sie werden ihn töten, nicht wahr?« fragte sie.

»Nein.«

»Dann werden Sie ihn foltern.«

»Wo bleibt die Ruhe, Lady, mit der Sie die vier Desperados an der Nase herumgeführt haben?«

»Sie schicken mich in die Nacht hinaus und erwarten, daß ich ruhig bleibe? Wahrscheinlich haben die Indianer Ihre Schüsse gehört, und draußen in der Finsternis treiben sich jetzt ein Dutzend – nein, Hunderte von Wilden herum.«

»Glauben Sie wirklich, daß ich Sie einer Gefahr aussetzen würde?«

Er sprach so sanft, daß sie verstummte.

»Entschuldigen Sie«, bat sie beschämt. »Ich bin ein fürchterlicher Feigling.«

»Sie sind tapferer, als Sie glauben, Lady. Machen Sie sich jetzt auf den Weg. Es ist besser, wenn Sie nicht hören, was ich Trask zu sagen habe.«

20. KAPITEL

Der fehlende Finger war der Beweis dafür, daß Chandos tatsächlich vor Dare Trask stand. Er versuchte, sich zu beherrschen. Der Bandit hatte Chandos' Mutter vergewaltigt, sie jedoch nicht getötet. Alle anderen Männer, die sie mißbraucht hatten, waren bereits tot.

Dare Trask war auch einer der drei Männer, die die Frau von Springender Wolf vergewaltigt hatten. Als Trask mit ihr fertig war, hatte er ihr sein Messer in den Bauch gestoßen und dabei dafür gesorgt, daß sie nicht sofort, sondern erst nach langen Qualen starb.

Trask hatte den Tod verdient – einen langsamen Tod. Er würde sterben – heute oder morgen, vielleicht sogar erst übermorgen. Doch Chandos würde nicht dabei sein. Nach vier Jahren hatte er kaum noch das Bedürfnis, sich zu rächen – außer an Wade Smith. Smith würde von Chandos' Hand sterben. Bei Trask mußte Chandos nur noch dafür sorgen, daß er erfuhr, warum er starb.

Chandos zog Trask den Knebel aus dem Mund und trat zurück. Trask spuckte verächtlich aus: In seinen Augen lag keine Angst. »Ich weiß, daß du mich nicht töten wirst, Halbblut«, krächzte er. »Ich habe gehört, wie du das zu deiner Frau gesagt hast.«

»Bist du sicher, daß du das gehört hast?«

Trasks Stimme klang jetzt weniger aggressiv. »Was zum Teufel willst du von mir? Ich habe deine verdammte Frau nicht angerührt. Du hast keinen Grund –«

»Es hat nichts mit der Frau zu tun, Trask. Ich wollte nicht, daß deine Freunde erfahren, worum es zwischen dir und mir geht. Sie werden sich wundern, wenn sie dich nicht wiedersehen, aber sie werden nie herausbekommen, was hier wirklich geschehen ist.«

»Das glaubst du doch selbst nicht. Sie werden jeden Augenblick zurückkommen – sie lassen mich ganz sicher nicht im Stich.«

Chandos schüttelte den Kopf. »Deine Freunde haben inzwischen bestimmt gemerkt, daß sich in dem Gebiet Indianer befinden, und reiten wie die Wilden, um die Grenze hinter sich zu bringen.«

»Du lügst. Wir haben keine Anzeichen – oder hast du welche gesehen?«

»Das war nicht nötig, ich weiß, daß sie in der Nähe sind. Für gewöhnlich reiten wir zusammen, aber diesmal halten sie wegen der Frau Distanz. Sie hat Angst vor Indianern.«

»Wieso, sie reitet doch mit dir?«

Chandos nickte unbeeindruckt.

»Ich weiß, daß du mir nur Angst einjagen willst, Halbblut«, fuhr Trask fort. »Aber das wird dir nicht gelingen. Wir befinden uns so nahe bei der Grenze, daß sich hier bestimmt keine Indianer herumtreiben.«

»Du wirst merken, daß du dich geirrt hast, sobald sie dich finden. Ich lasse dich sozusagen als Geschenk für die Indianer zurück.«

Jetzt konnte Trask seine Angst nicht mehr verbergen. »Wenn du ohnehin vorhast, mich zu töten, warum tust du es dann nicht? Oder bist du nicht Manns genug dafür?«

Chandos ließ sich nicht reizen. »Ich hätte genügend Grund, dich zu töten. Sieh mir doch in die Augen. Du hast diese Augen schon einmal gesehen, allerdings an einer anderen Person. Oder hast du so viele Frauen vergewaltigt, daß du dich nicht an die Frau erinnern kannst, die ich meine?« Als Trask keuchend Luft holte, fuhr Chandos kalt fort: »Du erinnerst dich also.«

»Das war vor vier Jahren!«

»Hast du vielleicht geglaubt, daß die Zeit dich vor der Rache der Komantschen schützt? Weiß du denn nicht, was aus deinen Gefährten geworden ist, die bei dem Massaker dabei waren?«

Trask erblaßte, denn er wußte es. Er hatte geglaubt,

daß die Wilden ihren Rachedurst befriedigt hatten, aber das war ein Irrtum gewesen. In seinem Blick lag jetzt nackte Angst.

Chandos wandte sich befriedigt ab und ergriff die Zügel von Trasks Pferd. »Jetzt weißt du, warum ich will, daß du stirbst, Trask. Aber erinnere dich auch an die junge Komantschen-Frau, die du vergewaltigt und dann zu einem langsamen, qualvollen Tod verurteilt hast.«

»Sie war ja nur eine verdammte Indianerin.«

Angesichts dieser Feststellung vergaß Chandos seine letzten Bedenken. »Sie war eine schöne, sanfte Frau, die in ihrem ganzen Leben keinem Menschen etwas zuleide getan hatte. Du hast sie und ihr Kind getötet, und deshalb schenke ich dich ihrem Mann, der heute noch um sie trauert. Er ist derjenige, der dich haben will, nicht ich.«

Als Chandos fortritt, hörte er statt Trasks Gebrüll die Schreie von Frauen und Kindern, die vergewaltigt, gefoltert, getötet wurden. Er wußte, daß ihre Geister ihm nahe und daß sie mit ihm zufrieden waren.

Nach einer Weile erblickte er Courtney, und die Gespenster verschwanden. Diese süße, unschuldige Frau inmitten der grausamen Welt war Balsam für seine Seele.

Sie hatte mitten auf der baumlosen Ebene angehalten, und der Mond hüllte sie in einen Mantel aus silbernem Licht. Chandos ritt schneller.

Als er sie erreichte, brach sie in Tränen aus. Chandos lächelte. Es war nicht ihre Art, ihre Gefühle zu beherrschen, aber an diesem Abend war es ihr ausgezeichnet gelungen. Sie hatte sich ruhig und mutig verhalten, solange es notwendig gewesen war. Jetzt befand sie sich in Sicherheit und konnte endlich weinen.

Er zog sie von ihrem Pferd auf das seine und drückte sie an seine Brust. Sie schmiegte sich an ihn, hörte aber nicht auf zu weinen, und er wartete geduldig, bis ihre Angst abgeklungen war. Als ihre Tränen endlich versiegten, hob er ihr Gesicht sanft empor und küßte sie.

Courtney begriff sehr rasch, daß der Kuß nicht zufällig war. Ihr schwindelte, sie bekam Angst und stieß Chandos von sich. Dann ging ihr Temperament mit ihr durch.

»Diesmal können Sie aber nicht behaupten, daß Sie mich geküßt haben, um mich zum Schweigen zu bringen.«

»Wollen Sie wirklich wissen, warum ich Sie geküßt habe, kleine Katze? Fragen Sie lieber nicht, sonst gehen wir an Ort und Stelle zu Bett, und dann sind Sie morgen früh nicht mehr so unschuldig wie jetzt.«

Courtney war verblüfft. »Ich habe geglaubt, daß ich Ihnen nicht gefalle.«

Er widersprach nicht, sagte gar nichts, sondern brummte nur. Wie sollte sie bloß schlau werden aus ihm? »Sie sollten mich jetzt lieber wieder auf mein Pferd setzen, Chandos«, meinte sie schließlich.

»Sie finden also, daß es sich jetzt ›gehören‹ würde?«

Sie sehnte sich mit allen Fasern ihres Körpers danach zu bleiben, wo sie war, aber sein Sarkasmus verletzte sie. »Ja«, bestätigte sie.

Sie landete mit einem Ruck in ihrem Sattel und hatte gerade noch Zeit, die Zügel zu ergreifen, bevor ihr Pferd Chandos' Pinto folgte.

Sie ritt wie auf Wolken. Chandos begehrte sie!

21. KAPITEL

Chandos begehrt mich. Das war ihr erster Gedanke, als sie am nächsten Morgen erwachte. Doch etwas später wußte sie: Die Wahrheit war eine andere. Sie war eine Idiotin. Natürlich begehrte er sie – sie war die einzige Frau weit und breit, und er war ein Mann. Männer nahmen, was gerade greifbar war. Er hatte sie nie begehrt, sondern von Anfang an deutlich gezeigt, daß sie ihm gleichgültig war.

Er hatte einfach das Bedürfnis nach einer Frau – irgendeiner.

»Wollen Sie die Decke umbringen, oder was?«

Courtney fuhr herum. »Was?«

»Sie starren sie an, als wollten Sie sie ermorden.«

»Ach – ich habe schlecht geträumt.«

»Was nicht verwunderlich ist.«

Er hockte mit einem Becher Kaffee in der Hand am Feuer. Er war frisch rasiert und vollständig angekleidet und hatte sogar schon seinen breitkrempigen Reithut aufgesetzt. Offenbar hatte er sie schlafen lassen, bis sie von selbst aufwachte.

»Würden Sie mir Kaffee einschenken, wenn Sie es nicht zu eilig haben?« fragte sie, stand auf und faltete ihre Decke zusammen. Erst jetzt merkte sie, daß sie immer noch die gleichen Sachen anhatte wie am vergangenen Abend. »Ich muß den Verstand verloren haben«, murmelte sie, während sie mit der Hand über das stellenweise noch feuchte Kleid strich.

»Vermutlich eine Spätfolge des Schocks«, meinte Chandos.

Sie funkelte ihn an. »Aber Sie haben nicht unter Schock gestanden. Warum haben Sie mich nicht darauf aufmerksam gemacht?«

»Ich habe es getan. Sie haben sich höflich bedankt und sind sofort eingeschlafen.«

Courtney wandte beschämt den Blick ab. »Ich muß mich umziehen«, stellte sie fest und verschwand.

Doch das war nicht so einfach. Sie hatte am vergangenen Abend, ohne zu überlegen, ihre nassen Sachen zu den anderen in die Reisetasche gesteckt, und jetzt war alles feucht.

Sie blickte verzweifelt von der Tasche zu Chandos und wieder zurück.

»Chandos, ich –«

»So schlimm kann es doch nicht sein, Kätzchen.«

»Ich habe nichts zum Anziehen«, platzte sie heraus.

»Nichts?«

»Nichts. Ich habe die nassen Sachen eingepackt und vergessen, sie zum Trocknen herauszunehmen.«

»Das Trocknen muß bis heute abend warten. Was ist mit der Hose? Ist sie auch naß?«

»Nein, die habe ich in die Satteltasche gesteckt.«

»Dann müssen Sie sich damit begnügen.«

»Aber ich habe geglaubt –«

»Ihnen bleibt nichts anderes übrig. Warten Sie, ich bringe Ihnen eins meiner Hemden.«

Courtney war verblüfft. Er war überhaupt nicht zornig. Einen Augenblick später warf er ihr ein wunderbar weiches, helles Hemd aus Hirschleder zu. Das einzige Problem bestand darin, daß es keine Knöpfe hatte. Es wurde vorne zugeschnürt, und sie hatte nichts Trockenes, was sie darunter hätte anziehen können.

»Machen Sie kein finsteres Gesicht, Kätzchen. Alle meine übrigen Kleidungsstücke müssen erst gewaschen werden.«

»Ich habe nicht... Ich würde gern Ihre Sachen waschen.«

»Nein«, antwortete er kurz. »Um meine Sachen kümmere ich mich selbst.«

Aber jetzt war er zornig! Courtney holte ihre Hose und verschwand ins Gebüsch. Ein schrecklicher Mensch! Sie hatte ihm ja nur ihre Hilfe angeboten, und er hatte darauf reagiert, als wäre sie darauf aus, seine Frau zu werden.

Fünf Minuten später kehrte Courtney an den Lagerplatz zurück, um ihre Bettrolle zusammenzupacken. Sie war krebsrot, teils aus Ärger, teils aus Verlegenheit. Chandos' Hemd reichte ihr bis weit über die Hüften, deshalb konnte sie es nicht in die Hose stecken. Und der V-förmige Ausschnitt ging ihr bis zum Nabel. Am schlimmsten war aber die Tatsache, daß das Hemd mit Lederriemen zugebunden wurde, die zu steif waren, als daß sie sie hätte straff anziehen können. Das Ergebnis war, daß immer noch ein unzüchtiger, zwei Zentimeter breiter Spalt klaffte.

Sie wandte Chandos so lange wie möglich den Rücken zu, und als sie zum Feuer kam, um sich Kaffee zu holen, hielt sie sich den Hut vor die Brust; ihr wütender Blick sprach Bände. Chandos sagte kein Wort und war sichtlich bemüht, sie nicht anzusehen.

Courtney wollte von sich ablenken und suchte verzweifelt ein Gesprächsthema, als ihr Blick auf das vierte Pferd fiel.

»Waren Sie Trask gegenüber nicht etwas zu hart, als Sie ihn gezwungen haben, zu Fuß nach Kansas zurückzukehren?«

Der sanfte Vorwurf zeigte eine größere Wirkung als vorgesehen. Chandos' Blick wurde eisig, und sie hatte den Eindruck, daß er sie am liebsten geschlagen hätte.

»Da Sie nicht wissen, Lady, was er getan hat, können Sie kaum beurteilen, was für eine Strafe er verdient.«

»Und Sie wissen, was er getan hat?«

»Ja.«

»Was denn?«

»Vergewaltigung, Mord, das Abschlachten von Männern, Frauen und Kindern.«

Courtney wurde blaß. »Warum haben Sie ihn nicht sofort getötet, wenn Sie all das wissen?«

Er stand wortlos auf und ging zu den Pferden.

»Es tut mir leid«, rief sie ihm nach. Hatte er sie überhaupt gehört?

Sie beschloß, Dare Trask einfach zu vergessen. In einem zivilisierten Land wäre er für solche Verbrechen gevierteilt worden. Sie würde einfach nicht weiter an ihn denken.

Sie löschte das kleine Feuer mit dem Rest des Kaffees und ging zu ihrem Pferd, das Chandos inzwischen gesattelt hatte. Sie fuhr sich rasch mit der Bürste durch die

Haare, die zwar sauber, aber hoffnungslos zerstrubbelt waren.

Während sie noch mit einem besonders hartnäckigen Knoten kämpfte, trat Chandos hinter sie. »Da Sie finden, daß ich auf diesem Gebiet eine besondere Begabung besitze, könnte ich Ihnen die Haare schneiden.« Seine Stimme klang scherzhaft, vor allem als er hinzufügte: »Wie viele Skalps habe ich angeblich genommen? Ich habe es mir nicht gemerkt.«

Courtney drehte sich um, und er lächelte sie an. Wie schnell es ihm gelang, eine Mißstimmung zu überwinden!

Dann fiel ihr all das ein, was sie am vergangenen Abend über ihn gesagt hatte, und sie wurde wieder rot. »Wie lange hatten Sie uns schon belauscht?«

»Lang genug.«

»Ich glaube natürlich kein Wort von dem, was ich gesagt habe. Ich wollte die vier nur verunsichern und habe deshalb behauptet, daß Sie zum Teil Indianer sind. Die vier Kerle hatten Sie ja noch nie zu Gesicht bekommen, wie sollten sie da wissen, daß Sie überhaupt nicht wie ein Indianer aussehen?«

»Finden Sie? Haben Sie schon so viele Indianer gesehen, daß Sie das beurteilen können?«

Courtney kam allmählich zum Bewußtsein, daß er sie nicht mehr neckte, sondern es vollkommen ernst meinte. »Sie haben überhaupt kein indianisches Blut, nicht wahr?« Im nächsten Augenblick bedauerte sie die Frage. Aber er antwortete ihr nicht, sondern sah sie nur an.

Sie senkte den Blick. »Vergessen Sie, was ich gesagt habe. Können wir jetzt aufbrechen?«

Er drückte ihr das vom Abendessen übriggebliebene Fleisch in die Hand. »Das müßte bis Mittag genügen.«

»Danke.« Dann stellte sie doch noch eine Frage: »Wissen Sie vielleicht, was ›bella‹ heißt?«

»Es heißt ›schön‹.«

Courtney wurde wieder einmal rot.

22. KAPITEL

»Wenn Sie noch etwas waschen wollen, sollten Sie es heute abend tun«, erklärte ihr Chandos, sobald sie ihr Nachtlager aufgeschlagen hatten. »Morgen verlassen wir den Arkansas und stoßen frühestens in drei Tagen wieder auf Wasser.«

Courtney hatte nicht mehr sehr viel zu waschen, vielmehr mußte sie alle ihre Kleidungsstücke trocknen lassen.

Chandos versorgte rasch sein und Trasks Pferd und marschierte dann mit seiner Wäsche zum Fluß. Er war damit fertig, bevor Courtney überhaupt begonnen hatte. Als sie ebenfalls fertig war, sah der Lagerplatz wie der Hinterhof einer Pension aus. Auf jedem Busch, Baum und Felsbrocken hingen oder lagen Kleidungsstücke.

Courtney fand es lustig, daß ein Lagerplatz mitten im Indianerterritorium so gemütlich sein konnte. Sie fühlte sich richtig wohl. Zum Teil rührte das auch daher, daß sie mit Chandos zusammen war und sich in seiner Gegenwart vollkommen sicher fühlte. Er war an diesem Abend nicht auf die Jagd gegangen, und sie war davon überzeugt, daß er es getan hatte, um sie nicht allein zu lassen.

Um ihm zu zeigen, wie dankbar sie ihm dafür war, bemühte sie sich, aus dem getrockneten Fleisch und Gemüse ein schmackhaftes Stew zuzubreiten. Sie verwendete die wenigen Gewürze, die sie mitgenommen hatte, und machte sogar ein paar Klöße. Außerdem befand sich keine einzige Bohne in dem Stew. Wenigstens einmal ein Essen ohne diese ewigen Bohnen.

Während Courtney kochte, lehnte Chandos mit geschlossenen Augen an seinem Sattel. Als sie begann, ein Lied vor sich hinzusummen, genügte das, um ihn zu erregen. Offenbar war er Courtney Harte wehrlos verfallen. Wie lange würde er es noch ertragen, daß er sic ständig begehrte, aber nie Erfüllung fand? Es war für Chandos eine ganz neue Erfahrung; er hatte noch nie eine Frau so leidenschaftlich begehrt, daß er kaum an etwas anderes denken konnte, und er hatte noch nie seine Gefühle so eisern im Zaum halten müssen. Courtneys Zauber war für ihn unwiderstehlich.

Aber er würde sie nicht berühren, selbst wenn sie sich ihm anbot... Nein, das war dann doch übertrieben. So edelmütig war er auch wieder nicht.

Aber dann fiel ihm ein, daß sie sich ihm bereits angeboten und daß er keinen Gebrauch davon gemacht hatte. Er mußte endlich die lächerliche Vorstellung loswerden, daß er sie beschützen mußte – sogar vor ihm selbst. Er dachte an ihre leidenschaftlichen Blicke, ihre zärtlichen Küsse. Sie begehrte ihn, und das stachelte seine Leidenschaft noch mehr auf.

Wußte sie überhaupt, wie sehr sie ihn in Versuchung führte? Wahrscheinlich nicht, denn er hatte darauf geachtet, es sie nicht merken zu lassen. Falls sie es dennoch gemerkt haben sollte, war es ihr offensichtlich gleichgültig, denn sie bemühte sich keineswegs, ihn nicht herauszufordern.

»Wie bringen die Leute es eigentlich fertig, das Vieh über diese Hügel zu treiben, Chandos?«

»Das Vieh wird nicht durch diese Gegend getrieben; der Trail befindet sich etwa fünfzig Meilen westlich von hier.«

»Ich habe geglaubt, daß der Viehtrail der kürzeste Weg nach Waco ist.«

»Das stimmt.«

»Warum folgen wir ihm dann nicht?« fragte sie verwundert.

»Ich muß in Paris, einer Stadt im Nordwesten von Texas, etwas erledigen. Es kostet uns etwa fünf Tage, aber es geht nicht anders. Ich war ursprünglich dorthin unterwegs und will nicht eine ganze Woche verlieren, indem ich Sie erst nach Waco bringe und dann zurückreite. Irgendwelche Einwände?«

»Nein. Sie müssen meinetwegen Ihre Pläne nicht ändern. Ein paar Tage spielen keine Rolle.« Sie rührte das Stew noch einmal um. »Das Essen ist fertig.«

Während sie aß, stellte Courtney fest, daß sie einerseits glücklich war, weil sie einige Tage länger mit Chandos zusammen sein würde, daß sie sich aber andererseits über ihn ärgerte, weil er es nicht der Mühe wert gefunden hatte, sie über seine Pläne zu unterrichten.

Nach dem Abendessen sah sie zuerst nach ihren Kleidern. Ein Großteil war bereits trocken, so daß sie sich endlich umziehen konnte. Sie ging zum Fluß hinunter. Als sie aus Hose und Hemd schlüpfte, zögerte sie einen Augenblick, sprang dann aber doch ins Wasser. Die Sonne war bereits untergegangen, und Chandos aß noch. Sie würde erst in einigen Tagen wieder Gelegenheit haben, ein Bad zu nehmen.

Das Wasser schimmerte im Mondlicht. Courtney ließ sich im Schatten eines überhängenden Baumes von der Strömung umspülen und kam sich schrecklich verdorben vor, weil sie vollkommen nackt war. Es war einfach herrlich.

Schließlich mußte sie, wenn auch widerstrebend, den Fluß verlassen. Weil sie kein Handtuch hatte, streifte sie das Wasser mit den bloßen Händen von ihrem Körper, und dabei fiel ihr ein, daß sie vor nicht allzu langer Zeit in Versuchung gewesen war, das gleiche mit Chandos' Rükken zu tun. *Hör auf, daran zu denken, Courtney.* Sie kleidete sich rasch an und kehrte zum Lager zurück.

Überrascht stellte sie fest, daß Chandos bereits das Geschirr gereinigt und seine Bettrolle ausgebreitet hatte und jetzt das Feuer mit Asche abdeckte. Sie seufzte. Nach dem erfrischenden Bad war sie im Gegensatz zu ihm überhaupt nicht schläfrig.

Als sie zum Feuer trat, stand er auf. Sein Blick glitt über

ihr hellgrünes Seidenkleid, und ihr fiel plötzlich ein, daß sie sich nicht vollständig abgetrocknet hatte, und daß die Seide an ihrem Körper klebte.

»Wenn ich gewußt hätte, daß ich das Geschirr nicht spülen muß, hätte ich mir nicht die Mühe gemacht, mich anzuziehen«, platzte sie heraus. Dann wurde sie rot. Das hatte sie nicht sagen wollen. »Ich meine ... ach, vergessen Sie es. Hier.« Courtney reichte ihm sein Hemd. »Nochmals danke.«

Sie wandte sich ab und erschrak, als Chandos sie am Handgelenk packte. »Das nächste Mal lassen Sie mich vorher wissen, was Sie vorhaben. Sie hätten von einer Wasserschlange gebissen, von einem treibenden Baumstamm getroffen oder von Indianern entführt werden können – oder es hätte noch Schlimmeres passieren können.«

»Aber Sie waren doch nicht weit weg«, setzte sie sich zur Wehr. »Sie hätten es gehört, wenn ich um Hilfe gerufen hätte.«

»Wenn Sie noch die Möglichkeit dazu gehabt hätten.«

»Wollen Sie damit sagen, daß ich mich nicht waschen soll –«

»Nein.«

Ihre Augen wurden groß. »Soll das dann heißen –«

»Verdammt noch mal, natürlich nicht. Ich muß Ihnen nicht zuschauen, ich muß nur in der Nähe sein, um Sie beschützen zu können.« Ihm wurde klar, daß es keinen Ausweg aus diesem peinlichen Gespräch gab. »Vergessen Sie es.«

»Was soll ich vergessen? Ihnen Bescheid zu sagen, wenn ich –«

»Vergessen Sie, sich zu waschen.«

»Chandos!«

»Es gehört sich einfach nicht, daß eine Lady auf dem Trail badet.«

»Das ist Unsinn, und das wissen Sie. Ich habe mich nie

ganz ausgezogen. Heute abend war es eine Ausnahme, aber –«

Weiter kam sie nicht. Das Bild, das ihre Worte in Chandos' Geist heraufbeschwor, gab ihm den Rest, und er riß sie knurrend an sich.

Als sein Mund den ihren berührte, hatte Courtney das Gefühl, daß ihre gesamte Kraft sie verließ. Ihre Beine gaben unter ihr nach und sie schlang Chandos die Arme um den Hals und klammerte sich an ihn.

Chandos drückte sie mit einem Arm so heftig an sich, daß ihre Brust hart an die seine gepreßt wurde. Mit dem zweiten hielt er ihren Hinterkopf umklammert, so daß sie sich seinem Mund nicht entziehen konnte. Es lag etwas sehr Wildes in der Art, wie er seine Lippen brutal auf die ihren drückte und sie auseinanderzwang. Und dann berührte seine Zunge die ihre wie ein glühendes Eisen.

Courtney begriff nicht, was die Heftigkeit seines Angriffs sollte, und nahm an, daß er ihr wieder eine Lehre erteilen wollte. Sie bekam Angst und versuchte, sich von ihm zu lösen, aber er hielt sie fest. Sie stieß seine Schultern weg, aber sein Griff wurde nur noch fester.

Soviel sie sich auch wand – sie kam nicht frei.

Chandos bemerkte zuerst nur undeutlich, daß Courtney sich gegen ihn zur Wehr setzte. Er wußte, daß er seine Vorsätze über den Haufen geworfen hatte, aber er war nicht auf die Idee gekommen, daß sein unbeherrschtes Verlangen ihr Angst einjagen könnte. Erst als ihre Abwehr heftiger wurde, kam er wieder zu sich.

Er gab ihren Mund frei, und sie schnappte nach Luft. Er lockerte auch seinen Griff allmählich, so daß sie etwas Abstand zwischen ihn und sich legen konnte.

»War das wieder eine Ihrer Lektionen?« fragte sie.

»Nein.«

»Aber Sie haben mir wehgetan.«

Chandos streichelte ihre Wange. »Das war das Letzte, was ich tun wollte, kleine Katze.«

Seine Stimme und seine Hand auf ihrem Gesicht waren nun sehr sanft, aber Courtney hatte immer noch Angst vor ihm.

»Warum haben Sie mich angegriffen, Chandos?«

Er sah sie verblüfft an. »Angegriffen?«

»Wie würden Sie es denn bezeichnen?«

»Der Sturm auf die Festung«, schlug er trocken vor.

»Wagen Sie nicht zu lachen! Sie sind widerlich und –«

»Schsch, Kätzchen, sei still und hör mir zu. Es tut mir leid, wenn ich dich erschreckt habe. Aber wenn ein Mann eine Frau so sehr begehrt wie ich dich, dann fällt es ihm schwer, sich zu beherrschen. Verstehst du das?«

Sie schwieg einen Augenblick, dann fragte sie erstaunt: »Du – du begehrst mich?«

»Kannst du daran zweifeln?«

Courtney blickte zu Boden, um ihre Freude und ihre Verwirrung zu verbergen.

»Du hast mich zu Beginn nicht begehrt. Tu mir das nicht an, Chandos, nur weil du eine Frau brauchst, und ich hier draußen die einzig verfügbare bin.«

Er hob ihr Kinn und zwang sie, ihn anzusehen. »Das habe ich mir mit meinem dummen Versuch eingebrockt, dir zu widerstehen.« Er seufzte. »Du kannst daran zweifeln, daß es klug von mir ist, dich zu begehren, aber zweifle nicht daran, daß mein Verlangen nach dir in dem Augenblick erwacht ist, in dem du den Laden in Rockley betreten hast. Glaubst du, daß ich sonst dieses Nichts Jim Ward zur Rede gestellt hätte?«

»Nein, sag das nicht.«

»Weißt du, daß ich nahe daran war, deinen Freund Reed zu töten, weil du zugelassen hast, daß er dich küßt?«

»Bitte, Chandos.«

Er zog sie an sich, diesmal sehr sanft, ohne sich um ihren ohnehin nur angedeuteten Widerstand zu kümmern. »Ich kann gegen meine Gefühle genauso wenig etwas tun wie du, Kätzchen. Ich habe versucht, dich in

Rockley zurückzulassen und dich zu vergessen, aber ich konnte es nicht. Ich habe versucht, dich nicht anzurühren. Aber auch dagegen kann ich nicht mehr ankämpfen, schon gar nicht, nachdem ich weiß, daß du mich ebenfalls begehrst.«

»Nein, ich –«

Er ließ nicht zu, daß sie es leugnete. Mit einem zweiten Kuß, der genauso zärtlich war wie der erste brutal, lähmte er ihren Willen und ihren Verstand. Doch der größte Zauber ging von seinem Geständnis aus. Er begehrte sie – hatte sie immer begehrt! Diese Vorstellung machte sie glücklich.

Courtney erwiderte seinen Kuß hingebungsvoll. Was sie sich bisher nur in ihrer Phantasie ausgemalt hatte, wurde nun Wirklichkeit, und es wäre ihr am liebsten gewesen, wenn es nie aufgehört hätte. Es schien auch nie aufzuhören, denn er überschüttete sie mit Küssen.

Sie dachte nicht darüber nach, wohin die Küsse führen würden, auch dann nicht, als Chandos sie auf seine Bettrolle trug.

Seine Küsse wurden leidenschaftlicher, und er begann, sie auszuziehen. Sie wollte ihn daran hindern, aber er schob ihre Hände weg und küßte sie auf den Hals. Es durchschauerte sie.

Sie mußte einen Entschluß fassen, sagte sie sich. Würde er böse sein, daß sie es soweit hatte kommen lassen und ihn dann zwang aufzuhören? Konnte sie ihn überhaupt dazu zwingen?

Etwas wie Angst regte sich in ihr, und sie flüsterte: »Chandos, ich bin nicht –«

»Sprich nicht, kleine Katze«, flüsterte er ihr ins Ohr. »Ich kann nicht mehr anders.«

Seine Hand glitt in ihr offenes Kleid und suchte erst die eine Brust und dann die andere. Ihr dünnes Hemdchen war kein Schutz vor seiner Hitze. Und als die Lust unerträglich wurde, begann er, an ihrem Ohr zu knabbern.

Seine Leidenschaft überwältigte sie, und sie konnte nicht mehr klar denken. So protestierte sie auch nicht, als er ihr rasch das Kleid auszog. Und sie so leidenschaftlich küßte, daß ihr schwindelte. Schließlich streifte er ihr das Hemdchen über den Kopf. Ihr Oberkörper war jetzt nackt.

Als sein Mund ihr Brust bedeckte, zuckte sie vor Wonne zusammen. Ihre Hände erfaßten seinen Kopf und hielten ihn fest. Sie vergrub die Finger in seinen Haaren und stöhnte vor Lust, als ihre Brustwarze unter seiner Zunge hart wurde. Dann begann er zu saugen, und sie schnurrte wie eine Katze. Chandos stöhnte.

Courtney hatte sich nie träumen lassen, daß es etwas so Wunderbares, so zutiefst Befriedigendes gab. Aber das war noch nicht alles, und Chandos war ungeduldig dabei, ihr alles zu zeigen.

Sie hatte nicht gespürt, daß er ihren Unterrock aufband, doch als seine Hand abwärts glitt, erzitterten ihre Bauchmuskeln. Plötzlich wurde ihr klar, wie weit er gegangen war. Konnte sie ihn aufhalten? Sie zog an seinem Arm, aber es war kein ernst gemeinter Versuch.

Dann drang sein Finger in sie ein, und sie schrie auf. »Nein!«

Seine Lippen brachten sie rasch zum Schweigen, aber er ließ seinen Finger, wo er war. Sie hatte gegen die Vorstellung protestiert, nicht gegen das Gefühl, das er in ihr weckte. Das ganz bestimmt nicht. Dann wurde sie von einem heftigen, heißen Ausbruch erschüttert, der ihren letzten Widerstand brach.

Als sie wieder ruhig war, als ihre Hand nicht mehr an seinem Arm zog, sondern sich um seinen Hals legte, sah Chandos sie an. Die Glut in seinen Augen hypnotisierte sie, und sie ahnte undeutlich, was es ihn gekostet hatte, seine Leidenschaft bis jetzt im Zaum zu halten. Diese Erkenntnis war beinahe unerträglich.

Er wandte den Blick nicht von ihr ab, während er den

harten Knoten in der Spalte zwischen ihren Schenkeln liebkoste. Sie wurde rot, als sie merkte, daß er sie beobachtete.

»Du sollst nicht –«

»Schsch, Kätzchen«, flüsterte er. »Stell dir vor, daß ich in dir bin. Du ahnst nicht, was es für mich bedeutet, daß du so bereit für mich bist.«

Er küßte sie immer wieder, und seine Augen glühten. »Laß zu, daß ich dich liebe, Kätzchen. Ich will dich schnurren hören, wenn ich in dir bin.«

Er ließ sie nicht antworten, sondern küßte sie wieder. Dann löste er sich von ihr, und im nächsten Augenblick glitt der Rest ihrer Kleidung über ihre Beine hinunter und wurde zur Seite geschoben.

»Bleib so, wie du bist«, sagte er, als sie nach der Decke griff. »Du bist schöner als alle Frauen, die ich bis jetzt gekannt habe. Verbirg deine Schönheit nicht vor mir.«

Courtney versuchte ihre Scham zu unterdrücken, weil er sie darum gebeten hatte. Und als er sich dann neben sie hinkniete, und sie ihn dabei beobachtete, wie er sich sein Hemd auszog, vergaß sie ihre Scheu.

Er überraschte sie wieder.

»Berühre mich, Kätzchen. Deine Augen haben mir unzählige Male verraten, daß du es tun möchtest.«

»Das ist nicht wahr.«

»Lügnerin.«

Doch sie hatte keine Zeit, empört zu sein, denn er streifte seine Hose ab. Als die dann das erste Mal alles von ihm sah, zog sie scharf die Luft ein. Sie konnte ihn bestimmt nicht zur Gänze in sich aufnehmen – oder?

Die Angst kam wieder, aber es war eine erregende Angst.

Chandos wußte, daß sie sich fürchtete. Sobald er nackt war, schob er sich zwischen ihre Beine und streckte seinen langen Körper über den ihren, bis sie die Spitze seines Glieds an ihrer Scheide spürte. Er stöhnte auf, seine

Lippen preßten sich auf die ihren, und er drang in sie ein. Er fing ihren Schrei mit seinem Mund auf und die Zuckungen ihres Körpers mit dem seinigen.

Nun drang er voll und tief in sie ein, aber der Schmerz hielt nicht an. Die ganze Zeit über küßte er sie so leidenschaftlich, daß ihre Zunge der seinen schließlich antwortete. Seine Hände hielten ihr Gesicht zärtlich umschlossen, und seine Brust streifte ihre Brüste.

Lange Zeit bewegten sich nur Chandos' Mund und seine Hände; als auch seine Hüften begannen, sich zu bewegen, stöhnte Courtney vor Enttäuschung. Es tat so gut, ihn in ihrem Körper zu spüren, und sie glaubte, daß es nun vorbei war. Doch sie merkte bald, daß sie sich geirrt hatte. Er glitt unermüdlich hinein und heraus, mit unendlicher Vorsicht.

»Ja, Kätzchen, sag es mir«, stöhnte er, als sie wieder vor Wonne schnurrte.

Sie tat es. Sie konnte nicht anders. Ihre Arme schlossen sich eng um ihn, und sie hob ihm ihre Hüften entgegen. Sie entdeckte, daß er tiefer in sie eindringen konnte, wenn sie die Beine hob, und sie hob sie immer höher und höher, bis sie in einen pulsierenden, unglaublichen Orgasmus ausbrach und, ohne es zu wollen, seinen Namen schrie.

Sie wußte nicht, daß er sie die ganze Zeit über beobachtet hatte und sich erst jetzt der Leidenschaft hingab, die ihn so lange beherrscht hatte.

23. KAPITEL

Den ganzen nächsten Tag über war Courtney verliebt. Nichts störte sie. Weder die Hitze, noch die Insekten, und auch nicht der eintönige Ritt. Nichts konnte den Panzer ihres Glücks durchdringen.

Zwei Tage später war sie ihrer Sache nicht mehr so

sicher. Und nach drei Tagen war sie ganz anderer Ansicht. Sie konnte unmöglich einen Mann wie Chandos lieben, der sie so in Wut brachte. Sie begehrte ihn immer noch – und verachtete sich deshalb –, aber sie konnte ihn nicht lieben.

Was Courtney in Wut brachte, war die Tatsache, daß er wieder so undurchdringlich und rätselhaft geworden war wie vorher. Er hatte sie zu seiner Frau gemacht, hatte sie zur höchsten Ekstase geführt, und jetzt behandelte er sie genauso gleichgültig wie früher. Sie verstand die Welt nicht mehr.

Doch sie mußte sich der Wahrheit stellen. Sie war benützt worden. Alles, was Chandos ihr in dieser Nacht gesagt hatte, war eine Lüge gewesen. Er hatte seine Begierde befriedigt, und jetzt brauchte er sie nicht mehr.

Wie Chandos vorausgesagt hatte, überquerten sie am Abend des siebten Tages einen Fluß. Da Courtney dabei naß wurde, beschloß sie, nach dem Abendessen ein Bad zu nehmen, ohne es Chandos zu sagen. Sie wollte sich an Chandos rächen, indem sie seine Befehle nicht befolgte.

Ihre Unterwäsche klebte an ihrem Körper und ihre Haare waren tropfnaß, als sie dem Fluß entstieg; in diesem Augenblick spürte sie, daß sie nicht allein war. Ihr Herz blieb beinahe stehen, aber dann erblickte sie ihn. Es war Chandos. Diese Erkenntnis war jedoch auch kein Trost. Er kauerte im Schatten eines Baumes und hatte sie wer weiß wie lange schon beobachtet.

Er erhob sich und ging auf sie zu.

»Komm her, Kätzchen.«

Er hatte sie in den letzten drei Tagen kein einziges Mal so genannt, und seine Stimme hatte auch nie so heiser geklungen. Er hatte wieder Lady zu ihr gesagt – wenn er überhaupt mit ihr sprach.

Courtneys Nasenflügel bebten, und ihre Augen funkelten.

»Geh zum Teufel!« rief sie. »Du wirst mich nicht noch einmal benützen!«

Er ging weiter auf sie zu, und sie wich ins Wasser zurück. Sie wäre noch tiefer in den Fluß gegangen, aber er blieb stehen. Sie starrte ihn trotzig an. Dann fluchte er in der Sprache, die er manchmal benützte, drehte sich um und ging zum Lager zurück.

Sie hatte es geschafft. Sie hatte ihm kühn und mutig standgehalten und war stolz auf sich.

Courtney beschloß, nicht sofort aus dem Wasser zu steigen, obwohl sie fröstelte. Sie hatte nicht gerade Angst vor Chandos, aber sie wollte warten, bis sein Zorn abgeklungen war. Auch als sie aus der Richtung des Lagers einen Schuß vernahm, rührte sie sich nicht. Sie war ja nicht dumm. Wenn er auf so eine List verfiel, um sie zu sich zu locken, dann war sein Zorn noch nicht verraucht.

Weitere zehn Minuten vergingen, dann fing Courtney doch an, sich Sorgen zu machen. Vielleicht hatte sie sich geirrt. Vielleicht hatte er ein wildes Tier getötet. Oder vielleicht hatte jemand auf Chandos geschossen. Vielleicht war er tot!

Courtney lief aus dem Wasser, rannte aber nicht so, wie sie war, die Böschung hinauf. Sie zog erst trockene Unterwäsche, ihren gestreiften Rock und die weiße Seidenbluse an, die sie erst kürzlich geflickt hatte. Alles übrige, auch ihre Stiefel, die von der Flußüberquerung noch naß waren, trug sie in der Hand. Sie betete darum, daß sie auf nichts Kriechendes oder gar Giftiges treten würde, und rannte dann zum Lager. Als sie den Schein des Feuers erblickte, ging sie langsamer und sehr vorsichtig weiter. Trotzdem stolperte sie beinahe über die Schlange, die auf dem Weg lag. Sie war lang und gelbrot, eine Mokassinschlange, deren Biß tödlich war. Die Schlange war tot, aber Courtney schrie trotzdem auf.

»Was?« rief Chandos scharf, und ihre Erleichterung war grenzenlos.

Sie rannte, bis sie ihn sah. Er war am Leben und allein. Er saß am Feuer und... Courtney blieb stehen und wurde leichenblaß. Chandos hatte einen Stiefel ausgezogen und das Hosenbein bis zum Knie aufgeschnitten. Über seine Wade, an der er einen Schnitt ausquetschte, lief Blut. Er war von der Schlange gebissen worden!

»Warum hast du mich nicht gerufen?« Sie war entsetzt, daß er versucht hatte, sich selbst zu behandeln.

»Du hast sehr lange gebraucht, um nach dem Schuß heraufzukommen. Wärst du gekommen, wenn ich dich gerufen hätte?«

»Wenn du mir gesagt hättest, was geschehen ist, wäre ich gekommen.«

»Hättest du mir geglaubt?«

Er wußte es. Er wußte, was sie gedacht hatte. Wie konnte er so ruhig hier sitzen – nein, er mußte ruhig bleiben, denn sonst verbreitete sich das Gift noch rascher in seinem Körper.

Courtney ließ ihre Sachen fallen, stürzte vor, holte Chandos' Bettrolle und breitete sie neben ihm aus. Ihr Herz klopfte wild.

»Leg dich auf den Bauch.«

»Sag mir nicht, was ich zu tun habe, Frau.«

Sie war empört über seinen Ton, dann aber begriff sie, daß er Schmerzen litt. Auf seiner Wade breitete sich ein großer, grellroter Fleck aus. Er hatte seinen Gürtel wenige Zentimeter oberhalb des Bisses eng um das Bein gebunden. Zwei Zentimeter tiefer, und die Schlange hätte in Chandos' Stiefel gebissen. Was für ein unglaubliches Pech!

»Hast du das Gift ausgesaugt?«

Chandos' Blick sprach Bände. »Sieh doch einmal hin, Frau. Wenn du glaubst, daß ich mit dem Mund dorthin komme, dann bist du verrückt.«

Courtney wurde noch blasser. »Das heißt, daß du nicht einmal... warum hast du mich nicht gerufen? Was du jetzt tust, ist ein letztes Hilfsmittel!«

»Du weißt wohl genau Bescheid«, fuhr er sie an.

»Ja. Ich habe meinem Vater zugesehen, wenn er Schlangenbisse behandelt hat. Er ist Arzt und –. Hast du den Gürtel schon einmal gelockert? Du solltest es ungefähr alle zehn Minuten tun. Bitte Chandos, leg dich hin. Ich muß das Gift aussaugen, bevor es zu spät ist.«

Er starrte sie so lange an, daß sie schon annahm, er würde sich weigern. Doch dann zuckte er die Schultern und legte sich auf die Bettrolle.

»Der Schnitt ist in Ordnung«, erklärte er ihr mit deutlich schwächerer Stimme. »Ich konnte die Stelle sehen und mit den Händen erreichen, aber nicht mit dem Mund.«

»Spürst du außer den Schmerzen ein Schwächegefühl oder Übelkeit? Kannst du klar sehen?«

»Wer, sagtest du, ist der Arzt – du oder dein Vater?«

Es war eine Erleichterung, daß er noch Witze machen konnte. »Es würde mir helfen, wenn du meine Fragen beantwortest, Chandos. Ich muß wissen, ob das Gift schon in deinen Kreislauf gelangt ist oder nicht.«

»Ich leide unter keiner der erwähnten Beschwerden, Lady«, seufzte er.

»Das ist wenigstens etwas, wenn man bedenkt, wieviel Zeit vergangen ist.«

Aber Courtney war nicht davon überzeugt, daß er die Wahrheit sagte. Es würde ihm ähnlich sehen, nicht zuzugeben, daß er sich schwach fühlte.

Sie kniete neben seiner Wade nieder und machte sich an die Arbeit – es war ihr nicht widerwärtig, sondern einfach etwas, das getan werden mußte. Aber sie hatte Angst, weil soviel Zeit vergangen war.

Chandos rührte sich nicht, während sie sich mit ihm befaßte; er erklärte ihr nur einmal, daß sie die Hand von seinem verdammten Bein nehmen solle. Courtney hörte nicht auf, gleichmäßig zu sauen und zu spucken, bis sie plötzlich krebsrot wurde. Fortan achtete sie darauf, die

Hand nicht mehr so hoch oben auf seinen Oberschenkel zu legen. Sie nahm sich vor, ihm später einmal deshalb die Meinung zu sagen. Der Mann konnte seine Begierde nicht einmal beherrschen, wenn er Schmerzen litt!

Sie arbeitete eine Stunde lang, dann konnte sie nicht mehr. Ihre Lippen waren taub, und ihre Wangen schmerzten. Die Wunde blutete nicht mehr, aber sie war gerötet und schrecklich geschwollen. Courtney bedauerte, daß sie keine Zugsalbe mithatte. Noch mehr bedauerte sie es, daß sie nichts von Heilkräutern verstand, denn es gab vielleicht am Flußufer oder im Wald etwas, das das Gift herausziehen oder die Schwellung zum Abklingen bringen konnte.

Statt dessen holte sie Wasser vom Fluß, tauchte einen Lappen hinein und legte ihn auf die Wunde. Alle zehn Minuten lockerte sie den Gürtel, der den Blutstrom unterband, und zog ihn nach einer Minute wieder an.

Sie war unermüdlich. Und als sie endlich dazu kam, ihn zu fragen, wie er sich fühlte, erhielt sie keine Antwort. Chandos war ohnmächtig geworden. Courtney wurde allmählich von Panik erfaßt.

24. KAPITEL

»Wenn du mir die Haare abschneidest, Alter, bringe ich dich um.« Chandos hatte diesen und andere Sätze immer wieder gemurmelt, und Courtney hatte sich daraus ein bedrückendes Bild von Chandos' Leben machen können. Er sprach im Schlaf und fieberte hoch.

Irgendwann in der Nacht war sie eingeschlafen, aber nicht für lange Zeit. Sie hatte den Kopf an Chandos' Beine gelehnt, und dann hatte er plötzlich geschrien, daß er erst sterben könne, bis alle tot waren. Sie versuchte, ihn aufzuwecken, aber er stieß sie von sich.

»Verdammt, Calida, laß mich in Ruhe«, knurrte er. »Kriech in Marios Bett. Ich bin müde.«

Danach versuchte sie nicht mehr, ihn zu wecken. Sie wechselte den kalten Umschlag und hörte zu, wie er im Fieberwahn Schießereien, Prügeleien und Auseinandersetzungen mit jemandem erlebte, den er nur ›Alter‹ nannte. Er sprach auch mit Frauen – mit Meara ehrfurchtsvoll, mit Weißer Flügel sanft und mahnend. Seine Stimme klang ganz anders, wenn er mit diesen Frauen sprach, und Courtney schloß daraus, daß er sie sehr gern hatte.

Weißer Flügel war nicht der einzige indianische Name, den er erwähnte, sondern er nannte auch Männernamen, und es gab jemanden, den er nur als ›Freund‹ bezeichnete. Er verteidigte den Komantschen sogar dem ›Alten‹ gegenüber leidenschaftlich, und Courtney fiel ein, daß Chandos nie ihre Frage beantwortet hatte, ob er Indianerblut in den Adern habe.

Sie hatte nie darüber nachgedacht, aber es war möglich. Die seltsame, fremde Sprache, die er manchmal verwendete, konnte ein indianischer Dialekt sein.

Überraschenderweise störte es sie nicht. Für sie war und blieb er Chandos.

Als der Morgen graute, begann Courtney, ernsthaft daran zu zweifeln, daß Chandos überleben würde. Sie war erschöpft und wußte nicht, was sie noch für ihn tun konnte. Die Wunde sah genauso gefährlich aus wie am vergangenen Abend, und die Schwellung war kaum zurückgegangen. Er fieberte immer noch, und seine Schmerzen waren anscheinend stärker geworden, aber er stöhnte und schlug so schwach um sich, als hätte er überhaupt keine Kraft mehr.

»Er hat ihr die Arme gebrochen, damit sie sich nicht wehren kann ... das verdammte Schwein ... nur ein Kind. Tot, alle sind tot.« Er flüsterte nur noch, als hätte er nicht mehr genügend Kraft, um zu sprechen. »Zerreiß die Verbindung ... Kätzchen.«

Sie starrte ihn an. Es war das erste Mal, daß er sie erwähnte.

»Chandos?«

»Kann nicht vergessen... nicht meine Frau.«

Sein rasselnder Atem machte Courtney mehr Angst als alles andere. Und als sie ihn schüttelte und er nicht aufwachte, begann sie zu weinen.

»Bitte, Chandos!«

»Verdammte Jungfrau... nicht gut.«

Courtney wollte nicht hören, was er von ihr hielt. Sie konnte es nicht ertragen. Doch seine bisherigen Äußerungen hatten sie verletzt, und sie suchte Zuflucht bei ihrem Zorn.

»Wach auf, verdammt noch mal, damit du mich hören kannst. Ich hasse dich! Du bist grausam und herzlos, und ich weiß nicht, warum ich eine ganze Nacht damit vergeudet habe, dich zu retten. Wach auf!«

Sie schlug mit den Fäusten auf seinen Rücken ein und richtete sich dann erschrocken auf. Sie hatte einen Bewußtlosen geschlagen.

»Verzeih mir, Chandos«, rief sie und rieb seinen Rükken. »Bitte stirb nicht. Ich werde nie wieder auf dich böse sein, ganz gleich, wie unausstehlich du bist. Und wenn du wieder gesund bist, verspreche ich dir, daß ich dich nie mehr begehren werde.«

»Lügnerin.«

Courtney verschluckte sich beinahe. Seine Augen waren noch immer geschlossen.

»Du bist unausstehlich«, zischte sie und stand auf.

Chandos rollte sich auf die Seite und blickte zu ihr auf. »Warum?«

»Warum? Du weißt, warum!« Dann fügte sie zusammenhangslos hinzu: »Und ich bin keine verdammte Jungfrau, das weißt du am besten.«

»Habe ich das behauptet?«

»Vor nicht einmal fünf Minuten.«

»Habe ich womöglich im Schlaf gesprochen?«

»Und wie«, grinste sie, drehte sich um und stolzierte davon.

»Was jemand im Schlaf sagt«, rief er ihr nach, »kann man nicht ernst nehmen. Und um etwas klarzustellen: Ich halte dich schon seit einer ganzen Weile für keine Jungfrau mehr.«

»Geh zum Teufel!« rief sie zurück und ging weiter.

Doch sie kam nur bis zu der toten Schlange, neben der auf einmal ein lederner Schnürbeutel lag, der am vergangenen Abend bestimmt noch nicht dagewesen war.

Ein Schauder lief ihr über den Rücken, und sie sah sich rasch um, aber das Unterholz war so dicht, daß es ein ideales Versteck bot.

Sie starrte den Beutel an und hatte Angst, ihn zu berühren. Er war aus Hirschleder, schön gearbeitet und ungefähr doppelt so groß wie ihre Faust. Er war mit irgend etwas gefüllt.

Wenn in der Nacht jemand vorbeigekommen war, während sie Chandos pflegte, warum hatte sie ihn dann nicht gesehen? Und warum hatte sich dieser Unbekannte nicht gezeigt? War es möglich, daß jemand den Beutel zufällig fallengelassen hatte?

Es war Courtney unheimlich, daß im Lauf der Nacht jemand dagewesen war und beobachtet hatte, wie sie Chandos pflegte. Wer konnte das sein? Und warum hatte der den Lederbeutel hiergelassen?

Sie hob ihn vorsichtig an der Schnur auf und hielt ihn von ihrem Körper weg, während sie zum Lager zurückkehrte. Chandos lag noch da, wie sie ihn verlassen hatte, und sie rief sich ins Gedächtnis, daß es ihm nicht besser ging, sondern daß er nur wach war. Es war gemein von ihr gewesen, ihm all diese Dinge zu sagen, wenn er so schwach war und sichtlich litt.

»Er sieht nicht aus, als würde er beißen, Kätzchen.«

»Was?« fragte sie verständnislos.

»Der Beutel. Du hältst ihn von deinem Körper weg, aber ich glaube nicht, daß das notwendig ist.«

»Hier.« Courtney ließ den Beutel neben ihm fallen. »Ich möchte ihn lieber nicht selbst aufmachen. Ich habe ihn neben der toten Schlange gefunden.«

»Das verdammte Biest! Am liebsten würde ich sie noch einmal umbringen.«

»Das kann ich dir nachfühlen.« Dann blickte sie zu Boden. »Es tut mir leid, daß ich so wütend geworden bin, Chandos. Einiges, das ich dir gesagt habe, ist unverzeihlich.«

»Vergiß es.« Er war damit beschäftigt, den Beutel zu öffnen. »Gott sei Dank«, rief er, als er eine Pflanze herauszog, an der noch die Wurzeln hingen.

»Was ist das?«

»Schlangenkraut. Das hätte ich letzte Nacht dringend gebraucht. Aber besser spät als gar nicht.«

»Schlangenkraut?« fragte sie mißtrauisch.

»Man zerquetscht es, vermischt den Saft mit Salz und trägt ihn auf die Bißwunde auf. Es ist eines der besten Mittel gegen Schlangengift.« Er hielt ihr die Pflanze hin. »Würdest du es bitte tun?«

Courtney griff nach der Pflanze. »Du weißt, wer sie dagelassen hat, nicht wahr?«

»Ja.«

»Na und?«

Er erwiderte ihren Blick so lange, daß sie bereits annahm, er würde ihr überhaupt nicht antworten. Aber dann sagte er doch: »Ein Freund von mir.«

Sie sah ihn groß an. »Warum hat sich dieser Freund nicht gezeigt und mir die Pflanze gegeben? Er hätte mir erklären können, was ich damit tun soll.«

Chandos seufzte. »Das hätte er nicht können, weil er nicht Englisch spricht. Und wenn er sich gezeigt hätte, wärst du wahrscheinlich davongerannt.«

»Ein Indianer! Womöglich Springender Wolf?«

Chandos runzelte die Stirn. »Ich habe anscheinend ziemlich viel gesprochen.«

»Du hast dich mit den unterschiedlichsten Leuten unterhalten. Sprichst du immer im Schlaf?«

»Woher soll ich das wissen?«

Die Antwort erfolgte so scharf, daß sie sich abwandte. Sie bereitete die Mixtur zu und kam dann zu Chandos zurück. »Würdest du dich bitte wieder auf den Bauch legen?«

»Nein. Gib mir das Zeug.«

»Das besorge ich.« Sie wich seiner Hand aus und trat hinter ihn. »Du hast schon genug Schaden angerichtet, indem du gestern abend versucht hast, dich selbst zu behandeln – unnötigerweise.«

»Ich habe dich nicht um deine verdammte Hilfe gebeten.«

»Du wärst wohl lieber gestorben, als dir von mir helfen zu lassen.«

Er antwortete nicht und sagte auch sonst nichts mehr.

Courtney war beleidigt. Nach allem, was sie für ihn getan hatte, hätte er wenigstens ein bißchen Dankbarkeit zeigen können. Aber das war ihm offenbar gleichgültig, und es störte ihn anscheinend, daß er auf ihre Hilfe angewiesen war.

»Ist dein Freund immer noch in der Nähe, Chandos?« fragte sie schließlich.

»Willst du ihn kennenlernen?«

»Nein.«

Er seufzte müde. »Im Augenblick befindet er sich bestimmt nicht in der Nähe, falls dir das Sorgen bereitet, Kätzchen. Aber er wird wahrscheinlich nachsehen, ob es mir besser geht. Du wirst ihn jedoch nicht zu Gesicht bekommen, weil er weiß, daß du dich vor ihm fürchtest.«

»Das tue ich nicht. Woher will er das wissen?«

»Ich habe es ihm erzählt.«

»Wann?«

»Was spielt das wieder für eine Rolle,«

»Überhaupt keine.« Sie war mit der Behandlung des Beins fertig und trat wieder vor ihn. »Ich möchte nur wissen, warum er uns folgt. Der Indianer, den ich damals am Fluß gesehen habe, war auch er, nicht wahr? Wie oft hat er sich noch an unser Lager –« Ihre Augen wurden immer größer, während ihr alles Mögliche einfiel.

»In dieser Nacht war er nicht in der Nähe«, beruhigte sie Chandos. »Und er folgt uns nicht. Wir sind zufällig in die gleiche Richtung unterwegs.«

»Wenn ich nicht wäre, würdest du mit ihm reiten, nicht wahr? Kein Wunder, daß du mich nicht mitnehmen wolltest.«

Er runzelte die Brauen. »Ich habe dir gesagt, warum ich dich nicht mitnehmen wollte.«

»Allerdings. Aber du mußt schon entschuldigen, wenn ich nicht einmal mehr die Hälfte von dem glaube, was du mir erzählst.«

Statt sie zu beruhigen – was sie erhofft hatte –, sagte Chandos kein Wort. Sie wußte nicht, ob sie ihn anschreien oder weinen sollte. Schließlich tat sie keines von beiden, sondern richtete sich hoch auf.

»Ich gehe zum Fluß und spüle das Geschirr. Wenn ich nicht in ein paar Minuten zurück bin, dann bin ich auf deinen Freund gestoßen und in Ohnmacht gefallen.«

25. KAPITEL

Chandos beobachtete Courtney, während sie die Suppe wärmte, die sie ihm den ganzen Tag über aufgedrängt hatte. Die Nachmittagssonne zauberte einen goldenen Schimmer auf ihre dichten, braunen Haare. Er konnte sich nicht sattsehen an ihr.

Er hatte seinem Kätzchen einen bösen Streich gespielt,

und sie würde ihm das heimzahlen. Aber es war das einzig Richtige gewesen. Sie war nicht für ihn geschaffen. Wenn sie ihn besser gekannt hätte, wäre ihr das selbst klar geworden. Und wenn sie alles über ihn erfuhr, würde sie sich sogar vor ihm fürchten.

Im Augenblick war sie jedoch von dem leidenschaftlichen Zorn einer verschmähten Frau erfüllt. Leider tat dieser Zorn Chandos' männlichem Stolz gut. Er konnte nicht leugnen, daß er sich über ihre Reaktion freute und wäre entsetzlich enttäuscht gewesen, wenn sie sich mit seiner gespielten Gleichgültigkeit abgefunden hätte.

Er hatte ihr nicht die Unschuld rauben wollen und hatte sich verdammt bemüht, sich zu beherrschen. Doch nachdem er den Kampf gegen sich selbst verloren hatte, nachdem sie für diese eine, unglaubliche Nacht die seine geworden war, hatte er geglaubt, daß sein brennendes Verlangen befriedigt war. Das war ein Irrtum gewesen. Kaum hatte er sie bei ihrem Bad im Fluß beobachtet, waren alle guten Vorsätze vergessen.

Er war der Schlange beinahe dankbar, denn wenn sie nicht gewesen wäre, hätte er bestimmt wieder eine Liebesnacht mit Courtney verbracht, und das wäre schlecht gewesen. Es würde ihm schon so schwer genug fallen, sich von ihr zu trennen. Wenn sie einander wieder nahekamen, würde es nur schlimmer werden.

Das war ihr natürlich nicht klar. Sie war ganz von ihrer ersten großen Leidenschaft erfüllt und wütend auf ihn, weil sie glaubte, daß er sie benützt hatte. Er seufzte. Doch es war besser so. Noch besser wäre es allerdings gewesen, wenn sie ihn gehaßt hätte.

Natürlich hätte er nie auf sie verzichtet, wenn er nur einen Augenblick hätte glauben können, daß er sie glücklich machen könnte. Doch was für ein Leben konnte er ihr bieten? Vor vier Jahren hatte er beschlossen, die Welt der Weißen zu vergessen und das Leben eines Komantschen zu führen. Dann hatten fünfzehn schlechte Menschen sein Leben zerstört. Was blieb ihm denn, wenn alles vorbei war? Er war so lange umhergestreift, daß er wahrscheinlich nirgends seßhaft werden konnte, nicht einmal bei den Komantschen. Wie konnte sich dann eine weiße Frau mit einem solchen Leben abfinden? Das könnte er seinem Kätzchen nie antun.

Courtney schreckte ihn aus seiner Träumerei auf, indem sie mit einem Teller Brühe neben ihm niederkniete. »Wie fühlst du dich?«

»Genauso beschissen wie das letzte Mal, als du gefragt hast.«

Sie runzelte die Stirn. »Mußt du wirklich so vulgär sein, Chandos?«

»Vulgär? Wenn du wissen willst, was vulgär ist, kann ich dir den Gefallen tun –«

»Nein, danke«, unterbrach sie ihn. »Ich habe vergangene Nacht gehört, wozu du fähig bist.«

»Ich habe also versäumt, wie du errötet bist, Kätzchen?« neckte er sie. »Das tut mir wirklich leid. Dann gefällst du mir nämlich besonders gut. Wenn [illegible]aar vulgäre Ausdrücke genügen –«

»Chandos!«

»Na also. Deine Wangen bekommen sehr leicht Farbe, nicht wahr?«

»Wenn du so unausstehlich sein kannst, liegst du vermutlich nicht im Sterben«, meinte sie bissig. Dann überrumpelte sie ihn. »Sag mir – bist du zum Teil Indianer?«

Er schwieg einen kurzen Augenblick. »Deine Behandlung war in Ordnung, bis du dir in den Kopf gesetzt hast, mir diese dünne Brühe einzuflößen.«

Courtney seufzte tief. »Ein einfaches Ja oder Nein würde mir genügen. Aber wenn du nicht antworten willst, dann laß es bleiben. Es ist mir gleichgültig, ob du Indianer bist oder nicht.«

»Wie tolerant von dir.«

»Und wie höhnisch von dir.«

»Ich weiß doch, daß dir Indianer Todesangst einjagen.«

Sie hob den Kopf. »Ich kann nichts dafür, daß die einzige Erfahrung, die ich mit Indianern gemacht habe, schlecht war. Aber du bist anders als sie.«

Chandos mußte sich zwingen, nicht zu lachen.

»Ich habe dich schon davor gewarnt, in bezug auf mich voreilige Schlüsse zu ziehen. Wenn du aus mir einen Indianer machen willst, dann werde ich die Rolle gern spielen.«

»Dann bist du gar kein –«

»Nein, aber man muß ja nicht Indianer sein, um ein Wilder zu sein. Soll ich es dir beweisen?«

Courtney sprang auf und lief an die andere Seite des Feuers. Dort stemmte sie die Hände in die Hüften und funkelte Chandos wütend an. »Es bereitet dir offenbar perverse Freude, mir Angst einzujagen.«

»Habe ich dir Angst eingejagt?« fragte er unschuldig.

»Natürlich nicht. Aber du hast es versucht, nicht wahr?«

»Natürlich nicht«, ahmte er sie nach.

Er genoß ihren Wutausbruch, er konnte nicht anders. Sie war so verdammt schön, wenn ihre honigbraunen Augen wütend blitzten, sie den Kopf zurückwarf, daß die Haare flogen, und sich würdevoll zu ihrer vollen Größe aufrichtete.

Sein Kosename paßte zu ihr, denn sein Kätzchen konnte eine Tigerin sein. Diese Reise war gut für sie. Sie hatte sich selbst gefunden. Wer weiß, wieviel sie noch über sich herausfinden würde, bis sie Texas erreichten. Noch vor einer Woche war sie so schüchtern gewesen, daß sie in seiner Gegenwart gestottert hatte. Jetzt würde sie nicht einmal dann in Ohnmacht fallen, wenn Springender Wolf vor ihr auftauchte.

»Glaubst du wirklich, daß du mir etwas antun kannst, Chandos, wenn du kaum imstande bist, den Kopf so weit zu heben, daß du deine Suppe trinken kannst?«

Das saß. »Sei vorsichtig, Lady. Du wärst erstaunt darüber, was ein Mann alles fertig bringt, wenn man ihn reizt.«

Courtney zuckte die Schultern. »Ich war nur neugierig.«

»Dann komm zu mir herüber, und ich werde deine Neugierde befriedigen.« Ihre Augen blitzten auf.

»Du machst dir vielleicht wegen deines Zustands keine Sorgen, aber ich tue es. Du sollst deine Kräfte schonen, nicht kämpfen. Und jetzt trink bitte deine Suppe. Dann kannst du dich ausruhen, während ich ein nahrhaftes Abendessen zubereite.«

Er nickte. Warum sollte er sie noch mehr reizen?

26. KAPITEL

Es würde regnen. Die dunklen, drohenden Wolken konnten sogar ein Hinweis auf ein Gewitter sein.

Das war das erste, was Courtney bemerkte, als sie aufwachte. Als nächstes bemerkte sie, daß Chandos noch schlief, deshalb benützte sie die Gelegenheit, um die Feldflaschen am Fluß zu füllen, weil sie den Kaffee aufsetzen wollte, bevor er erwachte.

Der Pfad zum Fluß war dunkler als sonst, weil die Sonne nicht schien. Die Düsternis bedrückte sie; außerdem hatte sie keine Lust, den ganzen Tag im Regen zu reiten, selbst wenn Chandos dazu imstande war. Doch es war andererseits auch nicht sehr verlockend, einen Tag lang im Regen zu sitzen, wenn der einzige Schutz, den man besaß, ein Regenmantel war. Aber sie wollte sich nicht beklagen. Das gehörte dazu, wenn man auf einem Trail unterwegs war.

Courtney warf einen vorwurfsvollen Blick zum Himmel, bevor sie sich bückte, um die Feldflaschen zu füllen.

Regen war gar nicht so schlimm, sagte sie sich. Sie sollte dankbar sein, daß es Chandos besser ging. Es gab so vieles, wofür sie dankbar sein mußte, also sollte sie wegen ein wenig Regen nicht gleich Trübsinn blasen.

»Bist du Courtney Harte?«

Sie erstarrte und vergaß, die gefüllte Flasche aus dem Wasser zu heben. Sie vergaß auch, Luft zu holen.

»Bist du taub, Süße?«

»Er hat gesagt, daß Sie nicht Englisch sprechen«, jammerte sie.

»Wer? Von wem sprichst du, zum Teufel?«

Sie drehte sich um, sah den Mann und wurde vor Erleichterung fast ohnmächtig. »Ich habe geglaubt, daß sie ein Komantsche sind. Hier treibt sich nämlich einer rum.«

»Woher willst du das wissen? Hast du ihn gesehen?«

»Nein, eigentlich nicht.«

»Na also, ich auch nicht. Wahrscheinlich ist er gar nicht mehr hier. Wirst du mir jetzt verraten, wer du bist?«

Was war hier los? Der Mann sah nicht furchteinflößend aus. Er hatte ein fröhliches Gesicht, mit Lachfalten um Mund und Augen. Es war ein angenehmes Gesicht, mit leicht geröteten Wangen und hellen grauen Augen. Er war mittelgroß, etwas rundlich und etwa fünfunddreißig Jahre alt.

»Wer sind Sie denn?« fragte sie.

»Jim Evans. Kopfgeldjäger.«

»Aber Sie sehen nicht so aus – ich meine –«

»Ja, ich weiß.« Er grinste breit. »Das ist ein Vorteil für mich, ich passe nicht in die allgemeine Vorstellung. Bist du nun Courtney Harte oder nicht?«

Wenn er ihr nicht verraten hätte, daß er Kopfgeldjäger war, dann hätte sie es vielleicht zugegeben. So konnte sie nur annehmen, daß er auf der Suche nach Chandos war.

»Ich bin nicht Courtney Harte.«

Er grinste wieder. »Du wirst mich doch nicht anlügen? Die Wahrscheinlichkeit, daß es hier draußen zwei Frauen gibt, auf die die Beschreibung paßt, ist sehr gering. Ich bin davon überzeugt, daß ich die echte Courtney Harte gefunden habe.«

»Warum haben Sie sich dann noch die Mühe gemacht zu fragen?«

»Ich mußte es tun. Fehler kann ich mir nicht leisten. Man bezahlt mich nicht dafür, daß ich Fehler mache. Und was ich für dich bekomme, ist nicht gerade ein Pappenstiel. Das kannst du mir glauben.«

»Für mich? Dann sind Sie also nicht hinter – was soll das heißen, was Sie für mich bekommen? Ich werde nicht steckbrieflich gesucht, Mister Evans.«

»Das habe ich auch nicht behauptet.«

»Aber Sie sind doch Kopfgeldjäger.«

»Ich kassiere Belohnungen, und zwar nicht nur für Leute, die steckbrieflich gesucht werden. Ich spüre jeden beliebigen Burschen aus jedem beliebigen Grund auf, wenn der Zaster stimmt. Bei dir hat er gestimmt. Dein Mann kann es nicht erwarten, dich zurückzubekommen, Süße.«

»Mein Mann?« Ihre Verblüffung verwandelte sich rasch in Zorn, als ihr die Sache dämmerte. »Wie kann er es wagen! Sie sind von Reed Taylor angeheuert, nicht wahr?«

»Er bezahlt, was ich verlangt habe.«

»Aber er ist nicht mein Mann! Er hat überhaupt nichts mit mir zu tun.«

Jim Evans zuckte die Schultern. »Mir ist es vollkommen gleichgültig, was er ist. Er will dich wieder in Kansas haben, also bekommt er dich nach Kansas, denn ich bekomme mein Geld erst, wenn ich die Ware liefere.«

»Ich muß Sie leider enttäuschen, Mister, aber ich kehre nicht nach Kansas zurück, auf gar keinen Fall. Schon gar nicht, weil Reed Taylor mich zurückhaben will. Sie haben leider Ihre Zeit vergeudet. Ausgerechnet –«

»Du hast mich leider noch immer nicht verstanden,

Süße.« Seine Stimme klang noch immer freundlich, aber auf seinem Gesicht lag jetzt ein harter Zug. »Ich vergeude meine Zeit nie. Du reitest nach Kansas zurück. Wenn du etwas dagegen einzuwenden hast, mußt du es mit Mr. Taylor austragen, nicht mit mir.«

»Aber ich weigere mich –«

Er zog den Revolver und richtete ihn auf sie. Courtneys Herz schlug plötzlich dreimal so schnell, und als ihr endlich einfiel, daß sie selbst einen Revolver in ihrem Rock stecken hatte, hatte er ihn bereits gefunden und ihr weggenommen.

»Sei nicht so erstaunt, Süße«, grinste er. »Ich verstehe mein Handwerk.«

»Das sehe ich. Aber würden Sie mich wirklich erschießen? Ich glaube nicht, daß Reed auch für meine Leiche bezahlen würde.«

»Das stimmt, aber er hat nicht gesagt, in was für einem Zustand ich dich abliefern muß.«

Courtney überlegte, ob sie das Risiko eingehen und davonlaufen sollte. Aber er kam ihr zuvor.

»Denk gar nicht erst daran, davonzulaufen oder zu schreien. Wenn der Mann, mit dem du zusammen bist, den Weg heruntergerannt kommt, bleibt mir nichts anderes übrig, als ihn umzulegen.« Er deutete flußaufwärts. »Gehen wir.«

»Aber meine Sachen. Sie erwarten doch nicht, daß ich ohne –«

»Kein schlechter Versuch, aber vergiß es. Wenn ich daran denke, was uns der Mexikaner über das Halbblut erzählt hat, mit dem du reitest, ist es mir lieber, wenn ich ihn überhaupt nicht zu Gesicht bekomme. Und wenn wir uns jetzt auf den Weg machen, hat er keine Ahnung, was aus dir geworden ist.«

Sie geriet in Panik. Er hatte recht. Wenn Chandos endlich soweit war, daß er nach ihr suchte, würde es bereits regnen, und ihre Spuren würden verwischt sein.

Sie versuchte, Zeit zu gewinnen, weil sie hoffte, daß Chandos inzwischen aufgewacht und darüber beunruhigt war, daß sie so lange fortblieb. »Heißt der Mexikaner, den Sie erwähnt haben, zufällig Romero?«

»Allerdings. Wir haben ihn und zwei weitere Männer vor nicht allzu langer Zeit getroffen. Die Geschichte, die er uns über dich und deinen Freund erzählt hat, hat es in sich. Es klang, als wäre das Halbblut eine Ein-Mann-Armee. Natürlich kann man einem Fremden nicht alles glauben. Es wäre genauso gut möglich gewesen, daß die drei dich umgebracht hatten und die Schuld auf jemand anderen abwälzen wollten. Pretty Boy war dafür, daß wir sie erschießen und nach Kansas zurückreiten, aber der Mexikaner hat uns zu der Stelle geführt, an der er euch zum letzten Mal gesehen hat, und von dort aus war es nicht schwierig, eure Spur aufzunehmen.«

»Wer ist Pretty Boy?«

»Du glaubst doch nicht, daß ich so wahnsinnig bin, allein durch das Indianerterritorium zu reiten? Die anderen warten mit den Pferden flußaufwärts. Wir haben uns gedacht, daß dein Freund weniger mißtrauisch sein würde, wenn ich allein aufkreuze, und daß ich dann diesen Vorteil ausnützen kann.«

»Und dann haben Sie gesehen, daß ich allein zum Fluß heruntergekommen bin.«

»Richtig. Ich habe eben Glück gehabt. Du kannst mir glauben, Süße, daß ich nicht scharf darauf war, das Halbblut kennenzulernen.«

Er zog sie mit sich, und ihr wurde klar, daß es ihre letzte Gelegenheit war zu schreien. Doch sie brachte es nicht fertig. Wenn Chandos gesund gewesen wäre, hätte sie nicht gezögert. Aber der Schlangenbiß hatte ihn geschwächt, und er könnte getötet werden. Außerdem befand sie sich nicht in Gefahr. Man zwang sie einfach, nach Kansas zurückzukehren, das war alles.

Bald danach bedauerte sie allerdings ihren Entschluß,

widerstandslos mitzugehen und nicht nach Chandos zu schreien.

27. KAPITEL

Pretty Boy Reavis trug seinen Namen zu Recht; er hatte dichtes, silberblondes, gewelltes Haar und dunkelviolette Augen. Er sah unglaublich gut, sogar schön aus. Er war zweiundzwanzig Jahre alt, schlank, ungefähr einen Meter achtzig groß – ein Mann, von dem jede Frau träumt.

Courtney war von seinem Anblick so beeindruckt, daß sie seine beiden Begleiter zunächst nicht bemerkte. Und Pretty Boy fand sie genauso interessant.

»Taylor hat gesagt, daß du schön bist, Liebling, aber das war eine Untertreibung.«

Courtney nahm an, daß er schon längere Zeit keine Frau gesehen hatte, denn sie trug ihren zerknitterten, schmutzigen Reitrock, sowie die weiße Seidenbluse, die nur noch aus Falten bestand, weil Courtney sie gewaschen, aber nicht gebügelt hatte. Ihre ungekämmten Haare hingen ihr bis auf die Taille herab. Und sie hatte sich seit dem Abend, an dem Chandos von der Schlange gebissen worden war, nicht mehr gewaschen.

»Du reitest mit mir.« Pretty Boy trat vor, um sie von dem Kopfgeldjäger wegzuziehen.

»Pretty Boy –«

»Sie reitet mit mir, Evans«, erklärte er scharf.

Pretty Boy verfügte eindeutig nicht nur über ein schönes Gesicht.

Jim Evans nahm sich die unmißverständliche Warnung zu Herzen und ließ Courtneys Arm los.

Sie fragte sich, wer hier eigentlich das Sagen hatte, aber in diesem Augenblick befahl Evans den Männern aufzusitzen, und sie gehorchten. Evans hatte offenbar den

Oberbefehl, Pretty Boy aber hatte dennoch widerspruchslos bekommen, was er wollte.

Pretty Boy wurde gefürchtet. Anscheinend wagte niemand, ihn herauszufordern. Er war vermutlich ein Revolvermann, dem es Spaß machte zu töten.

Sie wurde auf Pretty Boys Pferd gehoben, dann saß er hinter ihr auf. Erst jetzt bemerkte sie den Mexikaner. Er sah sie genauso gleichgültig an wie bei ihrem ersten Zusammentreffen, und das brachte sie sofort in Wut.

»Sie lernen wohl nichts aus ihren Fehlern, Romero?« fragte sie spöttisch.

Er lächelte. »Du bist noch immer voll Feuer, bella, aber du irrst dich, ich lerne.« Er sah zu Jim hinüber, der gerade aufsaß. »Wir haben keine Schüsse gehört, Señor. Was haben Sie mit Chandos getan?«

»Überhaupt nichts«, erwiderte Jim. »Ich mußte nicht in seine Nähe kommen. Sie war unten am Fluß.«

»Soll das heißen, daß er nicht einmal weiß, daß wir sie haben?« Die Frage kam von einem Mann mit langem Gesicht und noch längerem Schnauzbart. »Das gefällt mir! Er wird darauf warten, daß sie zurückkommt, und wird vergeblich warten.« Er lachte. »Ein Halbblut ist nie schlau. Es wird eine ganze Weile dauern, bis ihm dämmert, daß sie fort ist.«

»Sie irren sich«, widersprach Romero. »Meine Amigos und ich haben den Fehler begangen, dieses Halbblut zu unterschätzen. Ich kann erst wieder ruhig schlafen, wenn er tot ist. Und wenn Sie nicht dafür sorgen, dann werde ich es tun.«

Courtney hätte beinahe aufgeschrien, beherrschte sich aber noch rechtzeitig. Auf diese Weise konnte sie den Mexikaner bestimmt nicht zurückhalten.

Sie überlegte rasch. »Danke, Romero. Ich habe schon befürchtet, daß Chandos glauben wird, daß ich ertrunken bin, und mich überhaupt nicht suchen wird.«

»Meint sie es ernst?« fragte Langes Gesicht. Dann

wandte er sich direkt an Courtney. »Du willst, daß das Halbblut stirbt?«

»Machen Sie sich nicht lächerlich«, erwiderte sie hochmütig. »Chandos ist viel zu schlau, um sich überrumpeln zu lassen. Aber er kann nur erfahren, was aus mir geworden ist, indem er einen von Ihnen sieht.«

»Du magst Romero nicht sehr, Liebling, nicht wahr?« grinste Pretty Boy. Dann erklärte er den Männern: »Vergeßt ihn. Wenn er uns folgt, kümmere ich mich um ihn.«

Offenbar bezweifelte niemand, daß er dazu imstande war, denn sie setzten sich in Bewegung. Courtney atmete erleichtert auf. Chandos befand sich in Sicherheit.

Doch das traf nicht auf sie zu. Pretty Boys Hände begaben sich bald auf Wanderschaft. Sie kamen ihren Brüsten immer näher, und Courtney schnappte empört nach Luft, als er eine Hand auf eine ihrer Brüste legte. Sie riß die Hand weg, doch im selben Augenblick faßte er ihre Hände und drehte ihr die Arme auf den Rücken, so daß ihr vor Schmerz die Tränen in die Augen traten.

»Spiel nicht mit mir, Liebling«, flüsterte er zornig. »Wir wissen beide, daß du mit dem Komantschen geschlafen hast. Gleiches Recht für alle.«

Die Hand, mit der er die Zügel hielt, glitt über ihren Bauch und ihre Brüste. Das Pferd schüttelte den Kopf und wich zu Seite.

»Du hast Glück, weil du mir gefällst, Liebling«, fuhr er fort. »Ich werde dir die anderen vom Leib halten – aber nur so lange, wie du dich dafür erkenntlich zeigst. Taylor will dich wiederhaben, aber ich habe mir bestimmt eine Belohnung für meine Mühe verdient. Es liegt an dir, wie ich sie mir nehme.«

Er ließ ihren Arm los. Courtney schwieg. Was sollte sie schon sagen? Sie war ihm wehrlos ausgeliefert.

Doch sie hatte keineswegs resigniert. Obwohl er so unglaublich gut aussah, stieß seine Grausamkeit sie ab. Sobald der Schmerz in ihrer Schulter nachließ, zeigte sie ihm unmißverständlich, was sie von seiner rohen Behandlung hielt. Die Folgen waren ihr gleichgültig. Sie rammte ihm den Ellbogen in den Magen, worauf ein Handgemenge folgte, weil sie versuchte, vom Pferd zu springen. Er versetzte ihr einen Schlag auf den Kopf, aber sie kämpfte weiter, bis sich seine Arme wie stählerne Klammern um sie schlossen, und sie sich überhaupt nicht mehr rühren konnte. »Also gut«, knurrte er wütend. »Du hast dich klar ausgedrückt. Ich werde dich vorläufig in Ruhe lassen. Aber du solltest darum beten, daß mein Zorn verraucht ist, wenn wir am Abend das Lager aufschlagen.«

Als wolle er die Warnung unterstreichen, zuckte ein Blitz über den Himmel, und sofort danach dröhnte der Donner. Im nächsten Augenblick prasselte der Regen herab und beendete das Gespräch. Pretty Boy zog einen Regenmantel aus der Satteltasche, breitete ihn über sie beide und trieb sein Pferd an.

28. KAPITEL

»Was ist aus Dare Trask geworden?«

Courtney antwortete Romero nicht, weil sie es nicht wußte. Sie saß am Feuer und aß ab und zu ein wenig von ihren Bohnen. Ihr Magen brannte vor Angst.

Der Regen hatte am späten Nachmittag aufgehört, und sie hatten das Lager in einem Wald in den Sandsteinhügeln aufgeschlagen. Sie hatte beinahe erwartet, daß Pretty Boy sie schlagen würde, denn er hatte sie sehr grob vom Pferd gestoßen. Doch dann hatte er nur sein Reittier versorgt und würfelte jetzt mit Langes Gesicht. Die beiden Männer blickten immer wieder zu ihr hinüber.

»Was ist los, bella?«

»Der Killer mit dem Engelsgesicht will mich vergewaltigen, und Sie fragen, was los ist?«

Sie blickte Romero wütend an, ihre Augen blitzten, und ihre Haare leuchteten im Feuerschein golden. Sie hatte keine Ahnung, wie verführerisch sie aussah und wie sehr Romero sie in diesem Augenblick begehrte.

»Da kann ich dir leider nicht helfen, bella, denn ich möchte dich ebenfalls haben. Meine Amigos hätten dich mit allen geteilt, aber dazu ist Pretty Boy nicht bereit.«

»Können Sie ihn nicht daran hindern?«

»Du machst Witze, bella. Den Mann fordert keiner heraus, er ist verrückt. Es ist ihm gleichgültig, wen er tötet und warum.«

»Chandos würde ihn herausfordern.«

»Aber er ist nicht hier.«

»Er wird kommen, Romero, ganz bestimmt.«

»Als wir uns das letzte Mal sahen, hast du geschworen, daß du ihm gleichgültig bist.«

»Seither hat sich vieles geändert. Ich bin jetzt seine Frau.«

Romero fluchte. »Es wäre offenbar klüger, wenn ich nicht mit dir und den Hombres reite. Die Sache wird gefährlich.«

»Das stimmt. Aber wenn Sie fortwollen, müssen Sie sofort aufbrechen.«

Courtney überlegte kurz, ob sie womöglich alle dazu bringen konnte, sie zu verlassen. Bei Pretty Boy würde es ihr bestimmt nicht glücken; aber je weniger Männer im Lager blieben, desto eher konnte ihr die Flucht gelingen.

»Chandos hat wahrscheinlich unsere Spur entdeckt, bevor der Regen eingesetzt hat«, erklärte sie Romero. »Er wird mich finden.«

»Heute früh warst du deiner Sache nicht so sicher.«

»Ich wollte nicht, daß Sie sterben. Aber jetzt werde ich es kaum verhindern können.«

Nach einer langen Pause wiederholte Romero seine erste Frage: »Was ist aus Dare Trask geworden?«

»Ich weiß es nicht. Chandos hat mich vorausgeschickt,

weil er Trask Dinge sagen wollte, die ich nicht hören sollte.«

»Er hat dich vorausgeschickt, obwohl Indianer in der Nähe waren?« fragte Romero ungläubig.

»Ich war nicht in Gefahr. Sie sind seine Freunde, und sie reiten für gewöhnlich zusammen. Sie haben sich in unserer Nähe befunden, seit wir Kansas verlassen haben, aber sie haben sich außer meiner Sichtweite gehalten, weil Chandos weiß, daß ich Angst vor Indianern habe.«

»Das stimmt. Wenn wir nicht drei Indianer gesehen hätten, wäre ich in der gleichen Nacht zurückgekehrt, um Trask zu retten.«

Courtney war verblüfft, denn sie hatte nur von einem Indianer gewußt. »Ich habe nie... ich habe geglaubt... jetzt ist mir klar, daß Trask unmöglich mit dem Leben davongekommen sein kann. Chandos hat Trasks Pferd mitgenommen und mir gesagt, daß er ihn nicht getötet hat. Er hat mir aber auch erzählt, daß Trask etwas Schreckliches getan hat und alles verdient, was ihm deshalb geschehen wird. Chandos hat Trask offenbar zurückgelassen, damit ihn die Komantschen...«

Sie schluckte krampfhaft. Wahrscheinlich war ihre Vermutung richtig, und sie erkannte zum ersten Mal, wie kaltblütig Chandos sein konnte.

»Treiben sich diese Komantschen immer noch hier herum?« Romero sah sich besorgt um.

»Ja. Als sich Jim Evans heute morgen an mich anschlich, habe ich im ersten Augenblick geglaubt, daß es ein Indianer ist.

»Wäre es möglich, daß sie Chandos helfen, dich hier rauszuholen?«

Daran hatte sie noch gar nicht gedacht, und in ihr regte sich Hoffnung. Trotzdem antwortete sie: »Nein, sie würden nicht mit Chandos reiten. Warum sollten sie auch? Wenn er es nur mit vier Männern zu tun hat, braucht er keine Hilfe, das hat er schon bewiesen.«

Romero nickte.

»Ich werde mich von dir verabschieden, bella. Deine Nähe ist ungesund.«

»Sie verlassen uns doch nicht?« rief sie ihm nach.

Die anderen hatten Sie gehört und Pretty Boy stand auf, um Romero den Weg zu verstellen. »Was ist los?«

»Ich habe Ihnen geholfen, die Frau zu finden; das war ein Fehler. Sie hätten sie bei ihrem Mann lassen sollen.«

»Bei Taylor?« fragte Jim verständnislos.

»Nein, Señor, sie ist Chandos' Frau, und deshalb wird er sie holen. Ich möchte lieber nicht dabei sein, wenn er es tut.«

»Lieber reiten Sie nachts alleine fort?« fragte Jim ungläubig. »Sie sind wahnsinnig.«

Pretty Boy mischte sich ein. »Was hat sie Ihnen erzählt, das Sie so erschreckt hat?«

»Sie hat zugegeben, daß sie Chandos' Frau ist.«

»Sollen wir Ihnen tatsächlich glauben, daß sich ein Halbblut darum schert, was aus einer weißen Frau wird?« rief Frank vom Feuer herüber.

Romero musterte die Männer verächtlich. »Ich habe gesehen, was dieses Halbblut meinen Amigos angetan hat, und da war sie noch nicht seine Frau, sondern er war nur ihr Führer. Jetzt gehört sie ihm. Wissen Sie denn nicht, was ein Komantsche mit einem Mann tut, der ihm seine Frau stiehlt?«

»Er ist nur zur Hälfte Komantsche«, bemerkte Jim.

»Dadurch ist er doppelt gefährlich, denn er kann als Weißer und als Komantsche töten. Wir befinden uns tief im Territorium der Indianer, und ich befürchte, daß er nicht allein kommen wird, wenn er sich die Frau zurückholt.«

»Deshalb werden Sie bei uns bleiben, Romero«, erklärte Jim entschieden. »Wir brauchen jeden Revolver –«

»Lassen Sie ihn gehen«, unterbrach ihn Pretty Boy höhnisch. »Ich brauche keinen Feigling zu meiner Unterstützung. Ich brauche überhaupt keine Unterstützung. Ich bin der beste Mann, den es gibt, Evans. Deshalb wollten Sie ja, daß ich Sie begleite, oder etwa nicht?«

Bei dem Wort Feigling spannte sich Romeros Körper. Courtney rief: »Nein!« und hielt sich die Ohren zu.

Er hatte nach seinem Revolver gegriffen, aber Pretty Boy machte seinem Ruf alle Ehre. Courtney sah entsetzt, wie sich ein Blutfleck auf Romeros Brust ausbreitete. Er brach langsam zusammen und rührte sich nicht mehr.

Pretty Boy lächelte, und bei diesem Lächeln wurde Courtney übel.

»Du sorgst jedenfalls für Unruhe, Liebling.«

Courtney erbrach würgend. Als es vorüber war, trat Pretty Boy neben sie. »Ich habe nicht gewußt, daß du so zart besaitet bis, Liebling, sonst hätte ich dich davor gewarnt, hinzusehen.«

»Sie haben ihn bewußt gereizt«, warf sie ihm vor.

»Ich würde mich an deiner Stelle nicht so aufspielen«, wies er sie zurecht. »Du hast ihn ja dazu gebracht, Farbe zu bekennen. Ich mag Feiglinge nicht, das ist alles.«

Courtney stöhnte – nun war sie daran schuld. Nein! Das stimmte nicht. Sie hatte Romero nicht zu der Kraftprobe aufgestachelt – das war Pretty Boys Werk gewesen.

»Ich habe geglaubt, daß die Komantschen Wilde sind, aber Sie sind der Wilde«, zischte sie.

Sie war davon überzeugt, daß er sie schlagen würde, aber er zog sie nur auf die Füße. »Ich glaube, das Problem besteht darin, daß ich mich zu lange nicht um dich gekümmert habe, Liebling.« Er hielt ihren Arm so fest, daß es schmerzte; sie wollte sich losreißen, aber er lockerte den Griff nicht, während er seine Aufmerksamkeit den anderen zuwandte. »Schaff die Leiche fort, Frank – aber laß dir dabei Zeit. Und wenn Sie sich solche Sorgen wegen der Indianer machen, Jim, warum sehen Sie sich dann nicht ein wenig um?«

Courtney wurde blaß.

»Nein!« rief sie. »Wagen Sie nicht, mich mit diesem Ungeheuer allein zu lassen, Evans!«

Evans sah sie nicht einmal an, sondern griff nach seinem Gewehr und verließ das Lager. Frank kümmerte sich genausowenig um sie, als er die Leiche außer Sicht zog. Pretty Boy wandte seine Aufmerksamkeit jetzt Courtney zu, und die Wut in seinen violetten Augen erschreckte sie.

»Sie müssen nicht alles wörtlich nehmen, was ich gesagt habe«, meinte sie ängstlich.

»Natürlich nicht, Liebling.«

Natürlich glaubte er ihr nicht, und Courtney spürte instinktiv, daß dieser Mann kein Mitgefühl kannte. Courtney hatte vor langer Zeit einmal um den Mut gebetet, nicht betteln zu müssen. Damals war es um ihr Leben gegangen. Diesmal war die Situation genauso entsetzlich, und sie befahl sich, weder zu Kreuz zu kriechen noch zu bitten.

Sie flüchtete sich in Zorn.

»Also schön, ich habe es so gemeint. Sie sind ein gemeiner –«

Ihre Wange brannte wie Feuer. Kaum hatte er sie geschlagen, warf er sie zu Boden, und sein Gewicht hinderte sie daran, sich zu bewegen. Sein Mund preßte sich auf den ihren und schnitt ihr die Luft ab.

Seine Zähne glitten über ihre Wange und gruben sich dann in ihren Hals. Courtney schrie auf, packte ihn an den Haaren und riß seinen Kopf zurück. Er war nicht im geringsten beeindruckt, sondern grinste sie an.

»Wenn Sie noch einen Schritt weiter gehen«, keuchte sie, »legt Chandos Sie um.«

»Hast du noch immer nicht begriffen? Ich habe keine Angst vor deinem Halbblut.«

»Wenn Sie keine Angst vor ihm haben, dann sind Sie ein Idiot!«

Seine Hand schloß sich um ihren Hals und drückte brutal zu, so daß sie keine Luft bekam. Er ließ sie beinahe eine Minute kämpfen, bis er sie endlich losließ. Im nächsten Augenblick zerriß er ihr Bluse und Hemd mit einer einzigen Bewegung, und auf ihrer Brust, wo sein Nagel ihre Haut geritzt hatte, bildete sich ein langer, roter Streifen.

»Du solltest lieber den Mund halten«, erklärte er ihr kalt. »Ich habe mir von dir mehr gefallen lassen als je von einem anderen Menschen.«

»Dann hat Ihnen wohl noch niemand die Wahrheit gesagt?«

Die Ohrfeige trieb Courtney die Tränen in die Augen, aber es war, als ritte sie der Teufel; sie konnte einfach nicht den Mund halten.

»Sie haben etwas übersehen, Pretty Boy. Romero war der letzte Mann, den Sie auf diese Art töten konnten. Komantschen kämpfen anders. Fünf oder sechs werden Sie gleichzeitig überfallen. Was nützt Ihnen dann Ihr schneller Revolver?«

»Hast du das dem Mexikaner erzählt, um ihm Angst einzujagen?«

»Nein, ich habe ihm erzählt, daß Chandos wahrscheinlich allein kommen wird, weil er keine Hilfe braucht, um mit Geschmeiß wie –«

Sie schrie auf, als sich seine Finger in ihre Brust gruben. Er drückte ihr die andere Hand auf den Mund, aber sie biß ihn, und er riß die Hand zurück.

»Chandos!« schrie Courtney; sie wußte, daß es keinen Sinn hatte, aber sie brauchte wenigstens ein bißchen Hoffnung.

»Miststück!« knurrte Pretty Boy. »Ich sollte –«

Er unterbrach sich, als ein fürchterlicher Schrei ertönte. Sie erstarrten beide. Es war ein Todesschrei, ein qualvoller Schrei, der Schrei eines Mannes. Dann folgte ein zweiter Schrei, der noch entsetzlicher war als der erste. Im nächsten Augenblick brach jemand durch das Gebüsch, und Frank tauchte im Lager auf.

»Verdammt noch mal!« keuchte Frank atemlos. »Sie haben Evans.«

Pretty Boy war mit dem Revolver in der Hand aufgesprungen. »Es kann ein Bär gewesen sein, oder eine Wildkatze.«

»Klar«, antwortete Frank, »aber du glaubst das genauso wenig wie ich. Es ist ein alter Trick. Sie werden ihn die ganze Nacht foltern, damit wir hören, wie er schreit. Es wird uns wahnsinnig machen, und am Morgen werden sie leichtes Spiel mit uns haben.«

Pretty Boy richtete den Revolver auf Courtney.

»Steh auf. Wir hauen ab.«

Sie erhob sich langsam. »Ich habe geglaubt, daß Sie sich ihnen stellen wollen«, bemerkte sie mit Unschuldsmiene.

Das trug ihr einen weiteren Schlag ein; sie taumelte zurück und landete hart auf dem Boden. Dort blieb sie sitzen, drückte eine Hand auf die Wange und hielt sich mit der anderen die Bluse zu. Sie sah Pretty Boy haßerfüllt in die Augen, und dieser wich wider Willen zurück.

»Sei vorsichtig«, ermahnte ihn Frank. »Sie ist das einzige Druckmittel, das wir besitzen.«

»Wir brechen auf«, erwiderte Pretty Boy selbstsicher. »Wir brauchen kein Druckmittel, wenn wir nicht hier sind.«

»Das geht nicht. Da draußen steht mindestens einer, der uns beobachtet. Wenn wir jetzt versuchen fortzureiten, erledigen sie uns auf der Stelle. Wir müssen überlegen, wie wir aus der Falle rauskommen – leider sind sie im Vorteil.«

Pretty Boy, der wußte, daß Frank recht hatte, drehte sich im Kreis und versuchte, ein Ziel auszumachen. Courtney bereitete seine Furcht perverses Vergnügen, obwohl sie selbst Angst hatte; allerdings aus einem anderen Grund.

In bezug auf Evans hatte sich Frank allerdings geirrt. Zehn Minuten vergingen, ohne daß ein weiterer Schrei ertönte, und sie nahmen an, daß Evans tot war. Die beiden Männer nahmen auch an, daß die Indianer da draußen wegen Courtney gekommen waren, aber Courtney hielt es für genauso wahrscheinlich, daß die Angreifer zufällig auf das Lager gestoßen waren, und dann würde sie binnen kurzem genauso tot sein wie Pretty Boy und Frank.

»Ich brauche einen Revolver«, erklärte sie daher, während sie aufstand.

»Das kannst du vergessen«, fauchte Pretty Boy.

»Wollen Sie wirklich bis zum bitteren Ende ein Idiot bleiben?« fuhr sie ihn an. »Ich habe vielleicht nicht viel Erfahrung mit Revolvern, aber jemanden, der vor mit steht, kann ich bestimmt treffen.«

»Ja, zum Beispiel mich.«

Frank grinste, und Courtney verzog verzweifelt das Gesicht.

»Kommt denn keiner von Ihnen auf die Idee, daß da draußen alles Mögliche warten kann? Es kann sogar ein wildes Tier sein – Evans hat nicht mehr geschrien. Oder er hat einen Unfall gehabt.«

»Bei einem Unfall schreit kein Mensch so«, wandte Frank ein.

»Also schön.« Courtney zögerte einen Augenblick, dann fuhr sie fort. »Ich muß Ihnen etwas gestehen. Es ist nicht sehr wahrscheinlich, daß Chandos der Angreifer ist. Er ist von einer Schlange gebissen worden und war noch nicht gesund, als Evans mich entdeckt hat. Das ist der wahre Grund, warum ich eine Auseinandersetzung zwischen ihm und Romero vermeiden wollte. Soweit war Chandos noch nicht. Und obwohl es tatsächlich Indianer in diesem Gebiet gibt, nehme ich kaum an, daß sie ausgerechnet mich retten würden. Können Sie sich vorstellen, daß ein echter Komantsche auf die Idee kommt, eine weiße Frau zu retten?«

»Ich kann mir vorstellen, daß eine weiße Frau alles

Mögliche erzählt, um einen Revolver in die Hand zu bekommen«, antwortete Pretty Boy. »Und du allemal, Liebling. Deshalb kannst du reden, bis du heiser bist – es bleibt bei meinem Nein.«

»Sie –«

Pretty Boy verlor die Geduld. »Halt den Mund, damit ich hören kann, was draußen los ist.«

Courtney gehorchte. In diesem Augenblick sagte Frank: »Ich kann es nicht glauben. Der Kerl ist verrückt. Er kommt alleine!«

Pretty Boy und Courtney drehten sich um. Chandos kam langsam durch die Bäume geritten, bis er nur noch drei Meter entfernt war. Courtneys Herz klopfte ihr bis zum Hals. Er war ihretwegen gekommen! Er war gekommen, um sie zu retten, obwohl er krank war!

Er sah entsetzlich aus. Der zwei Tage alte Stoppelbart und die zerknautschte Kleidung ließen ihn noch abgezehrter aussehen. Er hatte sich nicht einmal umgezogen.

Pretty Boy grinste. Frank hielt seinen Revolver auf Chandos gerichtet. Chandos hielt die Zügel mit beiden Händen, sein Revolver steckte im Halfter. Er musterte Courtney, und als er ihre zerrissene Kleidung bemerkte, biß er die Zähne zusammen und richtete sich auf.

»Sind Sie allein, Mister?«

Chandos beantwortete Franks Frage nicht. Er stieg ab und trat langsam vor sein Pferd. Courtney hielt die Luft an, denn er hatte seinen Revolver immer noch nicht gezogen, und es war daher für Frank ein Leichtes, den seinen ein wenig zu heben und zu schießen. Doch weder Frank noch Pretty Boy rührten sich. Sie nahmen offenbar an, daß Pfeile auf sie gerichtet waren. Sie konnten nicht glauben, daß Chandos ohne Deckung durch befreundete Komantschen allein in ihr Lager reiten würde.

»Sie sind Chandos?« erkundigte sich Frank.

Chandos nickte. »Aus Ihren Spuren sehe ich, daß Sie zu viert sind. Wo ist der vierte?«

Pretty Boy lächelte. »Das würden Sie wohl gern wissen.«

»Der Mexikaner ist tot, Chandos«, warf Courtney ein.

»Ich habe dir gesagt, daß du den Mund halten sollst.« Pretty Boy holte zum Schlag aus.

»Das würde ich nicht tun.«

Bei Chandos' Worten ließ Pretty Boy die Hand sinken und wandte sich ihm zu. Courtney hatte den Eindruck, daß er im nächsten Augenblick ziehen würde. Frank hinderte ihn daran, indem er bemerkte: »Sie fragen nicht nach Evans. Heißt das, daß Sie ihn getötet haben?«

»Er ist nicht tot.«

»Was zum Teufel haben Sie dann mit ihm gemacht, daß er so geschrien hat?«

»Mir hat einiges von dem, was er gesagt hat, nicht gefallen, und –«

»Das will ich nicht hören, Chandos!« schrie Courtney.

»Vergessen wir es«, stimmte Frank zu. »Aber er ist nicht tot?«

»Ich habe sein Gewehr neben ihm liegen lassen.«

Courtney wußte nicht, was das bedeutete, aber die beiden Männer begriffen sofort. Es war das Stichwort dafür, Schluß mit dem Palaver zu machen, denn Chandos' Absichten waren jetzt klar. Die Luft schien mit Elektrizität geladen zu sein, als die drei Männer auf die erste Bewegung warteten. Sie kam von Frank, der den Revolver hochriß und feuerte.

Courtney schrie. Frank zuckte zusammen, und die Kugel verfehlte ihr Ziel. Chandos zog im selben Augenblick wie Pretty Boy, ließ sich aber zu Boden fallen und schoß dabei zweimal. Der erste Schuß traf Frank mitten in die Brust; er war sofort tot. Der zweite Schuß traf Pretty Boy, der ungläubig die Augen aufriß. Er hatte keinen einzigen Schuß abgefeuert. Nun drückte er auf den Abzug, aber der Revolver flog ihm bei Chandos' drittem Schuß aus der Hand. Die Wucht des Aufpralls ließ ihn um sich selbst drehen, so daß er Courtney vor Augen hatte, als er auf die Knie sank.

»Ich hätte dir doch glauben sollen, Liebling... das Schwein... hat mich getötet.«

Er war noch nicht tot und würde noch einige Zeit am Leben bleiben. Aber er würde sterben. Bei einem Bauchschuß gab es keine Rettung, und er wußte es. Seine schönen, violetten Augen waren von Entsetzen gefüllt.

Chandos erhob sich und ging mit steinernem Gesicht zu Pretty Boy hinüber. Er holte dessen Revolver in seinen Gürtel, ohne den Liegenden aus den Augen zu lassen. Trotz seiner Schmerzen begriff Pretty Boy.

»Du hast Evans sein Gewehr gelassen. Laß mir meinen Revolver.«

»Nein.«

»Du kannst ihn nicht so liegen lassen, Chandos«, rief Courtney.

Chandos sah sie nicht einmal an, sondern hielt den Blick unverwandt auf Pretty Boy gerichtet. »Er hat dir Schmerzen zugefügt, er bezahlt dafür.«

»Das sollte meine Entscheidung sein.«

»Ist es aber nicht.« Chandos warf ihr einen raschen Blick zu und schaute dann wieder zu Pretty Boy herab. »Steig auf mein Pferd, Lady. Wir brechen auf.«

Sie lief zu seinem Pferd, aber er erriet, was sie vorhatte. Sie wollte nicht auf ihn warten, sie wollte vor ihm und seiner erbarmungslosen Gerechtigkeit fliehen. Er lief hinter ihr her und bekam sie zu fassen.

»Er hat dir doch Schmerzen zugefügt, nicht wahr?« Seine Stimme klang stahlhart.

»Ja, aber er hat nicht getan, was du annimmst. Evans Schrei hat ihn daran gehindert.«

»Trotzdem hat er dich verletzt, stell also die Strafe nicht in Frage. Ich hätte seinen Tod viel schlimmer machen können. Ich hätte dafür sorgen können, daß er viel länger dauert.«

Er ließ sie los, und sie rief: »Warum bist du so rachsüchtig? Du bist nicht derjenige, den er verletzt hat.«

»Tut es dir leid, daß ich dich gerettet habe, Kätzchen?«

Courtney blickte zu Boden. »Nein.«

»Dann steig auf mein Pferd und denk nicht einmal im Traum daran, ohne mich fortzureiten. Du hast mich ohnehin genug geärgert. Heute früh hast du mich nicht wissen lassen, daß du dich in Gefahr befindest. Zwing mich nicht wieder, hinter dir herzujagen, Lady; du kannst mich auf keinen Fall loswerden.«

Courtney nickte und trat dann zu Surefoot. Sie war so böse auf Chandos, daß sie beinahe vergaß, wie dankbar sie ihm sein mußte. Er hatte sie vor Pretty Boy gerettet... aber im Geist sah sie immer noch sein steinernes, eiskaltes Gesicht vor sich.

29. KAPITEL

Es war das zweite Mal, daß Courtney den Schauplatz eines Kampfes in der Nacht verließ. Sie saß vor Chandos, wärmend von ihm geschützt. Er hatte erneut für sie getötet. Männer, die hinter ihm her waren, verwundete er nur. Männer, die hinter ihr her waren, tötete er.

Aber er war böse auf sie, und wenige Augenblicke, nachdem sie endgültig anhielten, explodierte seine Leidenschaft. Er hob sie vom Pferd, und ihre Bluse klaffte auseinander. Vielleicht war dies das auslösende Moment. Oder vielleicht war es das Töten. Er hatte nicht nur getötet, sondern war selbst dem Tod nahe gewesen. Es war, als brauche er die Bestätigung, daß er am Leben war, und als fände er sie in ihrem weichen, nachgiebigen Körper.

Courtney war überwältigt. Sie konnte Chandos nicht abwehren, und sie wollte es auch gar nicht. Sie war von zitternder Erregung erfüllt, und die Intensität seiner Leidenschaft riß sie mit. Wenn Chandos seine männliche Überlegenheit auf diese Art beweisen mußte, war es ihr nur zu recht. Sie mußte selbst mit dem Erlebten fertig werden, und das war der beste Weg dazu.

Irgendwo im Hintergrund regte sich der tröstliche Gedanke, daß er gar nicht so böse auf sie sein konnte, wenn er sie lieben wollte.

Er legte sie auf den Boden,und sie klammerte sich an ihn und zog ihn zu sich herunter. Sie spürte das Gras und die Steine trotz ihrer Kleidung, aber das war ihr gleichgültig, denn seine Lippen umschlossen ihre Brustwarze, und er saugte gierig.

Sie stieß kleine, entzückte, kehlige Schreie aus. Chandos verlagerte sein Gewicht zwischen ihre Beine, umschlang sie mit den Armen und drückte sie noch fester an sich. Er preßte seinen Bauch an ihre Lenden und rieb sich an ihr; die heißen Funken der Leidenschaft entflammten ihr tiefstes Inneres und stachelten ihr Verlangen an.

Sie war wild nach ihm, man konnte es nicht anders ausdrücken. Sie biß, kratzte, zog ihn zu sich. Er riß ihr Rock und Unterrock vom Leib und schob die Kleidungsstücke unter ihre Hüften. Sie lag deshalb nicht weicher, aber das störte sie nicht. In ihrer Erregung wirkten ihre Augen noch schräger als sonst, und sein glühender Blick senkte sich in den ihren, während er zwischen ihren Beinen kniete und die Schnallen beider Gürtel öffnete. Selbst in der Dunkelheit nahm ihr sein Blick den Atem. Sie konnte es nicht ertragen, daß er sich entfernte, und zog ihn in dem Augenblick wieder an sich, in dem er nackt war.

Er drang sofort in sie ein, knurrte hungrig, als er leidenschaftlich in sie stieß, und sie seufzte verzückt. Als er sich zurückzog, um erneut in sie einzudringen, fing sie an zu keuchen. Er stieß tief in sie, und sie kam ihm mit gleicher Leidenschaft entgegen, bis sie zu einem überwältigenden, explosionsartigen Orgasmus gelangte. Ihre Exstase hielt sich, bis er sich tief in sie hineingrub und -preßte und die Wärme seines Ergusses sie erfüllte.

Courtney lag unter ihm und begann, sein Gewicht zu spüren. Aber sie hätte sich um nichts in der Welt gerührt. Ihr Herz hämmerte, und ihr Atem ging noch immer stoßweise. Alle möglichen Gedanken schossen ihr durch den Kopf, und plötzlich wurde ihr bewußt, wie sie sich gerade verhalten hatte – beinahe genauso wild wie Chandos.

Er rührte sich, seine Lippen glitten über ihren Hals, und dann setzte er sich auf, so daß der Druck auf ihrer Brust nachließ. Er blickte auf sie hinunter.

»Du hast geschrien.«

»Tatsächlich?« Sie war erstaunt darüber, wie unbekümmert sie sprach.

Er küßte sie lächelnd, und seine Lippen glitten liebkosend über die ihren.

Courtney seufzte. »Jetzt bist du zärtlich.«

»Du wolltest keine Zärtlichkeit, Kätzchen«, erklärte er, und sie errötete. »Aber jetzt möchtest du sie, nicht wahr?«

Sie war zu verlegen, um ihm zu antworten. Er drehte sich auf die Seite, zog sie an sich und empfand den Druck ihrer Brüste auf seine Haut als angenehm. Ein Windhauch streifte sie, und sie erschauerte.

»Kalt?«

»Nur ein bißchen – nein, steh nicht auf.«

Sie legte ihre Arm über ihn. Um einen Mann wie ihn zurückzuhalten, hätte es einer größeren Anstrengung bedurft, aber die Geste genügte. Seine Arme schlossen sich schützend um sie.

»Chandos?«

»Ja, Kätzchen?«

Eine kurze Pause trat ein, weil sie versuchte, Ordnung in ihre Gedanken zu bringen.

»Könntest du mich vielleicht Courtney nennen?« meinte sie schließlich.

»Wolltest du nicht etwas anderes sagen?«

Das stimmte. »Glaubst du, daß er schon tot ist?«

»Ja«, log er.

Ihre Finger glitten durch die Haare auf seiner Brust. Wieder trat eine Pause ein, weil sie nun darüber nachdachte, ob sie ihn fragen durfte, warum Pretty Boy so scheußlich hatte sterben müssen. Andererseits erfüllte sie primitiver Stolz darauf, daß ihr Mann sie gerächt hatte.

»Chandos?«

»Ja?«

»Du bist mir wirklich ganz allein zu Hilfe gekommen, nicht wahr?«

»Hast du vielleicht erwartet, daß ich hier draußen ein Polizeiaufgebot zusammentrommle?«

»Nein, natürlich nicht. Aber dein Freund Springender Wolf hat sich doch in der Nähe befunden. Und ich hatte geglaubt, daß du noch nicht imstande sein würdest, mich zu suchen.«

Die Muskeln auf seiner Brust verkrampften sich, und ihr wurde klar, daß sie seine Männlichkeit in Frage gestellt hatte – und dabei hatte er einen solchen heroischen Beweis dafür geliefert!

»Du hast also geglaubt, daß ich dich nicht beschützen kann. Hast du dir deshalb am Morgen, als sie dich gefaßt haben, nicht die Mühe gemacht, nach mir zu rufen?«

Courtney seufzte.

»Du mußt schon entschuldigen, aber dein Gesundheitszustand war nicht gerade der beste«, verteidigte sie sich. »Ich habe befürchtet, daß sie dich töten werden.«

»Du wärst erstaunt, was ein Mann leisten kann, wenn er einen Grund dafür hat. Das habe ich dir doch gestern abend erklärt.«

»Und was für einen Grund hattest du, Chandos?« Sie wußte, daß es eine unverschämte Frage war.

»Du bezahlst mich dafür, daß ich dich beschütze, oder hast du auch das vergessen?«

Die Enttäuschung war bitter. Sie bezahlte ihn. War das der einzige Grund? Sie wollte aufstehen, aber er hielt sie fest.

»Unterschätze mich nie wieder, Kätzchen.«

Seine Hand strich über ihre Wange und glitt zu den seidigen Haaren an ihren Schläfen. Er drücke ihr Gesicht wieder an seine Brust. Seine Stimme hatte warm geklungen, und ihre Enttäuschung ließ etwas nach.

Er hatte wenigstens nicht gewollt, daß sie aufstand. Aber sie wollte mehr, viel mehr. Sie wollte, daß er sich wirklich etwas aus ihr machte.

»Sei mir nicht böse, Chandos. Du hast mich ja gefunden. In Wirklichkeit habe ich nie daran gezweifelt, daß du es schaffen wirst.«

Nach einer Weile fragte sie: »Du hast also die Folgen des Schlangenbisses vollkommen überwunden?«

»Das kannst du jetzt noch fragen?«

Sie drückte das Gesicht fester an seine Brust, weil sie errötet war. »Ich meine... hast du noch Schmerzen?«

»Es tut noch höllisch weh.«

Und er hatte sie trotzdem gerettet. Sie lächelte, ohne zu bedenken, daß er die Bewegung an seiner Haut spüren konnte. Geistesabwesend beschrieb sie mit dem Finger Kreise um seine Brustwarze.

»Chandos?«

»Was ist jetzt schon wieder?«

»Was ist, wenn ich schwanger werde?«

Er stieß einen langen Seufzer aus.

»Bist du schwanger?«

»Ich weiß es nicht. Es ist viel zu früh, um es festzustellen. Aber was geschieht, falls ich es bin?«

»Wenn du nicht schwanger bist, dann wirst du es auch nicht werden.« Nach einer langen Pause fügte er hinzu: »Und wenn du schwanger bist, dann bist du es eben.«

Eine äußerst unbefriedigende Antwort. »Würdest du mich dann heiraten?«

»Könntest du so leben wie ich? Immer unterwegs, nie länger als einige Tage an einem Ort?«

»Auf diese Art kann man keine Familie gründen«, meinte sie verärgert.

»Eben«, erklärte er, schob sie von sich und erhob sich.

In ihr kämpften Zorn und Enttäuschung, während sie zusah, wie er sich ankleidete und dann Surefoot absattelte. Dabei warf er seine Bettrolle auf den Boden. Sie starrte den Packen an. Wie kalt und gefühllos Chandos doch sein konnte!

30. KAPITEL

Obwohl sie durchschnittlich fünfundzwanzig bis dreißig Meilen am Tag zurückgelegt hatten, war es Courtney gelungen, die Blasen zu vermeiden, die ihr Mattie prophezeit hatte. Heute war sie jedoch davon überzeugt, daß sie ihnen nicht entgehen würde. Chandos ritt schnell und legte keine Pause ein; er wollte die verlorene Zeit aufholen, und Courtney fragte sich schon, ob er ihr vielleicht wieder eine Lektion erteilen wollte.

Sie hatte den Eindruck, daß er sich seit diesem Morgen besonders anstrengte, um ihr das Leben unangenehm zu machen. Er hatte sie geweckt und sofort zum Aufbruch gezwungen. Und diesmal mußte sie hinter ihm sitzen, was äußerst unbequem war.

Sie erreichten ihr Lager am späten Nachmittag und stellten fest, daß die anderen Pferde versorgt waren, und daß das Feuer immer noch brannte, obwohl es seit gestern früh nicht vorgehalten haben konnte. Chandos stieß einen schrillen Pfiff aus, und zehn Minuten später tauchte der Indianer auf.

Springender Wolf war nicht besonders groß, aber die Komantschen waren schließlich wegen ihrer Reitkünste und nicht wegen ihrer Körpergröße berühmt. Er trug ein altes Militärhemd und hatte einen Karabinergurt umgeschnallt. Seine Mokassins reichten bis zu den Waden; ansonsten waren seine Beine bis auf einen breiten Lendenschurz, der bis zu den Knien ging, nackt. Seine langen Haare waren pechschwarz und hingen offen herab. Die Augen in dem breiten Gesicht waren tiefschwarz, und seine Haut hatte die Farbe von altem Leder. Er war jung und bis auf seine breiten Schultern eher schmächtig. Sein Gewehr hielt er wie einen Säugling in seinen Armen.

Courtney hatte den Atem angehalten, als er das Lager betreten hatte. Jetzt sah sie zu, wie sich die beiden Männer nach der Begrüßung an das Feuer hockten und miteinander redeten – natürlich in der Sprache der Komantschen.

Sie scherten sich überhaupt nicht um sie, aber sie konnte das Abendessen ohnehin nicht zubereiten, solange die beiden am Feuer saßen. Deshalb begann sie, ihr Gepäck durchzugehen, um zu sehen, ob etwas fehlte. Es war alles vorhanden.

Nach kurzer Zeit brach Springender Wolf wieder auf. Doch während zuerst Mißtrauen in seinem Blick gelegen hatte, wirkte er jetzt entspannt, und sie hätte schwören können, daß er unmerklich lächelte.

Er sagte etwas zu ihr, wartete aber nicht, bis Chandos es übersetzt hatte. Sobald er gegangen war, hockte sich Chandos ans Feuer, kaute an einem Grashalm und beobachtete die Stelle, an der sein Freund zwischen den Bäumen verschwunden war.

Da er offenbar nicht die Absicht hatte, Courtney zu verraten, was Springender Wolf gesagt hatte, sah sie nach, was sie von ihren Vorräten für ein Abendessen verwenden konnte.

Als sie die üblichen Bohnen, das Trockenfleisch und die Zutaten für Pfannkuchen zum Feuer gebracht hatte, wandte sich Chandos ihr zu.

»Ich möchte, daß du diese Bluse verbrennst.«

Courtney nahm die Bemerkung nicht ernst. »Möchtest du Pfannkuchen oder Klöße?«

»Verbrenn sie, Kätzchen.«

Er blickte auf das tiefe V, das bis dorthin reichte, wo sie die Bluse zusammengebunden hatte. Das zerrissene Hemd darunter hatte sie verkehrt herum angezogen, so daß sich der Riß jetzt auf ihrem Rücken befand; das Hemd bedeckte ihre Brüste allerdings nur knapp.

»Hat dein Freund eine Bemerkung über meine Bluse gemacht?«

»Schweif nicht vom Thema ab.«

»Das tue ich nicht. Aber wenn es dich glücklich macht, zieh ich eine andere Bluse an.«

»Nun mach schon. Und bring die alte –«

»Das werde ich nicht tun.« Was war bloß mit ihm los? »Ich kann diese Bluse ohne weiteres flicken. Ich habe ja auch die andere...« Sie unterbrach sich und kniff die Augen zusammen. »Jetzt verstehe ich. Du findest nichts dabei, wenn *du* meine Bluse zerreißt, aber wenn es jemand anders tut, muß ich sie verbrennen. Das ist der wahre Grund, nicht wahr?«

Er sah sie wütend an, und ihr Zorn schmolz dahin. Eifersucht, Besitzdenken – ganz gleich, worum es sich handelte, es bedeutete, daß er etwas für sie empfand. Daraufhin beschloß sie, seinen Wunsch zu erfüllen.

Sie holte eine korallenrote Bluse und zog sich hinter einem Baum um. Als sie zurückkehrte, ließ sie die zerrissene weiße Bluse wortlos ins Feuer fallen. Die zarte, weiße Seide verbrannte im Nu. Ascheflöckchen wirbelten in die Höhe und wurden vom Wind fortgetragen.

Chandos starrte weiterhin mürrisch in die Flammen.

»Was hat dein Freund zu mir gesagt?« fragte Courtney.

»Er hat nicht zu dir gesprochen.«

»Aber er hat mich angesehen.«

»Er hat *von* dir gesprochen.«

»Und?«

Das nur vom Knistern des Feuers unterbrochene Schweigen hielt an.

»Er hat deinen Mut gelobt«, antwortete Chandos schließlich.

Courtney sah ihn mit großen Augen an, doch er bemerkte es nicht, denn er stand auf und ging zum Fluß hinunter. Sie seufzte und hätte gern gewußt, ob er ihr die Wahrheit gesagt hatte.

In der Tat hatte er ihr nur die halbe Wahrheit gesagt, denn er wollte ihr nicht gestehen, was Springender Wolf wirklich bemerkt hatte: »Deine Frau hat jetzt mehr Mut. Das ist gut, wenn du beschließt, sie zu behalten.«

Natürlich wußte Chandos, daß sie jetzt mutiger war, aber das fiel nicht ins Gewicht. Sie stellte immer noch Ansprüche, die er nie würde befriedigen können. Deshalb konnte er sie nicht bei sich halten. Doch als Springender Wolf Courtney als ›deine Frau‹ bezeichnete, hatte es gut geklungen. Diese verdammte Frau mit ihren verdammten Katzenaugen!

Er würde froh sein, wenn die Reise zu Ende war, denn er bedauerte, daß er sie überhaupt angetreten hatte. Zwei weitere Wochen mit ihr würden die Hölle sein. Das einzig Gute war, daß sie von einer Schwangerschaft gesprochen und ihm damit einen Grund geliefert hatte, sie nicht mehr anzurühren. Das bedeutete natürlich nicht, daß er aufhören würde, sie zu begehren...

Er hatte Angst. Er hatte seit Jahren keine solche Angst mehr empfunden wie in dem Augenblick, in dem er entdeckte, daß sie verschwunden war. Man mußte schon sehr an etwas hängen, wenn man solche Angst bekommen konnte, es zu verlieren. Während er darüber nachdachte, verstärkte sich seine Niedergeschlagenheit, deshalb überlegte er, was er Wade Smith antun würde, wenn er ihn fand. An diese Enttäuschungen war er wenigstens gewöhnt, denn der Mann war ihm zu oft durch die Lappen gegangen. Würde Paris in Texas endlich das Ende der Jagd bedeuten?

Chandos verbrachte eine schlaflose Nacht.

31. KAPITEL

Zwei Tagesritte vor Paris in Texas verstauchte sich Courtney den Knöchel. Es war ein dummer Unfall. Sie trat unvorsichtig auf einen großen Stein, und ihr Fuß knickte um. Wenn sie keine Stiefel getragen hätte, wäre es wahrscheinlich noch schlimmer ausgegangen.

Ihr Fuß schwoll so schnell an, daß sie den Stiefel nur mit Mühe herunterbekam. Und als sie ihn endlich ausgezogen hatte, kam sie nicht mehr hinein. Solange sie den Fuß nicht bewegte, hielt sich der Schmerz in Grenzen. Aber daß sie sich schonte und die Reise dadurch verzögerte, kam nicht in Frage. Sie hätte es nicht einmal dann getan, wenn Chandos es vorgeschlagen hätte.

Nach ihrem Unfall änderte sich Chandos' Haltung ihr gegenüber schlagartig. Er war nicht mehr gleichgültig, sondern eifrig um sie bemüht. Sie hatte den Eindruck, daß er gern die Gelegenheit benützte, um sich für ihre Pflege nach dem Schlangenbiß zu revanchieren.

Er hing so sehr an seiner Unabhängigkeit, daß er ihr ihre Hilfe womöglich übelgenommen hatte. Die Schuld beglich er jedenfalls rasch, indem er sie aufmerksam betreute, das Essen kochte und alle vier Pferde versorgte. Er schnitzte ihr sogar eine Krücke aus einem kräftigen Ast und half ihr beim Auf- und Absitzen. Schließlich ritt er so langsam, daß sie täglich ein Drittel weniger als die vorgesehene Strecke schafften.

Bevor sich Courtney verletzt hatte, waren sie in südöstlicher Richtung an einem Bach entlanggeritten; nun bog Chandos scharf nach Südwesten ab. Courtney wußte nicht, daß die Richtungsänderung wegen ihrer Verletzung erfolgte. Sie überquerten den Red River und umgingen dann eine Stadt – zu Courtneys großer Enttäuschung, denn sie lebte seit Wochen fern von jeder Zivilisation.

Einige Stunden später erreichten sie eine andere Stadt, in die Chandos einritt. Er hielt vor einem Restaurant, das ›Mamas Nest‹ hieß. Courtney sehnte sich nach einer Mahlzeit ohne Bohnen und war selig, als Chandos sie in das Lokal führte, obwohl sie staubbedeckt und damit nicht gerade präsentabel war.

Im großen, hellen Speisesaal stand ein Dutzend Tische mit karierten Tischtüchern. Da es Nachmittag war, saßen nur an einem Tisch Gäste. Dieses Paar musterte die beiden Neuankömmlinge von oben bis unten, und die Frau war sichtlich beunruhigt, als sie Chandos näher in Augenschein nahm. Er war ebenfalls staubig und durch den Ritt erschöpft, und sah mit seiner schwarzen Hose, dem grauen, halb offenstehenden Hemd und dem lose um seinen Hals geschlungenen schwarzen Halstuch wie der typische Revolvermann aus.

Chandos warf den beiden nur einen kurzen Blick zu und kümmerte sich dann nicht weiter um sie. Er führte Courtney zu einem Stuhl, erklärte ihr, daß er sofort wieder da sein würde, und verschwand in die Küche. Courtney war nun allein den Blicken des Paares ausgesetzt und wurde immer verlegener, weil sie wußte, wie schmuddelig und schmutzig sie aussah.

Kurz danach ging die Eingangstür auf, und zwei Männer, die beobachtet hatten, wie die Fremden die Straße entlanggeritten waren, betraten das Lokal, um die Neuankömmlinge zu begutachten. Courtneys Nervosität nahm zu. Sie hatte es schon immer gehaßt, im Mittelpunkt der Aufmerksamkeit zu stehen, und es war unmöglich, in Chandos' Begleitung nicht aufzufallen. Er mußte einfach Neugierde erregen.

Als sie sich vorstellte, was diese Leute von ihr hielten, wurde ihr plötzlich klar, was ihr Vater denken würde. Schließlich hatte er seine Haushälterin nur deshalb geheiratet, weil es sich gehörte. Und Courtney reiste allein mit Chandos! Ihr Vater mußte ja das Schlimmste annehmen – was noch dazu zutraf.

Als Chandos zurückkehrte, fielen ihm sofort ihre geröteten Wangen und ihre verkrampfte Haltung auf. Sie hielt den Blick hartnäckig gesenkt. Was war los? Hatten die zwei Kerle, die inzwischen hereingekommen waren, sie vielleicht belästigt? Er musterte die beiden so scharf, daß sie das Restaurant sofort wieder verließen. Kurz darauf verschwand auch das ältliche Paar.

»Das Essen steht in einer Minute auf dem Tisch, Kätzchen«, verkündete Chandos.

Die Küchentür ging auf, und eine dicke Frau kam auf sie zu. »Das ist Mama. Sie wird sich ein paar Tage lang um dich kümmern«, erklärte Chandos beiläufig.

Courtney musterte die rundliche Mexikanerin, die in schnellem Spanisch auf Chandos einsprach. Sie war klein, hatte graumeliertes Haar, das sie in einem straffen Knoten aufgesteckt hatte, und machte einen sympathischen Eindruck.

Zu einem bunten Baumwollrock trug sie eine weiße Bluse und darüber eine Schürze; ihre Füße steckten in geflochtenen Ledersandalen.

»Was soll das heißen, daß sie sich um mich kümmern wird?« wandte sich Courtney an Chandos. »Wo wirst du denn sein?«

»Ich habe dir ja gesagt, daß ich in Paris etwas zu erledigen habe.«

»Wir befinden uns in Paris!«

Er setzte sich ihr gegenüber an den Tisch und bedeutete

Mama, sie allein zu lassen. Courtney sah der davonwatschelnden Frau nach und wandte sich dann wieder Chandos zu.

»Was hast du schon wieder ausgeheckt? Wenn du glaubst, du kannst –«

»Beruhige dich, Frau.« Er beugte sich über den Tisch und ergriff ihre Hand. »Wir befinden uns nicht in Paris, sondern in Alameda. Während ich meine Angelegenheiten erledige, werden einige Ruhetage deinem Knöchel guttun. Ich wollte dich nicht alleinlassen, deshalb habe ich dich hierher gebracht.«

»Warum solltest du mich allein lassen? Was hast du in Paris zu erledigen?«

»Das geht dich nichts an, Lady.«

Wie sie es haßte, wenn er ihr gegenüber diesen Ton anschlug! »Du kommst nicht zurück, nicht wahr? Du läßt mich einfach hier sitzen.«

»Du solltest mich besser kennen. Ich habe dich bis hierher gebracht und werde dich nicht einfach ein paar Meilen vor deinem Ziel im Stich lassen.«

Das milderte ihre Enttäuschung nicht. Sie wollte nicht bei Fremden bleiben, und sie wollte nicht, daß Chandos sie verließ.

»Ich habe geglaubt, daß du mich nach Paris mitnimmst, und daß wir von dort weiterreiten.«

»Ich habe es mir anders überlegt.«

»Wegen meines Knöchels?«

Er fand, daß er diese Frage bereits beantwortet hatte. »Hör mal, ich bleibe nur ungefähr vier Tage weg. Es wird dir guttun, wenn du deinem Fuß so lange Ruhe gönnst.«

»Aber warum hier? Warum nicht in Paris?«

Er seufzte. »In Paris kenne ich keinen Menschen. Durch Alameda komme ich dagegen oft, wenn ich das Indianerterritorium durchquere. Ich kenne Mama. Ich kann mich darauf verlassen, daß sie sich während meiner Abwesenheit um dich kümmert. Du befindest dich hier in guten Händen, Kätzchen. Ich würde dich nicht allein lassen, wenn –«

»Aber Chandos –«

»Verdammt noch mal!« explodierte er. »Fang nicht an –«

Er unterbrach sich, weil Mama auf einem großen Tablett das Essen hereintrug. Als sie an den Tisch trat, erhob sich Chandos.

»Ich gehe jetzt, Mama. Sorge dafür, daß sie nach dem Essen badet, und dann steck sie ins Bett.«

Er ging zur Tür, machte dann aber auf halbem Weg kehrt und kam zurück. Er beugte sich zu Courtney hinunter und hob sie aus dem Stuhl. Seine Arme schlossen sich wie Schraubstöcke um sie, und sein Kuß nahm ihr den Atem.

»Ich komme wieder, Kätzchen«, murmelte er heiser. »Kratze niemanden, während ich fort bin.«

Dann ging er. Mama starrte Courtney an, aber Courtney starrte die Tür an und versuchte, ihre Tränen zu unterdrükken. Wenn sie jetzt schon so verzweifelt darüber war, daß er sie nur für vier Tage verließ, wie würde ihr dann erst zumute sein, wenn er sich in Waco für immer von ihr verabschiedete?

32. KAPITEL

Zwei Tage lang saß Courtney nur am Fenster ihres Zimmers über dem Restaurant und blickte auf die Straße hinunter. Wenn Mama Alvarez mit ihr schimpfte, weil sie eigentlich im Bett liegen sollte, lächelte Courtney nur und widersprach nicht. Mama meinte es gut. Courtney wußte, daß es dumm von ihr war, am Fenster Ausschau zu halten, da Chandos wahrscheinlich noch nicht einmal in Paris angelangt war. Aber sie rührte sich nicht vom Fleck.

Sie hatte den Fuß auf einen gepolsterten Schemel gelegt und beobachtete das Leben und Treiben in der kleinen

Stadt, die nur etwas größer war als Rockley. Sie dachte sehr viel nach, während sie in diesem Zimmer saß, und obwohl sie sich Vernunft predigte, konnte sie eine Tatsache nicht leugnen: Sie liebte Chandos. Sie liebte ihn mehr, als sie es je für möglich gehalten hatte.

Es ging nicht nur darum, daß sie sich bei ihm sicher fühlte. Das war wichtig, aber sie begehrte ihn auch. Und wie sehr sie ihn begehrte! Dazu kam, daß er zärtlich war, wenn sie Zärtlichkeit brauchte, und liebevoll, wenn sie Liebe brauchte. Und selbst seine einsame Unabhängigkeit berührte sie. Wie auch seine abwehrende Haltung, mit der er niemanden an sich heranließ. Dadurch wirkte er so unendlich verwundbar.

Doch trotz all dieser Tatsachen machte sich Courtney nichts vor. Sie wußte, daß sie Chandos nicht haben konnte, auch wenn sie sich noch so sehr nach ihm sehnte. Er hatte ihr klar zu verstehen gegeben, daß eine Beziehung auf Dauer für ihn nicht in Frage kam. Sie mußte realistisch denken. Sie würde Chandos nie heiraten können.

Immer schon hatte sie daran gezweifelt, daß sie die wahre Liebe erleben und daß der Partner ihre Gefühle erwidern würde. Aber es war kein Trost, daß sie damit rechtbehalten hatte.

Am zweiten Tag ihres Aufenthaltes bei Mama lernte Courtney Mamas Tochter kennen. Das Mädchen stürzte ohne anzuklopfen in Courtneys Zimmer und stellte sich vor. Es war auf beiden Seiten Haß auf den ersten Blick, denn Courtney kannte den Namen des Mädchens aus Chandos' Fieberträumen, und Calida Alvarez wußte, daß Chandos Courtney hierhergebracht hatte.

Calida war schön, lebhaft, hatte glänzend schwarze Haare und boshaft funkelnde, braune Augen. Sie war nur vier Jahre älter als Courtney, aber diese vier Jahre machten sehr viel aus. Das von Natur aus leidenschaftliche Mädchen verfügte über die Selbstsicherheit, die Courtney immer gefehlt hatte.

So sah Courtney Calida. Calida hingegen sah in Courtney ihre erste ernsthafte Rivalin: eine junge Dame, die kühl und höflich, ruhig und beherrscht war, und deren leicht sonnengebräuntes Gesicht überwältigend schön war. Goldene Haut, braunes, golden glänzendes Haar, schräge Katzenaugen, die wie alter Whisky schimmerten. Courtneys gesamte Erscheinung war goldbraun, und Calida hätte ihr am liebsten die Augen ausgekratzt. Statt dessen griff sie mit Worten an.

»Ich hoffe, daß Sie einen guten Grund dafür haben, mit meinem Chandos zu reisen.«

»Mit *Ihrem* Chandos?«

»Sí, meinem.«

»Er lebt also hier?«

Die Ältere war nicht auf einen Gegenangriff gefaßt und stammelte etwas, riß sich aber wieder zusammen.

»Er hält sich hier mehr auf als an jedem anderen Ort.«

»Dadurch wird er kaum zu Ihrem Chandos. Wenn Sie allerdings gesagt hätten, daß er Ihr Mann ist...« Sie lächelte freundlich und ließ die Andeutung in der Luft hängen.

»Ich bin diejenige, die sich geweigert hat, ihn zu heiraten. Wenn ich ihn heiraten will, muß ich nur mit den Fingern schnippen.« Sie tat es.

Courtney spürte, wie Zorn in ihr aufstieg. Wußte Chandos, wie sicher Calida Alvarez seiner war? War sie mit gutem Grund ihrer Sache so sicher?

»Das ist alles schön und gut, Miß Alvarez, aber solange Sie keinen Ring am Finger tragen, geht es Sie nichts an, warum ich mit Chandos reise.«

»Und ob es mich etwas angeht!« schrie Calida so laut, daß man es auf der Straße hören konnte.

Jetzt reichte es Courtney endgültig. »Da irren Sie sich«, antwortete sie langsam, mit wütendem Unterton. »Falls Sie noch Fragen haben, würde ich vorschlagen, daß Sie sie für Chandos aufheben. Und jetzt verschwinden Sie.«

»Puta!« fauchte Calida. »Ich werde mit Chandos sprechen, darauf können Sie sich verlassen. Ich werde dafür sorgen, daß er Sie hierläßt, aber nicht im Haus meiner Mama.«

Courtney schlug die Tür hinter dem Mädchen zu und bemerkte dabei, daß ihre Hände zitterten. Konnte Calida ihre Drohung wahrmachen? Konnte sie Chandos wirklich dazu bringen, Courtney hier sitzenzulassen? Courtney begann, sich Sorgen zu machen. Chandos kannte Calida seit langem, und zwar intim. Letzteres traf zwar auch auf Courtney zu, aber Chandos suchte Calida oft auf, während er sich von Courtney fernzuhalten versuchte.

Calida stürmte wutentbrannt in Marios Saloon, in dem sie abends arbeitete. Sie wohnte zwar bei ihrer Mutter, aber ihr Leben gehörte ihr, und sie tat, was sie wollte, arbeitete, wo sie wollte, und hatte für die Zureden ihrer Mama taube Ohren.

Calida arbeitete im Saloon, weil das Leben dort aufregend war. Es kam gelegentlich zu Schießereien und Prügeleien – oft ihretwegen. Aufregung war für Calida lebensnotwendig, und sie fühlte sich am wohlsten, wenn es richtig rund ging; sie sorgte für Wirbel, indem sie zwei Männer gegeneinander ausspielte oder einer Frau den Mann abspenstig machte und dann zusah, wie sich das Drama entwickelte. Noch nie hatte jemand versucht, Calida an ihrem Treiben zu hindern; sie hatte immer bekommen, was sie wollte.

Doch jetzt kochte sie vor Wut. Sie hatte von der Gringa nicht die Antworten bekommen, die sie hören wollte. Und diese Gringa war auch nicht aus der Fassung geraten, als sie erfuhr, daß Chandos eine zweite Frau hatte.

Vielleicht war zwischen Chandos und der Gringa wirklich nichts vorgefallen. War das möglich? Vielleicht bedeutete der Kuß, den ihre Mama beobachtet hatte, nichts. Im Grunde war Calida jedoch davon überzeugt, daß zwischen Chandos und Courtney etwas lief. Er war noch nie zuvor mit einer Frau geritten. Chandos war ein Einzelgänger, und das war eine der Eigenschaften, die Calida an ihm liebte; das, und die Aura von Gefahr, die ihn umgab.

Sie wußte, daß Chandos ein Revolvermann war, aber sie glaubte, daß er auch ein Gesetzloser war. Sie hatte ihn zwar nie danach gefragt, aber sie war ihrer Sache sicher. Gesetzlose erregten Calida mehr als alle anderen Männer. Sie standen außerhalb des Gesetzes, man wußte nie, wie sie reagieren würden, sie lebten gefährlich. Sie kamen oft auf der Flucht durch Alameda, meist, um im Indianerterritorium unterzutauchen. Calida kannte viele Gesetzlose und war mit etlichen von ihnen ins Bett gegangen. Aber Chandos war etwas Besonderes.

Er hatte nie gesagt, daß er sie liebte. Er hatte nie versucht, sie mit schönen Worten herumzukriegen. Es war auch zwecklos, ihm etwas vorzumachen. Wenn er sagte, daß er sie wolle, dann wollte er sie. Und wenn sie versuchte, ihn zappeln zu lassen oder ihn eifersüchtig zu machen, ließ er sie einfach stehen. Seine Gleichgültigkeit reizte sie und war der Grund dafür, daß sie ihm jedesmal zur Verfügung stand, wenn er in die Stadt kam, ganz gleich, mit wem sie gerade beisammen war. Chandos kam immer zu ihr. Er stieg auch immer bei ihrer Mama ab, was ganz bequem war.

Chandos mochte nämlich keine Hotels, und als er das erste Mal nach Alameda kam, überredete er Mama dazu, ihm ein Zimmer zu vermieten. Im Haus standen immer Zimmer leer, denn Calidas erwachsene Brüder hatten sich schon selbständig gemacht. Mama mochte Chandos und wußte, was Calida und er nachts trieben. Calida nahm auch andere Männer auf ihr Zimmer mit, sogar Mario. Und obwohl ihre Mutter diese anderen Männer ganz und gar nicht schätzte, hatte sie längst den Versuch aufgegeben, Calida zu bessern.

Und jetzt hatte der Mann, den Calida als ihr ausschließliches Eigentum betrachtete, eine andere Frau in die Stadt gebracht und Calidas Mama gebeten, sich um sie zu kümmern. Das war eine Unverschämtheit.

»Warum funkeln deine Augen so, Chica?«

»Diese – diese –« Sie unterbrach sich, sah Mario nachdenklich an und lächelte. »Nichts von Bedeutung. Gib mir einen Whisky, bevor ich anfange zu bedienen, aber laß das Wasser weg.«

Sie sah ihm genau zu, während er ihren Drink einschenkte. Mario, ein Vetter zweiten Grades, war vor neun Jahren mit ihrer Familie nach Alameda gekommen. Die Familie war vorher von einer Stadt in die andere gezogen, weil es an vielen Orten nicht geduldet wurde, daß Mexikaner Geschäfte betrieben. Im weiter nördlich gelegenen Alameda war man toleranter, weil sich dorthin noch nie Mexikaner verirrt hatten. Alle schätzten Mamas Küche, und so erhob niemand Einspruch, als Mario gegenüber von ihrem Restaurant einen Saloon aufmachte. Der Saloon lief gut, weil Marios Schnaps gut und billiger als der seiner Konkurrenten war.

Wenn Calida in großzügiger Stimmung war, ging sie mit Mario ins Bett. So wie viele andere Männer hätte auch er sie jederzeit geheiratet, aber Calida wollte keinen Ehemann, und schon gar nicht Mario. Er sah zwar gut aus, und mit den samtbraunen Augen und dem dünnen Schnurrbart wirkte er wie ein spanischer Grande. Auch seine Muskeln waren beachtlich. Aber im Grunde seines Herzens war Mario ein Feigling. Er würde nie um sie kämpfen.

Als Mario Calida das Glas mit dem Whisky reichte, schenkte sie ihm wieder ein Lächeln. Ein vielversprechender Plan nahm in ihrem Geist allmählich Gestalt an.

»Mama hat einen Gast, eine schöne Gringa«, erwähnte sie beiläufig. »Aber Mama weiß nicht, daß sie eine Puta ist.«

»Und woher weißt du es?«

»Sie hat mir anvertraut, daß sie nur so lange in unserem Haus bleiben will, bis es ihrem verletzten Fuß besser geht. Dann will sie in Berthas Haus übersiedeln.«

Marios Neugierde war geweckt. Er war ein häufiger Gast in Berthas Bordell, obwohl ihn nur einige der Mädchen akzeptierten. Eine neue Hure, noch dazu eine schöne, würde in Berthas Haus sehr begehrt sein. Mario war allerdings klar, daß er der letzte wäre, der sie bekäme.

»Wirst du es Mama verraten?« erkundigte er sich.

Calida schob die Lippen vor. »Ich wüßte nicht, warum. Sie war sehr freundlich und sehr gesprächig – und eigentlich tut sie mir leid. Ich kann mir gut vorstellen, wie es ist, wenn man einen Mann nötig hat und keiner zur Verfügung steht. Aber das ist schließlich ihr Problem.«

»*Das* hat sie dir erzählt?«

Calida nickte, beugte sich über die Theke und flüsterte: »Sie hat mich sogar gefragt, ob ich jemanden kenne, der – interessiert wäre. Hättest du Lust?«

Er runzelte die Stirn, und sie lachte. »Komm schon, Mario. Ich weiß doch, daß du irgendwann bei ihr landen wirst. Es macht mir nichts aus, weil ich weiß, daß sie dir nichts bedeuten wird. Aber willst du warten, bis sie verbraucht ist, oder ist es dir lieber, du bekommst sie, wenn sie nach einem Mann ausgehungert ist?«

Sie hatte ihn so weit, sie kannte diesen Gesichtsausdruck. Schon die Vorstellung, daß er der erste sein würde, der an die neue Frau herankam, erregte Mario.

»Und was ist mit deiner Mama?« fragte er.

»Warte bis morgen abend. Mama ist zu Anne Harwells Geburtstagsparty eingeladen, und sie will hingehen, sobald der letzte Gast das Restaurant verlassen hat. Natürlich wird sie nicht sehr lang bleiben, sie will ja am nächsten Tag zur Kirche gehen. Aber wenn du keinen Lärm machst, wird dich die Gringa bestimmt die ganze Nacht behalten, und du kannst das Haus am Morgen verlassen, während Mama in der Kirche ist.«

»Wirst du ihr sagen, daß ich zu ihr komme?«

»O nein, Mario, es soll eine Überraschung für sie sein. Ich will auf keinen Fall, daß sie sich mir verpflichtet fühlt. Sorge nur dafür, daß sie keine Gelegenheit hat zu schreien, bevor du ihr erklären kannst, warum du gekommen bist.«

Wenn alles glatt ging, dachte Calida, würde Chandos gerade im richtigen Augenblick zurückkommen. Sie bedauerte jetzt schon, daß sie bei der Szene nicht dabei sein konnte. Aber allein der Gedanke daran machte sie glücklich.

33. KAPITEL

Ein gelber Lichtfleck fiel auf die Lehmstraße hinter dem kleinen Haus. An diesem Abend war es in der Nebenstraße still, weil sich der Samstagabendwirbel auf die Hauptstraße beschränkte.

Chandos hatte erfahren, daß in dieser Straße hauptsächlich die Mädchen aus den Tanzhallen wohnten. Eines dieser Mädchen war Wade Smiths Freundin. Sie hieß Loretta.

Chandos hatte viel Zeit mit der Suche nach ihr vergeudet, weil Smith unter falschem Namen in Paris lebte. Außerdem führte er ein sehr zurückgezogenes Dasein, weil er steckbrieflich gesucht wurde. Nur wenige Leute kannten ihn unter seinem Decknamen Will Green, aber kein einziger Mensch kannte seinen richtigen Namen.

Chandos wußte, daß dieser Will Green vielleicht der falsche Mann war, aber genausogut konnte es der richtige sein. Er stand im Schatten auf der gegenüberliegenden Straßenseite und beobachtete lange Zeit das kleine Haus, bevor er sich ihm mit dem Revolver in der Hand näherte. Sein Herz schlug schnell, und er war von Erregung erfüllt.

Das war die Auseinandersetzung, die er herbeigesehnt hatte. Er würde dem Mann, der seine Schwester auf dem Gewissen hatte, Aug in Aug gegenüberstehen.

Chandos schlich vorsichtig zur Tür und drehte behutsam am Knauf. Die Tür war nicht versperrt. Er drückte das Ohr an das Holz und horchte. Außer dem Blut, das in seinen Schläfen hämmerte, vernahm er kein Geräusch.

Ganz langsam drehte er den Türknauf ein zweites Mal und stieß dann die Tür mit einem Fußtritt auf. Die gesamte Vorderfront des Hauses erzitterte. Auf einem Regal kamen Teller ins Rutschen, und eine Tasse rollte über den Lehmboden. Im Bett wandte sich ein blonder Kopf Chandos zu und blickte in die Mündung seines Revolvers.

Die Brüste, die sich unter dem dünnen Laken abzeichneten, waren winzig und kaum entwickelt. Das Mädchen konnte höchstens dreizehn oder vierzehn Jahre alt sein. Befand er sich im falschen Haus?

»Loretta?«

»Ja.«

Das Mädchen duckte sich.

Chandos stieß langsam die Luft aus. Es war das richtige Haus. Er hätte daran denken müssen, daß Smith junge Mädchen bevorzugte.

Sie war brutal verprügelt worden. Eine Gesichtshälfte war blau und geschwollen. Das Auge in der anderen Hälfte war ebenfalls blau geschlagen. Ein häßlicher, dunkler Bluterguß reichte vom Schlüsselbein bis zur linken Schulter, und auch die Oberarme waren mit blauen Flekken bedeckt, als hätte man sie grob festgehalten. Chandos wollte nicht daran denken, wie ihr Körper unter dem Laken aussah.

»Wo ist er?«

»Wer?«

Sie klang rührend jung und sehr verängstigt, und ihm wurde bewußt, wie er aussah. Seit seiner Trennung von Courtney hatte er sich nicht mehr rasiert, und sein Revolver war immer noch auf das Mädchen gerichtet. Er steckte ihn ein.

»Ich will dir nichts tun. Ich suche Smith.«

Sie erstarrte. Die Angst in ihrem Gesicht schwand, und ihr gesundes Auge blitzte zornig auf.

»Sie kommen zu spät, Mister. Ich habe das Schwein angezeigt. Als er mich das letzte Mal zusammengeschlagen hat, war es das allerletzte Mal.«

»Er sitzt im Gefängnis?«

»Darauf können Sie Gift nehmen! Ich habe gewußt, daß ein Ranger in der Stadt ist, sonst hätte ich es nicht getan. Ich hatte Angst, daß unser Gefängnis nicht sicher genug ist, deshalb habe ich meinen Freund Pepper gebeten, den Ranger zu mir zu schicken, und dem habe ich verraten, wer Wade wirklich ist. Wade hat mir nämlich von dem Mädchen erzählt, das er in San Antonio umgebracht hat. Dann hat er mir einmal damit gedroht, daß er mich genauso kalt machen würde, und das habe ich ihm geglaubt.«

»Hat der Ranger ihn mitgenommen?« Chandos versuchte, seine Ungeduld im Zaum zu halten.

»Ja. Der Ranger ist später mit dem Marshal wiedergekommen und hat Wade erwischt, als er mit mir im Bett lag. Ich habe dem Schwein am besten gefallen, wenn ich so aussah wie jetzt.«

»Wann war das?«

»Vor drei Tagen.«

Chandos stöhnte. Drei gottverdammte Tage. Wenn der Schlangenbiß und Courtneys Entführung nicht dazwischengekommen wären, hätte er Smith noch angetroffen.

»Wenn Sie mit ihm sprechen wollen, Mister«, fuhr Loretta fort, »müssen Sie sich beeilen. Der Ranger hat über Wade Bescheid gewußt. Er hat gesagt, daß sie in San Antonio genügend Beweismaterial gegen ihn besitzen, um ihn nach einer kurzen Verhandlung rasch zu hängen.«

Das glaubte ihr Chandos aufs Wort. Er war kurz nach

der Ermordung des Mädchens nach San Antonio gekommen und hatte dort alle grausigen Einzelheiten erfahren, und dort hatte er auch Smiths Spur verloren.

»Danke, Kind«, nickte Chandos.

»Ich bin kein Kind. Ich sehe jedenfalls nicht wie eins aus, wenn ich mich schminke. Ich arbeite seit einem Jahr in der Tanzhalle.«

»Das sollte gesetzlich verboten werden.«

»Was Sie nicht sagen. Ein Revolvermann, der Predigten hält, ist etwas ganz Neues.« Als er nicht reagierte, sondern sich nur zum Gehen wandte, rief sie: »He, Mister, Sie haben mir nicht erzählt, warum Sie Wade suchen.«

Chandos drehte sich um. Das Mädchen hatte keine Ahnung, was für ein Glück es gehabt hatte, denn sie hätte ohne weiteres Smiths nächstes Opfer sein können.

»Ich habe ihn wegen Mordes gesucht. Das Mädchen in San Antonio war nicht die einzige, die er getötet hat.«

Sie bekam eine Gänsehaut.

»Sie glauben doch nicht, daß er dem Ranger entkommen wird?«

»Nein.«

»Vielleicht werde ich in eine andere Stadt übersiedeln, sobald meine Rippen geheilt sind.« Sie sprach mehr zu sich selbst als zu ihm.

Chandos schloß die Tür hinter sich, blieb dann stehen und dachte darüber nach, wie er den Ranger einholen konnte. Wahrscheinlich würde er es schaffen, aber der Polizist konnte ihm Smith nicht einfach ausliefern. Es würde zu einem Kampf kommen, und einen Ranger, der nur seine Pflicht tat, konnte er doch nicht umlegen.

Er mußte auch an sein Kätzchen denken. Wenn er nicht innerhalb von vier Tagen nach Alameda zurückkehrte, würde sie annehmen, daß er sie belogen hatte. Womöglich kam sie dann auf die Idee, allein nach Waco zu reiten.

Damit war klar, was er zu tun hatte. Aber ihm gefiel diese Entscheidung ganz und gar nicht. Wann war sie eigentlich zu dem Wichtigsten in seinem Leben geworfen?

Während Chandos zum Stall ging, überwand er seine Enttäuschung. Nur weil er Smith neuerlich verfehlt hatte, gab er ihn noch lange nicht auf. Es war ja nicht das erste Mal. Er würde Courtney nach Waco bringen und dann nach San Antonio weiterreiten. Er war auf keinen Fall bereit, Smith dem Henker zu überlassen. Der Kerl gehörte ihm allein.

34. KAPITEL

Samstag nachmittag schrieb Courtney Mattie einen Brief. Sie hatte Rockley vor drei Wochen verlassen – waren wirklich erst drei Wochen vergangen? Es kam ihr vor, daß Monate dazwischen lagen. Mattie würde sich freuen, zu erfahren daß Courtney ihren Entschluß nicht bereute.

Mama Alvarez hatte ihr versichert, daß immer wieder Leute durch Alameda kamen, die nach Kansas unterwegs waren, und daß einer von ihnen bestimmt bereit sein würde, Courtneys Brief zu befördern. So berichtete Courtney ausführlich über ihre Abenteuer, erwähnte aber nicht, daß sie sich in ihren Begleiter verliebt hatte. Am Ende des Briefes versicherte sie ihrer Freundin noch einmal, daß sie ihren Vater bestimmt finden würde.

Laut Mama Alvarez brauchte sie nicht einmal mehr eine Woche bis Waco, und das hieß, daß sie bald erfahren würde, ob ihre Eingebung richtig gewesen war. Sie wagte nicht, an die Möglichkeit zu denken, daß sie sich geirrt hatte, denn dann saß sie in Waco fest, allein und ohne Geld. Sie hatte keine Ahnung, was sie dann beginnen sollte.

Der Tag verging ereignislos. Courtney saß nicht mehr

am Fenster, um nach Chandos Ausschau zu halten. Sie hatte zum Essen ins Restaurant hinuntergehen wollen, aber Mama hatte es ihr untersagt, weil Chandos angeordnet hatte, daß sie im Bett bleiben und den Knöchel schonen sollte. Es ging ihr auch schon besser; sie konnte sogar ohne Krücke herumgehen. Trotzdem fügte sie sich. Mama Alvarez meinte es gut mit ihr – sie war überhaupt das genaue Gegenteil ihrer Tochter.

Courtney hatte mit ihr geplaudert und erfahren, daß Calida nachts in einem Saloon arbeitete, in dem sie die Gäste bediente – das war aber schon alles, was sie tat, hatte Mama hastig versichert. Courtney spürte, daß Mama mit der Tätigkeit ihrer Tochter nicht einverstanden war, denn sie betonte immer wieder, daß Calida nur arbeitete, weil es ihr Spaß machte, und nicht, weil sie das Geld brauchte.

»Meine Tochter ist eigensinnig. Aber sie ist erwachsen – was kann ich da tun?«

Courtney war froh darüber, daß ein weiterer Tag vergangen war, ohne daß sie mit der unleidigen Calida zusammengetroffen war, und dachte nicht mehr an sie.

An diesem Abend ging sie zeitig zu Bett. Mama war zu einer Party eingeladen, und Calida arbeitete im Saloon, so daß es still im Haus war. Auf der Straße ging es allerdings um so lauter zu, weil Samstag war. Die Männer durchzechten die Nacht, denn sie wußten, daß sie am Sonntag ausschlafen konnten. Die meisten hatten ja keine Frauen, die sie in die Kirche schleppten.

Courtney konnte lange nicht einschlafen. Als ihr schließlich doch die Augen zufielen, träumte sie, und der Traum wurde sehr bald unangenehm. Etwas bereitete ihr Schmerzen. Auf ihrer Brust lastete ein Gewicht und erdrückte sie, so daß sie nicht atmen konnte. Sie weinte. Und dann war Chandos da und tröstete sie, wie nur er es verstand.

Er küßte sie, und als sie langsam aufwachte, stellte sie

fest, daß sie tatsächlich geküßt wurde. Sein Gewicht lag auf ihr, und davon hatte sie geträumt. Sie wunderte sich nicht darüber, daß er sie nicht geweckt hatte, sondern war einfach glücklich darüber, daß er zu ihr gekommen war.

Sie schlang ihm die Arme um den Hals und zog ihn an sich. Sein Schnurrbart kitzelte sie. Courtney erstarrte.

»Sie sind nicht Chandos«, schrie sie und begann, sich zu wehren.

Infolge ihres Entsetzens überschlug sich ihre Stimme, und eine Hand preßte sich auf ihren Mund. Dann stieß sein Hüftknochen an den ihren, und sie spürte sein hartes Glied am Bauch. Er war nackt. Bei dieser Erkenntnis wollte sie aufschreien, aber seine Hand erstickte den Schrei.

»Schsch . . . Dios!« Sie hatte ihn in die Hand gebissen. Er riß die Hand zurück, drückte sie ihr aber sofort wieder auf den Mund. »Was ist los mit dir, Frau?« zischte er verzweifelt.

Courtney versuchte zu sprechen, aber seine Hand verschloß ihr immer noch den Mund.

»Nein, ich bin nicht Chandos«, bestätigte er gereizt. »Was willst du überhaupt von ihm? Er ist ein sehr gewalttätiger Mensch und außerdem gar nicht hier. Du wirst dich statt dessen mit mir zufrieden geben, ja?«

Sie schüttelte so heftig den Kopf, daß sie beinahe seine Hand abschüttelte.

»Hast du vielleicht etwas gegen Mexikaner?« fragte er scharf, und der Zorn in seiner Stimme veranlaßte sie, sich nicht mehr zu rühren.

»Calida hat mir gesagt, daß du dringend einen Mann brauchst«, fuhr er fort, »und daß du keine großen Ansprüche stellst. Ich bin zu dir gekommen, um dir einen Gefallen zu tun – nicht, um mich dir aufzuzwingen. Möchtest du mich zuerst sehen? Geht es darum?«

Die verblüffte Courtney nickte langsam.

»Und du wirst nicht schreien, wenn ich die Hand

wegnehme?« Sie schüttelte den Kopf. Er zog die Hand weg, und sie blieb still.

Er löste sich von ihr, ließ sie aber nicht aus den Augen, während er aus dem Bett stieg. Sie schrie noch immer nicht, und er entspannte sich.

Courtney wußte, daß es sinnlos war zu schreien. Im Haus befand sich außer ihnen beiden kein Mensch, und bei dem Lärm auf der Straße würde sie niemand hören. Statt dessen tastete sie vorsichtig und langsam unter dem Kissen nach ihrem Revolver. Sie war froh, daß sie es sich auf dem Trail angewöhnt hatte, ihn griffbereit zu haben, obwohl sie nicht glaubte, daß sie gezwungen sein würde, auf den Fremden zu schießen.

In dem Augenblick, als er ein Streichholz entzündete und sich nach einer Lampe umsah, gelang es Courtney, das Laken über sich zu ziehen und den Revolver auf ihn zu richten. Als er die Waffe erblickte, erstarrte er und hörte sogar auf zu atmen.

»Lassen Sie das Streichholz nicht fallen, Mister«, warnte ihn Courtney. »Wenn es ausgeht, schieße ich.«

Sie entspannte sich allmählich. Die Macht, die ihr der Revolver verlieh, war berauschend. Der Fremde wußte zum Glück nicht, daß sie nie imstande wäre zu feuern. Aber ihre Hand zitterte nicht, und sie hatte keine Angst mehr. Dafür zitterte er.

»Zünden Sie die Lampe an, aber machen Sie keine rasche Bewegung... schön langsam, so ist es recht. Jetzt können Sie das Streichholz ausblasen.« Er befolgte ihre Anweisung. »Gut so. Wer zum Teufel sind Sie eigentlich?«

»Mario.«

»Mario?« Sie runzelte nachdenklich die Stirn. »Wo habe ich...?«

Dann fiel es ihr ein. Chandos hatte den Namen in seinen Fieberträumen erwähnt. Was hatte er noch gesagt? Daß Calida in Marios Bett steigen solle.

»Sie sind also ein Freund von Calida?«

»Wir sind verwandt.«

»Verwandt? Wie schön für Sie.«

Bei ihrem Ton wurde er noch nervöser. »Darf ich meine Sachen anziehen, Señorita? Ich glaube, ich habe einen Fehler begangen.«

»Nein, nicht Sie haben den Fehler begangen, Mario, sondern Ihre reizende Cousine. Ja, ziehen Sie sich nur an. Und beeilen Sie sich.«

Er gehorchte, und als er soweit war, daß sie ihm nicht krampfhaft ins Gesicht schauen mußte, um nicht zu erröten, sah sie sich ihn genauer an. Er war groß und kräftig, vor allem sein Oberkörper war sehr muskulös. Er hätte ihr wahrscheinlich mit bloßen Händen das Genick brechen können. Wenn er bereit gewesen wäre, Gewalt anzuwenden, hätte ihr ihr Widerstand nichts genützt. Aber zum Glück war er kein wirklich schlechter Mensch.

»Ich werde jetzt gehen«, schlug er hoffnungsvoll vor. »Natürlich nur, wenn Sie es gestatten.«

Er wollte damit erreichen, daß sie den Revolver sinken ließ, aber sie tat ihm nicht den Gefallen.

»Noch einen Augenblick, Mario. Was hat Ihnen Calida genau gesagt?«

»Vermutlich Lügen.«

»Das bezweifle ich nicht, aber was für Lügen genau?«

Er beschloß, es hinter sich zu bringen. »Sie hat gesagt, daß Sie eine Hure sind, Señorita, und daß Sie nach Alameda gekommen sind, um in Berthas Haus zu arbeiten.«

Courtneys Wangen glühten. »Berthas Haus ist ein Bordell, nicht wahr?«

»Ja, ein sehr elegantes Bordell.«

»Und warum bin ich dann hier, wenn ich eigentlich zu Bertha wollte?«

»Calida hat gesagt, daß Sie sich den Fuß verletzt haben.«

»Das stimmt.«

»Sie hat gesagt, daß Sie bei ihrer Mama wohnen, bis Ihr Fuß geheilt ist.«

»Das ist doch nicht alles, was sie Ihnen gesagt hat, Mario. Sprechen Sie weiter.«

»Ich fürchte, es wird Ihnen nicht gefallen.«

»Ich will es trotzdem hören.«

»Sie hat gesagt, daß Sie einen Mann haben wollen, daß Sie nicht warten können ... bis Sie zu Bertha übersiedeln. Sie hat gesagt, daß Sie sie gebeten haben, einen Mann für Sie aufzutreiben, daß Sie es ohne Mann nicht mehr aushalten.«

»Diese verlogene ...« explodierte Courtney. »Hat sie wirklich gesagt, daß ich es nicht mehr aushalte?«

Er nickte heftig, ohne sie aus den Augen zu lassen. Ihre Wut war unübersehbar, und ihr Revolver war immer noch auf sein Herz gerichtet.

Dann überraschte Sie ihn, indem sie nur meinte: »Sie können gehen. Nein, ziehen Sie Ihre Stiefel nicht an, Sie können Sie in der Hand tragen. Und wenn Sie sich jemals wieder in meinem Zimmer blicken lassen, Mario, schieße ich Ihnen ein Loch in den Schädel.«

Er glaubte ihr aufs Wort.

35. KAPITEL

Calida wartete die ganze Nacht darauf, daß Mario in den Saloon zurückkehrte. Als der Saloon schloß, wartete sie in seinem Zimmer auf ihn. Gegen vier Uhr früh schlief sie schließlich ein.

Courtney wartete ebenfalls, und zwar darauf, daß Calida nach Hause kam. Sie ging wütend im Zimmer auf und ab und hörte gegen zehn Uhr, wie Mama von der Party heimkehrte. Danach blieb das Haus jedoch still. Schließlich gab sie auf, ging zu Bett und schlief ein.

Trotz der kurzen Nachtruhe erwachten Calida und Courtney am Sonntagmorgen zeitig. Bei Calida grenzte das an ein Wunder, denn sie schlief immer in den Tag hinein. Aber sie konnte es nicht erwarten zu erfahren, wie das von ihr inszenierte Drama geendet hatte.

Mario war noch immer nicht zu Hause, deshalb nahm sie an, daß er die Gringa tatsächlich herumgekriegt und die Nacht mit ihr verbracht hatte. Sie verließ lächelnd den Saloon und überlegte dabei, wie sie Chandos diese Neuigkeit beibringen würde.

Unterdessen beobachtete Mario, wie sie die Straße hinuntertänzelte. Er liebte diese Puta, doch gleichzeitig haßte er sie auch. Sie hatte ihn zum letzten Mal hereingelegt! Er wußte, was sie jetzt dachte, denn er war absichtlich nicht nach Hause gegangen, damit sie auf diesen Gedanken kommen sollte. Ihm war klargeworden, daß sie im Saloon auf ihn warten würde, und er war deshalb zu Bertha gegangen und hatte sich vollaufen lassen. Er hatte überhaupt nicht geschlafen.

Jetzt konnte er kaum noch die Augen offenhalten. Seit es hell geworden war, hatte er an Berthas Fenster gestanden und darauf gewartet, daß Calida auftauchte. Von Berthas Haus aus konnte man gut die gesamte Hauptstraße überblicken: Vor fünfzehn Minuten hatte die Gringa das Fenster ihres Zimmers geöffnet. Und vor fünf Minuten war Mama in die Kirche gegangen.

Mario hätte gern miterlebt, was sich jetzt abspielte, doch schon das Bewußtsein, daß Calidas Plan zur Abwechslung einmal schiefgegangen war, befriedigte ihn. Jetzt würde sie am eigenen Leib erfahren, wie es war, wenn man in die Mündung eines Revolvers blickte, den eine wütende Frau auf einen richtet. Jedenfalls konnte er endlich seiner Müdigkeit nachgeben; er schlief neben der Hure ein, die im Bett hinter ihm schnarchte.

Courtney stand am Küchenherd und schenkte sich eine Tasse Kaffee ein, den Mama gekocht hatte, bevor sie zur

Kirche ging. Sie geriet immer noch in Wut, wenn sie daran dachte, was in der vergangenen Nacht hätte geschehen können.

Als Calida die Küche betrat, stand sie Courtney gegenüber. Sie war darüber erstaunt, daß Courtney schon auf war und daß sie allein war.

Calida schlenderte mit wiegenden Hüften an ihr vorbei und grinste, als sie Courtneys übernächtiges Gesicht bemerkte.

»Wie war deine Nacht, Puta?« kicherte sie. »Ist Mario noch da?«

»Mario ist nicht bei mir geblieben«, antwortete Courtney ruhig. »Er hatte Angst, daß ich ihn erschießen würde.«

Calidas Lächeln schwand. »Lügnerin. Wo ist er denn, wenn er nicht hier ist? Er ist heute nacht nicht nach Hause gekommen.«

»Wahrscheinlich liegt er bei einer anderen Frau im Bett, weil er hier nicht bekommen hat, worauf er aus war.«

»Das behauptest du, aber ich bezweifle, daß Chandos es glauben wird.«

Jetzt begriff Courtney. Die Intrige hatte also Chandos gegolten; sie hätte es sich denken können.

Sie ließ die Kaffeetasse fallen und versetzte der überraschten Calida eine schallende Ohrfeige. Calida knurrte, und im nächsten Augenblick wälzten sich die beiden Frauen auf dem Boden. Calida hatte reichliche Erfahrungen in Raufereien und benützte jeden gemeinen Trick, den sie kannte. Courtney hatte sich zwar noch nie in dieser Lage befunden, aber sie war auch noch nie so wütend gewesen, und der Kampf war ein Ventil für ihren Zorn. Sie setzte sich wild zur Wehr.

Courtney brachte zwei weitere Ohrfeigen an, und bei der zweiten begann Calidas Nase zu bluten. Doch dann rammte Calida Courtney das Knie wuchtig in den Magen, und als diese daraufhin ihren Griff lockerte, sprang Calida auf und rannte zum Küchenschrank. Courtney kam ebenfalls auf die Füße; in diesem Augenblick drehte sich Calida triumphierend mit einem Messer in der Hand um.

Courtney erstarrte.

»Worauf wartest du?« spottete Calida. »Du wolltest mein Blut, also komm und hol es dir.«

Courtney beobachtete das Messer, mit dem Calida spielerisch nach ihr stieß. Sie dachte einen Augenblick daran, aufzugeben, überlegte es sich aber sofort wieder. Damit würde sie Calida den Sieg überlassen, und das kam nicht in Frage. Courtneys Ehre verlangte, daß sie diesen Kampf für sich entschied.

Calida hielt Courtneys Zögern für eine Kapitulation und war davon überzeugt, daß sie gesiegt hatte. Auf keinen Fall jedoch hatte sie erwartet, daß Courtney vorspringen, sie am Handgelenk packen und versuchen würde, ihr das Messer zu entreißen.

Calidas Gedanken rasten. Sie wagte nicht, eine Gringa zu töten, auch wenn diese sie angegriffen hatte. Man würde sie hängen, denn sie war Mexikanerin. Die Gringa hingegen könnte eine Mexikanerin töten, und ihr Gesichtsausdruck ließ keinen Zweifel daran, daß sie das Messer benützen würde, wenn sie es nur in die Finger bekäme.

Calida bekam es mit der Angst zu tun. Das Mädchen war verrückt.

Courtney umklammerte Calidas Handgelenk fester und trat einen Schritt vor.

»Laß es fallen!«

Die Mädchen wichen erschrocken zurück. Im Türrahmen stand Chandos; sein Gesichtsausdruck verhieß nichts Gutes.

»Ich habe gesagt, du sollst das verdammte Messer fallen lassen!«

Das Messer schlug klirrend auf dem Boden auf, und die Mädchen wichen noch weiter zurück. Calida begann, ihre

Kleidung in Ordnung zu bringen und sich das Blut vom Gesicht zu wischen. Courtney fiel nichts Besseres ein, als die Kaffeetasse aufzuheben, die sie hatte fallenlassen. Sie konnte Chandos nicht in die Augen sehen, denn sie schämte sich zu Tode darüber, daß er sie bei einer Rauferei überrascht hatte.

»Ich warte«, sagte Chandos.

Courtney starrte Calida an, die den Kopf zurückwarf und den Blick erwiderte. Sie hatte sich bis jetzt immer noch aus jeder Situation herauslügen können.

»Die Gringa, die du hierher gebracht hast, hat mich angegriffen.«

»Ist das wahr, Courtney?«

Courtney drehte sich mit ungläubig geweiteten Augen zu ihm um. »Auf einmal nennst du mich Courtney? Warum? Warum ausgerechnet jetzt?«

Er ließ seufzend seine Satteltaschen auf den Boden fallen, dann ging er langsam auf sie zu. »Was zum Teufel hat dich in solche Wut versetzt?«

»Sie ist eifersüchtig, Liebster«, schnurrte Calida.

Courtney schnappte nach Luft. »Das ist eine Lüge! Wenn du anfängst zu lügen, du Miststück, dann muß ich ihm die Wahrheit erzählen!«

»Dann erzähl ihm doch, wie du mich aus deinem Zimmer hinausgeworfen hast, als du mich zum ersten Mal gesehen hast. Sie war gräßlich zu mir, Chandos. Ich habe sie nur gefragt, warum sie hierher gekommen ist, und sie hat mich angeschrien, daß es mich einen Dreck angeht.«

»Wenn ich mich richtig erinnere, hast an dem Tag du das Schreien besorgt«, stellte Courtney fest.

»Ich?« fragte Calida mit großen, erstaunten Kinderaugen. »Ich wollte dich begrüßen, und du –«

»Halt den Mund, Calida.« Chandos' Geduld war am Ende. Er packte Courtney an den Armen und zog sie zu sich. »Es wäre besser, wenn du es mir rasch erklärst. Ich bin die ganze Nacht geritten, bin todmüde und habe keine

Lust herauszubekommen, was Lüge und was Wahrheit ist. Erzähl mir jetzt, was sich abgespielt hat.«

Courtney kam sich wie ein in die Enge getriebenes Tier vor und ging zum Angriff über. »Du willst wissen, was geschehen ist? Also gut. Ich bin heute nacht aufgewacht, weil ein Mann in meinem Bett lag – er war genauso nackt wie ich. Deine Geliebte hatte ihn zu mir geschickt!«

Sein Griff wurde fester, aber seine Stimme klang jetzt ganz sanft.

»Hat er dir etwas getan?«

Ihre Wut ließ nach. Er war von maßlosem Zorn erfüllt, und daß dies seine erste Sorge war, schmeichelte ihr.

»Nein.«

»Wie weit ist er –?«

»Chandos!« Sie brachte es nicht fertig, vor Calida darüber zu sprechen, aber Chandos verlor allmählich die Beherrschung.

»Du mußt wie eine Tote geschlafen haben, wenn er dich ausziehen konnte, ohne daß du aufgewacht bist. Wie weit ist er –?«

»Ich habe meine Kleider abgelegt, bevor ich schlafen gegangen bin. Ich hatte wegen des Straßenlärms das Fenster geschlossen, und es war heiß im Zimmer. Ich habe geschlafen, als er sich ins Zimmer schlich. Wahrscheinlich hat er sich ausgezogen, bevor er ins Bett gekrochen ist.«

»Wie weit ist er –?«

»Er hat mich nur geküßt. Sobald ich seinen Schnurrbart spürte, habe ich gewußt, daß er nicht –« Sie unterbrach sich, und als sie weitersprach, flüsterte sie nur noch: – »du bist.«

»Und dann?«

»Ich habe ihm natürlich klargemacht, daß ich nicht damit einverstanden bin. Darauf war er nicht gefaßt. Er ist aufgestanden, um die Lampe anzuzünden, und sobald er aus dem Bett war, habe ich meinen Revolver unter dem Kissen hervorgeholt. Er hatte solche Angst, daß er mir die Wahrheit gestand.«

Beide sahen gleichzeitig Calida an.

»Eine reizende Geschichte, Gringa«, höhnte Calida, »aber Mario ist heute nacht nicht nach Hause gekommen. Wo war er denn, wenn er die Nacht nicht mit dir verbracht hat?«

Chandos schob Courtney zur Seite und wandte sich Calida zu. Sie hatte Chandos noch nie so erlebt. Zum ersten Mal kam ihr der Gedanke, daß er ihr vielleicht nicht so ohne weiteres glauben würde, und sie ballte die Fäuste.

»Mario?« fragte er wütend. »Du hast Mario zu ihr geschickt?«

Calida wich zurück. »Geschickt? Nein. Ich habe nur erwähnt, daß sie hier ist, und ihm vorgeschlagen, herzukommen und sie kennenzulernen. Er sollte sie ein wenig aufheitern, weil sie so allein war. Wenn die Gringa ihn in ihr Bett genommen hat, kann ich nichts dafür.«

»Du verlogenes Miststück!« stieß Courtney hervor

Chandos nahm Calida ihr Märchen nicht ab. Seine Hand schloß sich um ihren Hals.

»Ich sollte dir das Genick brechen, du gemeines Luder! Die Frau, der du eins auswischen wolltest, steht unter meinem Schutz. Ich habe geglaubt, daß sie sich hier in Sicherheit befindet, wenn ich sie schon allein lassen muß. Aber du mußtest dein hinterhältiges Spiel treiben, und jetzt muß ich einen Mann töten, gegen den ich nichts habe, nur weil er sich von dir hat hereinlegen lassen.«

Calida wurde blaß. »Ihn töten? Weshalb denn? Er hat nichts getan. Sie hat bestätigt, daß er ihr nichts getan hat!«

Chandos stieß sie von sich. »Er ist in ihr Zimmer eingedrungen und hat ihr Angst eingejagt. Seine Hände haben sie betastet. Das ist Grund genug.«

Er ging zur Tür, aber Courtney lief hinter ihm her, packte ihn am Arm und hielt ihn zurück. Sie hatte Angst, war zornig und gleichzeitig erregt.

»Du nimmst deine Beschützerrolle manchmal zu ernst, Chandos. Natürlich schätze ich diese Eigenschaft an dir, aber wenn ich Marios Tod gewollt hätte, hätte ich ihn selbst erschießen können.«

»Das bringst du nicht fertig, Kätzchen«, murmelte er beinahe belustigt.

»Da wäre ich nicht so sicher«, widersprach sie. »Du darfst Mario nicht töten, er kann nichts dafür. Sie hat ihm vorgelogen, daß ich hierher gekommen bin, um bei Bertha zu arbeiten. Sie hat ihm eingeredet, daß ich eine Hure bin und einen Mann brauche, daß ich –« Courtneys Wut brach wieder durch, »es nicht mehr ohne Mann aushalte!« Chandos schnappte nach Luft. »Wage nicht zu lachen!« fuhr sie ihn an.

»Daran würde ich nicht einmal im Traum denken.«

Sie musterte ihn mißtrauisch. Die Mordlust war jedenfalls aus seinen Augen verschwunden.

»Das ist die Geschichte, die sie ihm erzählt hat. Er ist also eigentlich gekommen, um mir einen Gefallen zu erweisen.«

»Ich habe ja gewußt, daß du es so sehen wirst!«

»Sei nicht sarkastisch, Chandos. Es hätte viel schlimmer kommen können. Er hätte mir seinen Willen aufzwingen können, auch nachdem ich ihm erklärt hatte, daß ich ihn nicht will. Aber das hat er nicht getan.«

»Also schön«, seufzte Chandos. »Ich werde ihn nicht töten. Aber ich muß trotzdem noch etwas erledigen. Warte in deinem Zimmer auf mich, Kätzchen.«

Sie zögerte unsicher, und er strich ihr sanft über die Wange. »Es handelt sich um nichts, wogegen du etwas einzuwenden hättest, Kätzchen. Geh jetzt. Sorg dafür, daß du wieder präsentabel aussiehst oder schlafe ein bißchen. Du kannst den Schlaf bestimmt brauchen. Ich bleibe nicht lange fort.«

Seine Stimme beruhigte sie, und sie wußte, daß sie keinen Grund mehr hatte, sich Sorgen zu machen. Also ließ sie ihn mit Calida in der Küche allein und kehrte in ihr Zimmer zurück.

36. KAPITEL

In dem Augenblick, in dem Courtney ihr Zimmer betrat, meldeten sich sehr schmerzhaft die Verletzungen und blauen Flecken, die sie beim Kampf mit Calida davongetragen hatte. Auch ihr Knöchel schmerzte ärger denn je. Sie humpelte zu dem kleinen Spiegel und stöhnte, als sie sich betrachtete. Du meine Güte! Chandos hatte sie in diesem Zustand gesehen!

Ihr Haar war verfilzt. Dunkle Kaffeeflecken bedeckten ihren Rock. Ihr Kleid war an mehreren Stellen zerrissen. An der Schulter entdeckte sie Bißspuren, die von getrocknetem Blut umgeben waren. Auch auf ihrem Hals klebte getrocknetes Blut, und am Augenwinkel sowie hinter dem Ohr hatte sie Kratzspuren, genau wie auf ihren Handrücken.

Sie wußte, daß die Blutergüsse erst später zum Vorschein kommen würden. Diese verdammte Calida. Aber Chandos hatte ihr geglaubt und erkannt, wie Calida in Wirklichkeit war. Courtney bezweifelte, daß er mit diesem Luder jemals wieder ins Bett gehen würde, und konnte einen Anflug von Schadenfreude nicht unterdrücken.

Sie hatte das Bedürfnis nach einem Bad und ging deshalb wieder hinunter. Chandos und Calida waren fort. Während das Badewasser warm wurde, wischte sie den verschütteten Kaffee auf. Mama kam gerade rechtzeitig aus der Kirche nach Hause, um ihr beim Hinauftragen des Wassers zu helfen. Courtney erzählte nicht, was sich hier abgespielt hatte, sondern erwähnte nur, daß Chandos wieder da war.

Als sie fertig war und gerade das Badewasser wieder

hinuntertragen wollte, kam Chandos herein. Er dachte nicht daran, vorher anzuklopfen. Es störte sie auch nicht, denn sie hatte sich daran gewöhnt, daß er sich über solche Kleinigkeiten hinwegsetzte.

Sein Zustand erschreckte sie. Er sah beinahe genauso mitgenommen aus wie sie und drückte sich die Hand auf den Brustkorb.

»Genau das brauche ich«, erklärte er, als er das Badewasser bemerkte.

»Bilde dir nicht ein, daß du es mir verschweigen kannst«, stellte sie entschieden fest.

»Es gibt nichts zu erzählen.« Er seufzte. »Ich habe ihn nicht getötet. Aber ich konnte es nicht einfach dabei bewenden lassen. Calida hat in dem Augenblick die Flucht ergriffen, in dem du die Küche verlassen hast, sonst hätte ich sie erwürgt.«

»Mario hat sich doch überhaupt nichts zuschulden kommen lassen, Chandos.«

»Er hat dich berührt.«

Sie war überrascht, weil die Antwort äußerst besitzergreifend klang, hütete sich aber, es auszusprechen.

»Wer hat gewonnen?«

»Man könnte es als unentschieden bezeichnen.« Er setzte sich stöhnend auf das Bett. »Aber ich glaube, daß mir der verdammte Kerl eine Rippe gebrochen hat.«

Sie lief zu ihm hin und griff nach seinen Hemdknöpfen. »Laß mich nachsehen.«

Er faßte ihre Hände, bevor sie ihn berühren konnte, und sie blickte ihn fragend an. Seine leuchtend blauen Augen wollten ihr offenbar etwas erklären, aber sie verstand es nicht. Sie ahnte ja nicht, wie sein Körper reagierte, wenn sie ihn berührte.

Sie verzichtete also darauf, ihm zu helfen, und meinte: »Du wolltest baden. Ich gehe solange aus dem Zimmer.«

»Du kannst bleiben. Ich bin davon überzeugt, daß du mir den Rücken zukehren wirst.«

»Aber es gehört sich nicht –«

»Du bleibst, verdammt nochmal!«

»Von mir aus.«

Courtney marschierte zum Fenster, zog sich einen Stuhl heran und setzte sich steif aufgerichtet hin.

»Wie geht es deinem Knöchel?« erkundigte er sich.

»Besser.«

Er runzelte die Stirn. »Schmolle nicht, Kätzchen. Ich möchte nur vermeiden, daß du Calida über den Weg läufst, wenn ich nicht dabei bin!«

Sie hörte, wie seine Kleidungsstücke nacheinander auf den Fußboden fielen, und bemühte sich verzweifelt, sich auf die Vorgänge auf der Straße zu konzentrieren. Die Kirchgänger standen in Gruppen beisammen, und zwei kleine Jungen spielten Ball. Ein kleines Mädchen lief hinter einem Hund her, der mit ihrem Häubchen davonrannte. Courtney sah dies alles und sah es doch nicht. Chandos' Stiefel polterten auf den Boden, und sie zuckte zusammen.

Es war ja schön und gut, daß er sie in Sichtweite behalten wollte, um sie zu beschützen, aber in diesem Augenblick schätzte Courtney seine Einstellung gar nicht. Begriff er denn nicht, daß sie im Geist jede seiner Bewegungen vor sich sah? Wie oft hatte er mit nacktem Oberkörper vor ihr gestanden. Sie wußte, wie sein Körper aussah, und gerade jetzt stellte sie sich vor, wie er nackt in die Wanne stieg. Ihr Herz schlug schneller.

Das Wasser spritzte, und er schnappte nach Luft, denn es mußte inzwischen kalt geworden sein. Sie sah im Geist, wie er eine Gänsehaut bekam. Dann stellte sie sich vor, daß sie ihn trockenrieb.

Courtney sprang auf. Wie konnte er es wagen, sie diesen Vorstellungen auszusetzen? Sie hatte das Gefühl, daß sie dahinschmolz, und er badete fröhlich, ohne einen einzigen Gedanken daran zu verschwenden, wie ihr zumute war. Dieses gefühllose Biest.

»Setz dich, Kätzchen. Oder noch besser, leg dich hin und ruh dich aus.«

Seine Stimme klang heiser, und sie empfand sie wie eine Liebkosung. Sie setzte sich.

Denk an etwas anderes, Courtney, ganz gleich, woran.

»Hast du in Paris alles erledigen können?«

»Ich muß nach San Antonio.«

»Bevor oder nachdem du mich nach Waco bringst?«

»Nachher. Und ich muß mich beeilen, deshalb werden wir scharf reiten. Glaubst du, daß du es schaffen wirst?«

»Mir bleibt ja keine andere Wahl.«

Sie war darüber entsetzt, wie vorwurfsvoll ihre Stimme klang. Aber sie konnte nicht anders. Sie war davon überzeugt, daß die Angelegenheit, die er in San Antonio erledigen mußte, nur ein Vorwand war, um sie so rasch wie möglich loszuwerden.

»Stimmt etwas nicht, Kätzchen?«

»Nein, nein. Reiten wir noch heute?«

»Nein, ich brauche etwas Ruhe. Und du hast vergangene Nacht bestimmt auch nicht viel geschlafen.«

»Das ist richtig.«

Eine Weile herrschte Stille, dann fragte er: »Kannst du vielleicht etwas auftreiben, womit ich meine Rippe bandagieren kann?«

»Was zum Beispiel?«

»Vielleicht einen Unterrock.«

»Von mir kannst du keinen bekommen, weil ich nur zwei besitze. Aber ich werde nachsehen –«

»Vergiß es«, unterbrach er sie. »Sie ist wahrscheinlich ohnehin nicht gebrochen, sondern nur geprellt.«

Durfte sie das Zimmer nicht einmal für einen Augenblick verlassen? »Bedroht mich jemand, Chandos? Gibt es einen bestimmten Grund, warum ich hier bleiben soll?«

»Eigentlich solltest du daran gewöhnt sein, mit mir allein zu sein, Kätzchen. Warum bist du plötzlich so ängstlich?«

»Weil es sich nicht gehört, daß ich im Zimmer bin, während du badest.«

»Wenn dich sonst nichts stört – ich bin fertig.«

Courtney sah sich um. Chandos saß auf dem Bettrand; bis auf das Handtuch, das er sich um die Hüften geschlungen hatte, war er nackt. Sie wandte sich wieder ab.

»Könntest du vielleicht etwas anziehen?«

»Ich habe meine Sachen dummerweise unten in der Küche gelassen.«

»Ich habe deine Satteltaschen heraufgebracht. Sie liegen neben dem Tisch.«

»Dann hab ein Herz für mich und bring sie mir, bitte. Ich kann mich nicht mehr rühren.«

Sie hatte plötzlich das Gefühl, daß er mit ihr spielte, verdrängte aber den Gedanken. Ohne ihn anzusehen, holte sie die Satteltaschen und legte sie auf das Bett.

»Wenn du so müde bist, kannst du mein Bett haben. Ich kann heute nacht bestimmt in einem anderen Zimmer schlafen.«

»Das Bett ist groß genug für zwei.« Sein Ton duldete keinen Widerspruch.

»Ich finde das gar nicht komisch.«

»Das weiß ich.«

Jetzt sah sie ihn an. »Warum tust du das? Wenn du glaubst, daß ich schlafen kann, wenn du neben mir liegst, dann irrst du dich.«

»Du bist noch nie in einem Bett geliebt worden, Kätzchen.« Er lächelte sie träge an, und ihr stockte der Atem. Ihre Knie gaben nach, und sie griff nach einem Halt.

Er stand auf. Sein Handtuch fiel zu Boden, und sie konnte nicht mehr daran zweifeln, daß er es ernst meinte. Sein Körper war schlank, glatt und feucht, und sie sehnte sich danach, ihm in die Arme zu sinken.

Aber sie tat es nicht. Auch wenn sie danach fieberte, ihn zu lieben, hätte sie seine Gleichgültigkeit nachher nicht noch einmal ertragen.

»Komm her, Kätzchen.« Er faßte Courtney unter's Kinn und zog ihr Gesicht zu sich heran. »Du hast den ganzen Vormittag gefaucht. Jetzt sollst du wieder schnurren.«

»Nicht«, flüsterte sie, doch dann berührten seine Lippen die ihren.

Er lehnte sich zurück, ohne sie loszulassen. Seine Daumen strichen über ihre Lippen, und ihr Körper neigte sich ihm zu.

»Entschuldige, Kätzchen. Ich wollte nicht, daß es soweit kommt. Das weißt du.«

»Warum tust du es dann?«

»Ich kann nicht anders. Wenn du deine Gefühle so deutlich zeigst und ich weiß, daß du mich begehrst, verliere ich den Verstand.«

»Das ist unfair.«

»Glaubst du, ich mag es, wenn ich die Beherrschung verliere?«

»Bitte, Chandos –«

»Ich brauche dich, aber das ist nicht alles.« Er zog sie an sich, und seine Lippen glitten über ihre Wangen. »Er hat dich berührt. Ich muß seine Berührung aus deinem Gedächtnis löschen, ich kann nicht anders.«

Wie konnte sie ihm da noch widerstehen? Auch wenn er es nie zugeben würde, verrieten ihr diese Worte, wie sehr sie ihm am Herzen lag.

37. KAPITEL

Der nächtliche Himmel war wie schwarzer Samt, auf dem glitzernde Diamanten verstreut waren. In der Ferne brüllten Rinder, und noch weiter entfernt heulte ein Luchs. Die Nacht war kühl, aber nicht kalt. Eine sanfte Brise bewegte die Blätter eines Baumes auf der Spitze des Hügels.

Die Pferde stapften den Hügel hinauf und hielten unter

dem Baum. Auf der Ebene unter ihnen flackerten Dutzende von Lichtern.

»Was für eine Stadt ist das?« fragte Courtney.

»Das ist keine Stadt, sondern die Bar M-Ranch.«

»Sie sieht so groß aus.«

»Das ist sie auch. Was immer Fletcher Straton anfängt, führt er im großen Stil durch.«

Courtney kannte den Namen. Sie hatte ihn in dem Zeitungsartikel gelesen, zu dem das Bild gehörte, auf dem sie ihren Vater entdeckt hatte. Fletcher Straton war der Rancher, dessen Leute den Viehdieb gefangen hatten.

»Warum halten wir hier?« fragte Courtney, als sie abstieg und zu ihrem Pferd trat. »Du willst doch nicht hier lagern, wenn Waco nicht mehr weit ist.«

»Bis zur Stadt sind es noch gut vier Meilen.«

Seine Hände legten sich um ihre Taille, und er hob sie vom Pferd. Es war das erste Mal seit ihrem Aufbruch von Alameda, daß er es tat. Es war das erste Mal seit Alameda, daß er ihr so nahe kam.

Sobald ihre Füße den Boden berührten, nahm sie die Hände von seinen Schultern, doch er ließ sie nicht los. »Können wir nicht doch bis Waco reiten?« fragte sie schüchtern.

»Ich will hier nicht lagern, Kätzchen. Ich sage dir Lebewohl.«

Courtney erstarrte. »Du reitest nicht mit mir nach Waco?«

»Ich hatte es nie vor. Es gibt Leute in der Stadt, mit denen ich nicht zusammentreffen will. Und ich hätte dich ohnehin in Waco nie dir selbst überlassen. Ich muß sicher sein, daß du bei jemandem untergebracht ist, dem ich vertrauen kann. Auf der Bar M gibt es eine Dame, mit der ich befreundet bin. Das ist die beste Lösung.«

»Du läßt mich wieder einmal bei einer deiner Geliebten?« rief sie empört.

»Verdammt nochmal, Margaret Rowley ist Stratons

Haushälterin. Sie ist eine englische Lady und sehr mütterlich.«

»Vermutlich eine kleine, alte Dame«, höhnte sie.

Er überhörte ihren Ton. »Du darfst sie auf keinen Fall so nennen. Als ich es einmal getan habe, hat es mir eine Ohrfeige eingetragen.«

Courtneys Hals war wie zugeschnürt. Er wollte sie tatsächlich verlassen, einfach aus ihrem Leben verschwinden. Sie hatte geglaubt, daß sie ihm mehr bedeutete.

»Sieh mich nicht so an, Kätzchen.«

Er wandte sich ab. Sie sah benommen zu, wie er zornig einige Äste zerbrach und ein Feuer entfachte. Als es brannte, drehte er sich wieder zu ihr um.

»Ich muß San Antonio erreichen bevor es zu spät ist. Ich kann keine Zeit damit verlieren, dich in der Stadt unterzubringen.«

»Du mußt mich nicht unterbringen. Mein Vater ist Arzt. Wenn er dort lebt, wird es nicht schwierig sein, ihn zu finden.«

»*Wenn* er dort lebt.« Funken stoben. »Wenn er nicht dort lebt, hast du wenigstens jemanden, mit dem du besprechen kannst, was du als nächstes unternehmen sollst. Margaret Rowley ist eine gute Frau und kennt in Waco praktisch jeden. Sie wird auch wissen, ob dein Vater da ist, und du erfährst es dadurch noch heute abend.«

»*Ich* erfahre es? Du wirst nicht einmal so lange bei mir bleiben, bis ich es weiß?«

»Nein.«

Ihr Mißtrauen erwachte. »Du wirst mich also nicht einmal bis auf die Ranch begleiten?«

»Ich kann es nicht. Es gibt auf der Bar M Leute, mit denen ich nicht zusammentreffen will. Aber ich werde hier warten, bis ich sehe, daß du sicher dort angelangt bist.«

Jetzt blickte Chandos sie endlich an, und es brach ihm beinahe das Herz. Auf ihrem Gesicht kämpften Kummer, Verständnislosigkeit, Verwirrung. Ihre Augen waren glasig, weil sie verzweifelt versuchte, die Tränen zurückzuhalten.

»Verdammt nochmal«, explodierte er. »Glaubst du, daß es mir Spaß macht, dich hierzulassen? Ich habe geschworen, daß ich diesem Ort nie wieder in die Nähe kommen werde.«

Courtney wandte sich ab, damit er nicht die Tränen sah, die ihr nun doch über die Wangen rollten. »Warum, Chandos?« fragte sie mit erstickter Stimme. »Warum läßt du mich hier zurück, wenn du selbst nicht einmal in die Nähe der Farm kommen willst?«

Er trat hinter sie und legte ihr die Hände auf die Schultern. Seine Berührung war für Courtney zuviel, und ihre Tränen flossen jetzt hemmungslos.

»Ich mag die Menschen auf Bar M nicht – mit Ausnahme der alten Dame. Es ist mir unbegreiflich, aber Margaret Rowley arbeitet gern dort. Wenn ich jemand anders wüßte, der vertrauenswürdig ist, würde ich dich nicht hierher bringen. Aber sie ist der einzige Mensch, bei dem ich dich lassen kann, ohne daß ich mir deinetwegen Sorgen machen muß.«

»Dir meinetwegen Sorgen machen?« Das war zuviel. »Du hast deine Arbeit getan und wirst mich nie wiedersehen. Weshalb solltest du dir also Sorgen machen?«

Er riß sie herum, so daß sie ihn ansehen mußte. »Sprich nicht so mit mir.«

»Und was ist mit mir?« rief sie. »Ist es dir vollkommen gleichgültig, was ich empfinde?« Er schüttelte sie. »Was willst du überhaupt von mir?«

»Ich – ich –«

Nein, sie würde es nicht sagen. Sie würde nicht betteln. Sie würde ihn nicht bitten, sie nicht zu verlassen, auch wenn dieser Abschied ihr das Herz brach. Sie würde auch nicht sagen, daß sie ihn liebte. Wenn er sie so einfach verlassen konnte, dann würde sie damit ohnehin nichts erreichen.

Sie stieß ihn von sich. »Ich will nichts von dir. Hör auf, mich wie ein Kind zu behandeln. Ich habe dich gebraucht, um hierher zu kommen, und nicht, damit du mich irgendwo unterbringst. Das schaffe ich auch allein. Ich bin ja schließlich nicht hilflos. Und ich mag es nicht, wenn man mich Fremden aufdrängt. Und –«

»Bist du fertig?«

»Nein. Ich bin dir Geld schuldig. Ich werde es holen.«

Sie wollte an ihm vorbeigehen, aber er ergriff sie am Arm. »Ich brauche dein verdammtes Geld nicht.«

»Mach dich nicht lächerlich. Deshalb hast du mich ja –«

»Das Geld hat überhaupt nichts damit zu tun. Ich habe dir schon oft gesagt, Kätzchen, daß du in bezug auf mich keine voreiligen Schlüsse ziehen sollst. Du kennst mich nicht. Du weißt überhaupt nichts von mir – stimmt's?«

Damit konnte er ihr keine Angst mehr einjagen. »Ich kenne dich besser, als du glaubst.«

»Wirklich?« Er verstärkte seinen Griff. »Soll ich dir verraten, warum ich nach San Antonio muß?«

»Mir wäre es lieber, du tust es nicht.«

»Ich muß dort einen Mann töten. Es ist ein vollkommen ungesetzlicher Mord. Ich bin zu Gericht über ihn gesessen, habe ihn für schuldig befunden und richte ihn jetzt hin. Es gibt dabei nur eine Schwierigkeit. Er befindet sich in Gewahrsam der Obrigkeit und soll gehenkt werden.«

»Was stört dich daran?«

»Er muß von meiner Hand sterben.«

»Aber wenn er schon im Gefängnis sitzt – du willst dich doch nicht gegen das Gesetz stellen?«

»O doch. Ich weiß allerdings noch nicht, wie ich ihn herausbekomme. Das Wichtigste ist, daß ich in San Antonio eintreffe, bevor sie ihn hängen.«

»Du hast bestimmt gute Gründe dafür, aber –«

»Verdammt, hör endlich auf.« Er wollte nicht, daß sie Verständnis für ihn hatte, er wollte, daß sie sich jetzt und hier gegen ihn wandte, so daß er nicht in Versuchung geriet, später zu ihr zurückzukehren. »Was muß ich dir noch erzählen, um dir die Augen über mich zu öffnen? Ich bin nicht der Mensch, für den du mich hältst.«

»Warum tust du das, Chandos? Genügt es nicht, daß du mich verläßt, daß ich dich nie wiedersehen werde? Willst du, daß ich dich auch noch hasse?«

»Du haßt mich schon, du weißt es nur noch nicht.«

Eine dunkle Vorahnung ließ sie erschauern, als er das Messer aus dem Gürtel zog. »Wirst du mich töten?« fragte sie ungläubig.

»Ich habe es vor vier Jahren nicht fertiggebracht, Kätzchen. Wie kommst du auf die Idee, daß ich jetzt dazu fähig wäre?«

»Was meinst du mit ›vor vier Jahren‹?« Sie ließ das Messer nicht aus den Augen, während er damit über den Zeigefinger seiner rechten Hand fuhr. »Was tust du?«

»Wenn du mich immer noch begehrst, dann besteht die Verbindung zwischen uns noch, und ich muß sie zerreißen.«

»Was für eine Verbindung?«

»Die Verbindung, die sich vor vier Jahren zwischen uns gebildet hat.«

»Ich verstehe immer noch nicht.« Das Messer schnitt jetzt in seinen linken Zeigefinger. »Chandos!«

Er ließ das Messer fallen, hob die Hände zum Gesicht, legte beide Zeigefinger auf die Mitte seiner Stirn und bewegte sie nach außen zu den Schläfen hin, so daß sie oberhalb seiner Augenbrauen leuchtendrote Blutspuren hinterließen. Dann führte er die Finger zur Nasenwurzel zurück und von dort über die Wangen hinunter zum Kinn, so daß weitere blutige Streifen zurückblieben.

Einen Augenblick lang sah Courtney nur die blutigen Streifen, die Courtneys Gesicht in vier Teile zerschnitten.

Doch dann fiel ihr auf, wie kraß sich seine blauen Augen von der bronzefarbenen Haut abhoben.

»Du! Das warst du! O Gott!«

Sie war kaum fähig, klar zu denken, weil die alte Angst in ihr aufstieg, und rannte blindlings davon. Auf halber Höhe des Hügels holte er sie ein. Sie stürzten beide zu Boden, doch er fing die Wucht des Aufpralls ab und legte die Arme schützend um sie, als sie bis zum Fuß des Hügels hinunterkollerten.

Als sie zum Stillstand kamen, versuchte Courtney aufzustehen, doch er drückte sie auf den Boden. Ihre Angst versetzte sie zurück in Elroy Browers Scheune.

»Warum hast du es mir gezeigt? Warum? Wisch dir das Blut ab! Das bist nicht du.«

»O doch, ich bin es«, erwiderte er erbarmungslos. »Das bin ich; so bin ich immer gewesen.«

»Nein!« Sie schüttelte abwehrend den Kopf und konnte nicht mehr damit aufhören. »Nein, nein.«

»Sieh mich an!«

»Nein! Du hast meinen Vater getötet. *Du* hast meinen Vater getötet!«

»Genau das habe ich bestimmt nicht getan. Lieg doch endlich still, verdammt!« Er packte ihre Hände, die auf ihn einschlugen, und drückte sie auf ihr aufgelöstes Haar, das über den Boden gebreitet war. »Wir haben nur den Farmer mitgenommen. Die übrigen ließen wir liegen, weil wir annahmen, daß sie tot waren.«

»Der Farmer.« Sie stöhnte, als die Erinnerung wiederkehrte. »Ich weiß, was ihm die Indianer angetan haben. Mattie hat einmal gehört, wie die Leute darüber gesprochen haben, und hat es mir erzählt. Wie konntest du dich daran beteiligen? Wie konntest du zulassen, daß sie ihn so verstümmelten?«

»Zulassen?« Er schüttelte den Kopf. »Täusche dich nicht. Der Farmer hat mir gehört. Er ist von meiner Hand gestorben.«

Er hätte ihr erklären können, warum er es getan hatte, aber er schwieg. Er wartete, bis sie sich von ihm losriß und auf die Bar M zulief. Als sie aus seinem Blickfeld verschwand, erhob er sich langsam.

Er hatte getan, was er sich vorgenommen hatte. Was immer sie für ihn empfand – er hatte es getötet. Jetzt würde er nie erfahren, ob sie mit dem Leben zufrieden gewesen wäre, das er ihr hätte bieten können. Er hatte ihr die Freiheit gegeben. Wenn es für ihn nur genauso einfach gewesen wäre, sich von ihr zu befreien...

Chandos wischte sich das Blut vom Gesicht und stieg den Hügel hinauf. Als er näherkam, wurden die Pferde unruhig. Wahrscheinlich waren sie genauso unruhig geworden, als sich der Cowboy genähert hatte, aber Chandos war mit Courtney so beschäftigt gewesen, daß er ihn nicht bemerkt hatte. Sogar jetzt war er noch so geistesabwesend, daß er den am Feuer hockenden Mann erst bemerkte, als er bis auf einen Meter an ihn herangekommen war. Er hatte nicht geglaubt, daß er diesen Menschen jemals wiedersehen würde.

»Immer mit der Ruhe, Kane«, sagte der Mann, als Chandos' Haltung drohend wurde. »Du willst doch einen Menschen nicht nur deshalb erschießen, weil er spät von der Weide nach Hause kommt? Ich wollte nur nachsehen, wieso hier ein Feuer brennt.«

»Du hättest es bleiben lassen sollen, Sägezahn.« Es klang drohend. »Diesmal hättest du es bleiben lassen sollen.«

»Ich habe es jedenfalls nicht bleiben lassen. Und du vergißt, wer dich gelehrt hat, deinen Revolver zu benützen.«

»Ich habe es nicht vergessen, aber ich habe seither auch sehr oft Gelegenheit gehabt zu üben.«

Der Mann grinste und zeigte dabei die vollkommen gerade Zahnreihe, die ihm seinen Spitznamen eingetragen hatte. Er behauptete, daß seine Zähne früher kreuz und quer gestanden und ihn beim Essen gestört hätten; deshalb hatte er sie mit einer Säge bearbeitet, um zu sehen, ob er dann besser kauen konnte.

Er war Ende vierzig, hager, aber kräftig, und durch das braune Haar zogen sich graue Strähnen. Für Sägezahn waren Rinder, Pferde und Revolver wichtig; in dieser Reihenfolge. Er war Vorarbeiter auf der Bar M und, soweit das möglich war, Fletcher Stratons bester Freund.

»Scheiße, du hast dich wohl überhaupt nicht verändert?« brummte Sägezahn, als er merkte, daß Chandos sich nicht entspannte. »Ich habe meinen Augen nicht getraut, als ich deinen Pinto gesehen habe. Ich vergesse ein Pferd nie.«

»Ich würde vorschlagen, du vergißt, daß du ihn und mich gesehen hast.« Chandos bückte sich und hob das Messer auf, das er vorher fallen gelassen hatte.

»Ich habe auch deine Stimme wiedererkannt.« Sägezahn grinste. »Ich kann nichts dafür, daß ich euch gehört habe, ihr habt ja laut genug geschrien. Es war eine äußerst seltsame Methode, ihr Angst einzujagen. Würdest du die Neugierde eines alten Mannes befriedigen?«

»Nein.«

»Das habe ich nicht anders erwartet.«

»Ich könnte dich töten, Sägezahn, und Meilen von hier entfernt sein, bevor man deine Leiche findet. Kann ich wirklich nur auf diese Weise sicher sein, daß du dem Alten nicht erzählen wirst, daß du mich gesehen hast?«

»Wenn du hier nur vorbeigekommen bist, spielt es doch keine Rolle, ob er davon erfährt.«

»Ich möchte nicht, daß er auf die Idee kommt, er könnte mit Hilfe der Frau an mich herankommen.«

»Wäre das möglich?«

»Nein.«

»Du hast zu schnell geantwortet, Kane. Bist du sicher, daß es die Wahrheit ist?«

»Verdammt, Sägezahn! Ich *will* dich nicht töten.«

»Schon gut, schon gut.« Sägezahn stand langsam auf und streckte seine leeren Hände deutlich von sich. »Wenn es dir so wichtig ist, dann werde ich vergessen können, daß ich dich gesehen habe.«

»Und halte dich von der Frau fern.«

»Das wird schwierig sein. Schließlich hast du sie ja hiergelassen.«

»Bei Margaret Rowley. Sie wird nicht lang bleiben.«

»Fletcher wird wissen wollen, wer sie ist.« Sägezahn beobachtete Chandos gespannt.

»Er wird den Zusammenhang nicht herausfinden, solange du den Mund hältst.«

»Hast du sie deshalb erschreckt, damit sie nichts ausplaudert?«

»Du fragst zuviel, Sägezahn. Aber du hast immer schon deine Nase in Dinge gesteckt, die dich nichts angehen. Die Frau bedeutet mir nichts. Und sie kann Fletcher nichts erzählen, weil sie nicht weiß, wer ich bin. Falls du diese Situation veränderst, zündest du nur ein Feuer an, für das du kein Löschwasser hast, weil ich auf dem Rückweg nicht hier vorbeikommen werde.«

»Wohin bist du unterwegs?«

»Verdammter Bluthund.«

»Es war nur eine freundschaftliche Frage«, grinste Sägezahn.

»Erzähl das deiner Großmutter.« Chandos saß auf Surefoot auf, ergriff die Zügel von Trasks Pferd und erklärte: »Die anderen beiden Pferde gehören ihr. Du kannst sie mitnehmen oder warten, bis sie jemand holt. Sie wird wahrscheinlich behaupten, daß sie abgeworfen wurde, also wird sich einer der Landarbeiter auf die Suche nach den Pferden machen – es sei denn, du holst sie ein, bevor sie die Ranch erreicht. Aber falls es dir gelingt, behalte deine verdammten freundschaftlichen Fragen für dich, ja? Sie ist heute abend nicht in der Verfassung, ein Verhör durchzustehen.«

Damit ritt Chandos fort, und Sägezahn trat das Feuer aus. »Die Frau bedeutet ihm nichts?« Er grinste. »Das kann er seiner Großmutter erzählen.«

38. KAPITEL

In der Ferne hoben sich flackernde Lichter vom Nachthimmel ab. Die Rinder brüllten immer noch leise. Die Welt um Courtney hatte sich nicht verändert, obwohl in ihr eine Welt zusammengebrochen war. Die Erkenntnis, daß sie einen Wilden, einen wilden Indianer liebte, schmerzte unerträglich.

In diesem Augenblick bedeutete Indianer für sie etwas Böses, Schreckliches. Ein wilder Schlächter. Nein, nicht er, nicht ihr Chandos! Doch es war wahr.

Auf halbem Weg zur Ranch blendeten sie die Tränen so sehr, daß sie auf die Knie sank und in lautes, herzzerreißendes Schluchzen ausbrach. Kein Geräusch verriet ihr, daß er ihr folgte. Diesmal würden sie keine starken Arme umschlingen, keine tröstende Stimme würde ihr erklären, daß es eine Lüge war, oder es ihr wenigstens begreiflich machen. Mein Gott, *warum* nur?

Sie versuchte, sich an den Überfall auf Browers Farm zu erinnern. Es fiel ihr nicht leicht, denn sie hatte sich aus Leibeskräften bemüht, die Erinnerung daran zu verdrängen. Aber jetzt brach alles wieder hervor, die Angst, das Entsetzen, als die Futterkiste geöffnet wurde. Als sie glaubte, daß ihre letzte Stunde geschlagen hatte, und um die Kraft betete, nicht zu betteln. Und dann hatte sie den Indianer gesehen – nein, keinen Indianer, sondern Chandos. Sie hatte Chandos gesehen. Aber an diesem Tag war er wirklich ein Indianer gewesen, mit langem, zu Zöpfen geflochtenem Haar, mit Kriegsbemalung, mit Messer. Und er hatte sie töten wollen. Sie erinnerte sich an seine

Hand, die an ihren Haaren gerissen hatte, an ihre Angst und an seine Augen, die nicht die Augen eines Indianers waren. Sie hatte nur gewußt, daß die Augen nicht zu dem furchteinflößenden Gesicht paßten, daß sie nichts Entsetzliches an sich hatten.

Jetzt wußte sie, warum sie, als sie den Revolverhelden zum ersten Mal sah, das Gefühl gehabt hatte, sie könnte ihm ihr Leben anvertrauen.

Chandos hatte gesagt, daß damals eine Verbindung zwischen ihnen entstanden war. Was bedeutete das? Was für eine Verbindung? Und warum hatte er damals gemeinsam mit den Indianern angegriffen und gemordet?

Courtneys Tränen versiegten allmählich, als sie sich genauer an diesen Tag erinnerte. Was hatte Berny Bixler Sarah über Rache erklärt? Die Indianer wollten sich für den Überfall auf ihr Lager rächen. Lars Handleys Sohn John, der so rasch aus Rockley verschwunden war, hatte anscheinend damit geprahlt, daß er gemeinsam mit einer Gruppe von Männern eine Bande Kiowas einschließlich der Frauen und Kinder ausgerottet hatte. Sie waren vermutlich Chandos' Freunde gewesen. Bixler hatte behauptet, daß die Indianer erst Ruhe geben würden, wenn sie alle daran beteiligten Männer getötet hatten. Wahrscheinlich waren jetzt alle tot, es sei denn ... Trask! War er einer von ihnen? Chandos hatte gesagt, daß er Vergewaltigungen und Morde auf dem Gewissen hatte. Und der Mann in San Antonio? Gehörte er auch dazu?

Wen hatte Chandos bei diesem Massaker verloren, daß er Elroy Bower auf so schreckliche Weise tötete? Daß er nach all dieser Zeit noch nach Rache dürstete?

»Gehören die beiden Gäule Ihnen, Miß?«

Courtney zog erschrocken die Luft ein und stand auf.

Der Mann kam näher, und sie erblickte die alte Nelly sowie den Pinto, dem sie nie einen Namen gegeben hatte, weil sie annahm, daß sie ihn nicht behalten würde. Jetzt hatte ihn Chandos doch nicht mitgenommen.

»Wo haben Sie sie gefunden?« fragte sie unsicher.

»Er ist fort, falls Sie das wissen möchten.«

»Sie haben gesehen, daß er fortgeritten ist?«

»Ja, Madam.«

Warum bekam sie Angst? War es nur deshalb, weil Chandos gesagt hatte, er wolle hier niemanden sehen? Sie hatte keinen Grund mehr, sich seinetwegen Sorgen zu machen.

»Sie kennen ihn vermutlich nicht?« fragte sie trotz allem.

»O doch.«

Sie saß auf den Pinto auf, und ihre Stimmung sank auf den Nullpunkt. Das war einfach großartig – es war genau das, was Chandos vermeiden wollte. Wenn sich daraus Schwierigkeiten ergaben, würde er wahrscheinlich sie dafür verantwortlich machen.

»Arbeiten Sie auf der Bar M?«

»Ja, Madam. Ich heiße Sägezahn – so nennt man mich jedenfalls.«

»Ich bin Courtney Harte. Ich wollte gar nicht zur Farm, sondern würde viel lieber weiter nach Waco reiten und mir dort ein Zimmer nehmen. Es gibt doch Hotels in der Stadt?«

»Ja, Madam, aber es sind noch gut vier Meilen.«

»Ich weiß, ich weiß«, erwiderte sie ungeduldig. »Aber ich wäre Ihnen sehr dankbar, wenn Sie mich hinbringen könnten.«

Sägezahn schwieg. Er war der letzte, der sich weigerte, einer in Schwierigkeiten geratenen Lady zu helfen. Im Gegenteil, er bemühte sich für gewöhnlich sehr, dem schwächeren Geschlecht hilfreich zur Seite zu stehen. Aber in diesem Fall gab es einfach zu viele offene Fragen. Fletcher würde ihm die Haut bei lebendigem Leib abziehen, wenn er herausbekam, wer die Dame hierher gebracht hatte, und daß Sägezahn sie hatte entwischen lassen.

»Hören Sie, Madam«, redete er ihr zu, »ich komme gerade von der Weide herein. Ich habe seit dem Morgen nichts mehr zwischen den Zähnen gehabt, und Ihnen geht es wahrscheinlich ähnlich. Es ist heute einfach zu spät, um noch in die Stadt zu reiten. Außerdem muß es ja einen Grund geben, warum Sie zur Bar M gekommen sind.«

»Allerdings«, erwiderte Courtney enttäuscht. »Ich soll mich an Margaret Rowley wenden, eine Frau, die ich überhaupt nicht kenne, nur weil er es so haben will. Ich bin doch wirklich kein Kind mehr. Ich brauche keinen Hüter.«

Ein Streichholz flammte auf, und die beiden musterten einander zum ersten Mal. Sägezahn verbrannte sich beinahe die Finger. Er grinste.

»Kommen Sie, ich bringe Sie zu Maggie.«

»Maggie?«

»Margaret. Sie hat ein eigenes Häuschen weiter hinten, obwohl sie sich um diese Zeit noch im großen Haus aufhält. Und machen Sie sich keine Sorgen, Sie werden Maggie auf den ersten Blick mögen. Ich bin außerdem sicher, daß Sie ihr ebenfalls gefallen werden.«

»Das ist sehr freundlich von Ihnen, aber ... na schön.« Sie trieb den Pinto an, weil sie wußte, daß ihr nichts anderes übrigblieb. Nach einer kurzen Pause fragte sie: »Würde es Ihnen etwas ausmachen, nicht zu erwähnen, wer mich hierher gebracht hat, oder daß Sie ihn überhaupt gesehen haben?«

»Würde es Ihnen etwas ausmachen, mir zu sagen, warum Sie das wünschen?«

»Warum?« Courtney war sofort auf der Hut. »Woher soll ich wissen, warum? Chandos gibt keine Erklärungen ab. Er hat mir gesagt, daß er nicht mit den Leuten von der Farm zusammentreffen will, und mehr weiß ich nicht.«

»Er nennt sich jetzt also Chandos?«

Sie warf ihm einen Blick zu. »Sie haben doch behauptet, daß Sie ihn kennen.«

»Als er das letzte Mal hier war, hatte er sich einen

endlosen indianischen Namen zugelegt, den sich niemand merken und schon gar nicht aussprechen konnte.«

»Das sieht ihm ähnlich.«

»Kennen Sie ihn schon lange?«

»Nein... na ja, wenn man bedenkt... nein, eigentlich nicht... Du meine Güte, ich drücke mich wohl nicht sehr klar aus? Ich kenne ihn seit ungefähr einem Monat. Er hat mich von Kansas hierhergebracht.«

»Kansas!« Sägezahn stieß einen Pfiff aus. »Das ist verdammt weit weg, Madam.«

»Das stimmt.«

»Auf einem so langen Ritt lernt man sich wahrscheinlich recht gut kennen.«

»Das sollte man annehmen. Aber ich habe heute abend festgestellt, daß ich ihn überhaupt nicht kenne.«

»Haben Sie eine Ahnung, wohin er geritten ist, Miß Harte?«

»Ja, nach –« Sie unterbrach sich und sah zu der dunklen Gestalt hinüber, die neben ihr ritt. Womöglich wurde Chandos hier steckbrieflich gesucht. »Es tut mir leid, aber mir ist der Name der Stadt entfallen.«

Sie war überrascht, als Sägezahn lachte. »Er bedeutet Ihnen sehr viel, nicht wahr?«

»Er bedeutet mir überhaupt nichts«, versicherte sie hochmütig, und er lachte wieder.

39. KAPITEL

Noch bevor sie den vorderen Hof erreichten, drangen die Klänge einer Gitarre durch die stille Nacht zu Courtney. Dann kam das große Haus in Sicht, dessen Zimmer und vordere Veranda hell beleuchtet waren. Auf der Veranda saßen Männer auf Stühlen, dem Geländer und sogar auf der breiten Treppe, die zur Eingangstür führte. Gelächter und leise Gespräche begleiteten die Gitarrenmusik. Es war eine angenehme, kameradschaftliche Atmosphäre, die die Bar M in freundlichem Lichte erscheinen ließ. Hier lebte es sich offensichtlich gut.

Doch Courtney fühlte sich unbehaglich, als sie sah, daß sich auf der Veranda nur Männer, viele Männer befanden. In dem Augenblick, in dem die Männer sie erblickten, brach die Musik abrupt ab.

Als Sägezahn ihre Pferde zur Veranda führte, herrschte tiefe Stille. Kein Laut war zu hören.

Sägezahns Lachen durchbrach das Schweigen. »Habt ihr Hinterwäldler noch nie eine Dame gesehen? Verdammt – ich bitte um Entschuldigung, Madam –, sie ist doch kein Gespenst. Dru, hiev deinen Hintern hoch und sag Maggie, daß sie Besuch bekommt – in ihrem Haus.« Ein junger Mann mit Lockenkopf sprang auf und verschwand rücklings durch die Eingangstür, um Courtney möglichst lang im Auge zu behalten.

»Und jetzt hört mal zu, ihr Viehtreiber. Das ist Miß Harte«, fuhr Sägezahn fort. »Ich weiß nicht, wie lange sie hierbleibt. Ich weiß nicht, ob ihr sie überhaupt noch einmal zu Gesicht bekommt, deshalb greift an eure Hüte, solange ihr Gelegenheit dazu habt.« Ein paar Männer folgten seiner Aufforderung, während die meisten Courtney weiterhin nur stumm anstarrten. »Ich habe noch nie so viele Schwachsinnige auf einem Haufen gesehen«, lachte Sägezahn. »Kommen Sie mit, Madam.«

Courtney rang sich ein Lächeln ab, dann trieb sie ihren Pinto an und folgte Sägezahn um das Haus herum. Im gleichen Augenblick trampelten Stiefel über die Veranda, und sie wußte, daß sämtliche Cowboys über das Geländer hingen und hinter ihr herstarrten.

»Das hat Ihnen Spaß gemacht, was?« fragte sie zornig den vor ihr reitenden Sägezahn.

»Die Jungs brauchen von Zeit zu Zeit etwas, das sie in Schwung bringt. Aber ich habe nicht geglaubt, daß sie nicht nur den Verstand, sondern auch die Sprache verlieren würden. Sie sind eine mächtig hübsche Frau, Madam. Die Jungs werden jetzt einen Monat lang Witze darüber reißen, daß es keinem von ihnen eingefallen ist, ›Guten Tag‹ zu sagen, solange sie die Möglichkeit dazu hatten.«

Sie erreichten die Rückseite des Hauses. »Da sind wir. Maggie wird bestimmt jeden Augenblick da sein.«

Sägezahn saß ab. Sie standen vor einem Häuschen, das eher nach Neuengland als nach Texas gepaßt hätte. Das kleine, weißgetünchte Haus bezauberte Courtney sofort. Es hatte einen Holzzaun, einen blumengesäumten Fußweg, Fensterläden und sogar Blumentöpfe auf den Fenstersimsen. Es war anheimelnd und hübsch und wirkte neben dem texanischen Ranch-Haus vollkommen fehl am Platz. Im Vorgarten gab es Rasen, und an seinem linken Rand einen großen, alten Baum. Die Eingangstür war sogar von einem Spalier umgeben, an dem sich tapfer ein Weinstock rankte.

»Miß Harte?«

»Was? Oh.«

Courtney wandte widerstrebend den Blick vom Häuschen ab und ließ sich von Sägezahn aus dem Sattel helfen, der sie freundlich ansah. Jetzt erst bemerkte sie, daß er nicht besonders groß und eher feingliedrig war.

An der Rückseite des Farmhauses fiel eine Tür ins Schloß. »Das wird Maggie sein.«

Eine kleine Frau eilte über den Hof zwischen den beiden Gebäuden und legte sich im Gehen einen Schal über die Schultern. Im Lichtschein des großen Hauses konnte Courtney ihr graumeliertes Haar erkennen, einen rundlichen Körper, und als sie dann näherkam, auch ihre lebhaften, grünen Augen.

»Und wer ist meine Besucherin, Sägezahn?«

»Das soll sie dir selbst erzählen. Ein Freund von dir hat sie hergebracht.«

»Tatsächlich? Wer?«

Courtney warf Sägezahn einen schnellen Blick zu, entspannte sich aber, als er Maggie nicht antwortete. »Chandos«, sagte sie an seiner Stelle. »Jedenfalls nennt er sich jetzt so.«

Maggie wiederholte den Namen nachdenklich und schüttelte den Kopf. »Nein, ich erinnere mich nicht an den Namen. Aber auf der Farm kommen und gehen sehr viele junge Männer, und ich freue mich, wenn wenigstens einige sich meiner erinnern und mich als ihre Freundin betrachten.«

»Also hör dir das an«, neckte sie Sägezahn. »Als würde dich nicht jeder Mensch lieben, Maggie.«

Courtney hatte zur Abwechslung einmal das Vergnügen zu sehen, wie jemand anders errötete. Das machte ihr Maggie sofort sympathisch. Aber Stolz war Stolz, sagte sie sich.

»Wenn Sie sich nicht an Chandos erinnern, dann kann ich wirklich nicht verlangen –«

»Das ist reiner Unsinn, Kind. Sobald Sie mir ein wenig von ihm erzählt haben, um mein Gedächtnis aufzufrischen, erinnere ich mich bestimmt an ihn. Ich vergesse nie jemanden, nicht wahr, Sägezahn?«

»Das stimmt. Aber jetzt hole ich Ihre Tasche herein.«

Courtney folgte ihm zu den Pferden und flüsterte: »Kann ich ihr von ihm erzählen? Er hat nicht gesagt ... Ich weiß ja nicht, warum er nicht hierher kommen wollte. Aber Sie wissen es, nicht wahr?«

»Ja, ich weiß es, und ja, Sie können es Maggie erzahlen. Sie hat immer auf seiner Seite gestanden.«

Das weckte natürlich Courtneys Neugierde, doch bevor sie eine Frage stellen konnte, erklärte Sägezahn: »Ich werde mich jetzt um Ihre Pferde kümmern Madam. Und ich hoffe, daß Sie eine Weile bei uns bleiben.«

Sie verstand ihn sofort. »Chandos wird meinetwegen nicht zurückkommen.«

»Sind Sie sicher?«

Damit führte er die Pferde weg. Courtney blieb mit der Tasche in der Hand stehen, bis Maggie sie ins Häuschen holte.

»Sie sehen gar nicht glücklich aus, Kind«, bemerkte sie sanft. »Ist Ihnen der Mann, der Sie hierher gebracht hat, so wichtig?«

Courtney brachte es nicht fertig, die Wahrheit zu sagen. »Er – er war mein Begleiter. Ich habe ihn dafür bezahlt, daß er mich nach Waco bringt, aber er hat dann mein Geld doch nicht angenommen. Er hat mich auch nicht nach Waco gebracht. Er hat mich hierher gebracht und behauptet, daß Sie seine Freundin sind, daß Sie der einzige Mensch sind, dem er in dieser Gegend trauen kann, und daß er sich keine Sorgen machen will, weil ich auf mich allein gestellt bin. Das ist doch ein Witz! Er will sich keine Sorgen um mich machen, nachdem er mich endlich losgeworden ist.« Ihr Hals war schon wieder wie zugeschnürt. »Er hat mich einfach sitzenlassen. Ich war so –«

Die Tränen ließen sich nicht mehr zurückhalten, und als Maggie sie an ihre Schulter zog, war Courtney ihr dankbar. Es war zwar fürchterlich peinlich, aber der Kummer war so groß, daß sie nicht anders konnte.

Courtney war klar, daß sie keinen Anspruch auf Chandos hatte, und sie wußte auch, daß er nicht der Mensch war, für den sie ihn gehalten hatte. Sie konnte immer noch nicht begreifen, wie er so schrecklich rachsüchtig sein konnte. Doch obwohl ihr das alles bekannt war, und obwohl sie eigentlich froh darüber sein sollte, daß sie ihn nie wiedersehen würde, kam sie sich verraten und verlassen vor, und das tat schrecklich weh.

Maggie setzte Courtney auf ein Sofa, ein wertvolles Chippendale-Möbel, das Courtney später bewunderte, und reichte ihr ein spitzenbesetztes Taschentuch. Sie verließ ihren jungen Gast kurz, um die Lampen im Wohnzimmer anzuzünden, kehrte dann zurück und schloß Courtney in die Arme, bis diese sich allmählich beruhigte.

»Na also.« Maggie ersetzte das nasse Taschentuch durch ein trockenes. »Ich habe immer schon gesagt, daß es nichts Besseres für den Organismus gibt, als sich einmal richtig auszuweinen. Aber das kann man Männern natürlich nicht erklären, und auf der Farm gibt es leider nur Männer. Es tut so gut, zur Abwechslung einmal bei einer Frau Mutterstelle zu vertreten.«

»Entschuldigen Sie, daß ich mich so gehen ließ«, schnüffelte Courtney.

»Dafür müssen Sie sich nicht entschuldigen. Wenn man das Bedürfnis hat zu weinen, dann soll man es tun. Fühlen Sie sich jetzt besser?«

»Eigentlich nicht.«

Maggie lächelte und streichelte Courtneys Hand. »Lieben Sie ihn so sehr?«

»Nein«, antwortete Courtney entschieden, dann stöhnte sie: »Ich weiß es nicht. Ich habe ihn geliebt, aber wie kann ich ihn nach allem, was ich heute abend von ihm erfahren habe, weiterhin lieben? Er ist zu Grausamkeiten fähig –«

»Um Himmels willen, was hat er Ihnen angetan, Liebste?«

»Nicht mir. Er hat einen Mann aus Rache verstümmelt und getötet.«

»Und er hat es Ihnen erzählt?« Maggie war entsetzt.

»Mir war die Tatsache bereits bekannt. Chandos hat nur zugegeben, daß er derjenige war, der es getan hat. Und jetzt ist er unterwegs, um einen weiteren Mann zu töten, wahrscheinlich auf die gleiche entsetzliche Art. Vielleicht verdienen diese Männer dieses Schicksal, das kann ich nicht beurteilen, aber daß er fähig ist, so grausam zu sein –«

»Männer tun manchmal entsetzliche Dinge. Gott allein weiß, warum. Doch die meisten von ihnen haben wenigstens einen Grund für ihre Handlungen. Das wird ja auch auf Ihren jungen Mann zutreffen.«

»Ich bin mir dessen nicht sicher.« Courtney schilderte Maggie in kurzen Worten den Komantschenüberfall. »Ich weiß, daß er Freunde unter den Komantschen hat«, schloß sie. »Vielleicht hat er sogar bei ihnen gelebt. Doch ist das ein ausreichender Grund für seine Gewalttätigkeit?«

»Vielleicht hatte er eine Frau bei den Komantschen. Es gibt viele Weiße, die Indianerinnen heiraten. Und wenn sie vergewaltigt wurde, bevor man sie getötet hat, wäre dies eine Erklärung für die Verstümmelungen.«

Courtney seufzte. Sie hatte den Gedanken an eine indianische Frau von sich gewiesen, aber Maggie konnte damit recht haben. Es wäre jedenfalls eine Erklärung dafür, warum Chandos die Indianer so gut kannte.

»Was ich denke, spielt ohnedies keine Rolle, weil ich Chandos nie wiedersehen werde.«

»Und darüber sind Sie sehr unglücklich, leugnen Sie es nicht. Jetzt muß ich allerdings zugeben, daß ich sehr gern wissen möchte, wer dieser junge Mann eigentlich ist. Könnten Sie ihn mir beschreiben?«

Courtney sah Maggie nicht an, als sie antwortete: »Chandos ist ein Revolvermann, und zwar ein sehr guter. Das war einer der Gründe, warum ich mich bei ihm sicher gefühlt habe. Er ist groß und dunkel und sieht sehr gut aus. Er hat schwarze Haare und blaue Augen.« Als Maggie schwieg, fuhr Courtney fort: »Er ist schweigsam und macht ungern große Worte. Es ist genauso leicht, einen Zahn zu ziehen, wie Chandos eine Information zu entlocken.«

Maggie seufzte. »Ihre Beschreibung paßt auf mindestens ein Dutzend Männer, die sich kürzere oder längere Zeit auf dieser Ranch aufgehalten haben.«

»Ich wüßte nicht, was ich Ihnen sonst noch erzählen könnte. Ach ja, Sägezahn hat erwähnt, daß Chandos einen indianischen Namen benützt hat, als er hier war.«

»Wir haben nur zwei junge Männer mit indianischen Namen hier gehabt. Einer von ihnen war ein Halbblut, und er hat auch blaue Augen gehabt«, erinnerte sich Maggie.

»Man könnte Chandos für ein Halbblut halten, obwohl er behauptet, daß er keines ist.«

»Wenn er keines ist, dann –« Maggie unterbrach sich. »Warum hat er Sie nicht hierher begleitet?«

»Er wollte nicht. Er hat gesagt, daß es auf der Ranch Menschen gibt, mit denen er nicht zusammentreffen möchte. Vielleicht hat er etwas Verbotenes getan. Vielleicht wird er steckbrieflich gesucht oder so.«

»Können Sie sich an noch etwas erinnern?« In Maggies Stimme lag jetzt etwas Drängendes.

»Er hat mich davor gewarnt, Sie als alte Dame zu bezeichnen«, lächelte Courtney verlegen. »Angeblich haben Sie ihm eine Ohrfeige gegeben, als er es einmal getan hat.«

Maggie schnappte nach Luft. »Großer Gott!«

»Wissen Sie jetzt, wen ich meine?«

»Natürlich. Durch diese Ohrfeige sind wir Freunde geworden. Es war nicht einfach, an ihn heranzukommen.«

»*Wird* er steckbrieflich gesucht?« Courtney mußte es wissen.

»Nein, außer man hält Fletchers Worte für ein Gesetz. Er hat die Farm nicht gerade in gutem Einvernehmen verlassen, und Fletcher hat im Zorn einige sehr böse Drohungen ausgestoßen. Sie sind einander übrigens nichts schuldig geblieben. Aber das ist vier Jahr her, und Fletcher bereut es –«

»Vier Jahre?« unterbrach sie Courtney. »Damals ist er doch mit den Komantschen geritten.«

»Ja, er ist damals zu den Komantschen zurückgekehrt... mein Gott, dieser Überfall muß zu dieser Zeit erfolgt sein. Seine Mutter hat bei den Komantschen gelebt. Und er hat eine kleine Halbschwester gehabt, die er anbetete. Dann sind also beide tot... der arme Junge.«

Courtney war blaß geworden. Seine *Mutter?* Eine *Schwester?* Warum hatte er ihr davon nichts erzählt? Er hatte einmal eine Schwester erwähnt, die ihn Chandos genannt hat. Er hatte auch erklärt, daß er diesen Namen so lange tragen würde, bis er seine Aufgabe erfüllt hätte und seine Schwester in Frieden schlafen könne.

Courtney starrte blicklos zum Fenster hinaus. Sie hatte überhaupt nichts begriffen. Diese Männer hatten seine Mutter und seine Schwester getötet. Sie konnte nur ahnen, wie sehr er gelitten haben mußte. Sie selbst hatte nie daran geglaubt, daß ihr Vater tot war, hatte aber doch allein unter der Trennung schon sehr gelitten. Und Chandos hatte wahrscheinlich sogar die Leichen gesehen...

»Könnten wir uns über etwas anderes unterhalten, Madam?« Courtney war wieder den Tränen nahe.

»Natürlich. Vielleicht möchten Sie mir erzählen, weshalb Sie hierher gekommen sind.«

»Ja«, stimme Courtney erleichtert zu. »Ich suche meinen Vater. Chandos hat gemeint, daß Sie bestimmt wissen, ob er in Waco lebt. Er behauptet, daß Sie hier jedermann kennen. – Dabei fällt mir ein, daß ich mich noch gar nicht vorgestellt habe. Ich heiße Courtney Harte.«

»Harte? Es gibt einen Doktor Harte in Waco, aber –«

»Das ist er!« Courtney sprang vor Erregung auf. »Ich habe recht gehabt. Er lebt. Er lebt hier. Ich habe es gewußt!«

Maggie schüttelte verwundert den Kopf. »Das verstehe ich nicht. Ella Harte hat erwähnt, daß Doktor Hartes einzige Tochter bei einem Indianerüberfall ums Leben gekommen ist.«

Courtney starrte Maggie mit großen Augen an. »Er hat geglaubt, daß ich tot bin?«

»Sie sind angeblich beim Brand des Farmhauses, in das Sie sich mit Ihrer Stiefmutter geflüchtet hatten, gestorben. Das hat er jedenfalls Ella erzählt.«

»Aber wir waren doch in der Scheune, in der Futterkiste! Wer ist Ella?«

»Doktor Hartes Frau. Sie haben vor zwei Monaten geheiratet.«

Courtney ließ sich ernüchtert ins Sofa zurückfallen. Eine Frau. Nein, noch eine Frau! Das war entsetzlich ungerecht. Würde sie ihn nie für sich allein haben? Nicht einmal für kurze Zeit? Sie war nur um zwei Monate zu spät gekommen!

In ihrer Verzweiflung verwendete sie einen von Chandos' Lieblingsausdrücken. »Verdammt nochmal!«

40. KAPITEL

In der hell erleuchteten Küche saß nur Sägezahn am Tisch; er hatte ein Glas Milch und ein Stück Kirschkuchen vor sich. Als Maggie zur Hintertür hereinkam, rührte er sich nicht. Er erkannte sie an ihrem Schritt. Als sie zu ihm trat, lehnte er sich zurück und blickte sie an. »Wirst du es ihm sagen?«

Maggie erwiderte den Blick. »Du hast es also gewußt. Wirst du es ihm vielleicht erzählen?«

»Ganz sicher nicht. Ich war nur neugierig, was du tun wirst. Außerdem hat der Junge mich schwören lassen, daß ich unser Zusammentreffen vergessen werde. Er hat es mir sehr nachdrücklich ans Herz gelegt. Du weißt ja, wie er sein kann.«

Maggie verschränkte die Arme und sah zur Tür, die von der Küche ins Haus führte. »Ist er noch oben?«

»Vermutlich. Es ist noch früh. Wie geht es der kleinen Dame?«

»Ich habe sie zu Bett gebracht. Hast du gewußt, daß sie Doktor Hartes Tochter ist?«

»Tatsächlich? Das ist eine Erleichterung für mich. Dann wird sie ja noch eine Weile hierbleiben; wenn nicht auf der Farm, dann in der Stadt.«

»Da bin ich nicht so sicher«, seufzte Maggie. »Es hat die Kleine schwer erschüttert, daß ihr Vater wieder verheiratet ist. Sie ist eine sehr unglückliche junge Dame.«

»Das wird sich ändern, sobald Kane zurückkommt.«

»Glaubst du, daß er das tun wird?«

Sägezahn nickte. »Ich habe nie erlebt, daß ihm etwas nahegangen ist, aber heute abend war es der Fall. Das Mädchen ist ihm überaus wichtig. Du bist anscheinend der gleichen Meinung, sonst würdest du nicht daran denken, es Fletcher zu erzählen.«

»Das ist nicht der eigentliche Grund. Wenn es nur darum ginge, würde ich alte Wunden nicht wieder aufreißen, noch dazu, wenn er neuerlich enttäuscht werden könnte. Aber Miß Harte hat mir erzählt, daß vor vier Jahren eine Reihe von Komantschen von Weißen abgeschlachtet wurde, und daß der Junge seither die Mörder sucht, um sich zu rächen.«

»Verdammt«, flüsterte Sägezahn. »Dann ist Meara tot.«

»Anscheinend. Ermordet. Fletcher hat das Recht, es zu erfahren.«

Courtney wurde durch laute Stimmen geweckt, die immer lauter wurden, je mehr sie sich dem Häuschen näherten. Dann flog die Tür auf, und Courtney zog erschrocken das Laken über ihr Hemd hinauf. Im Türrahmen stand ein Riese von einem Mann. Hinter ihm kam Maggie, die ihn jetzt zur Seite schob und ins Zimmer trat. Sie musterte Courtney, dann wandte sie sich dem Mann zu. »Sehen Sie, was Sie angerichtet haben?« fragte sie laut und verärgert. »Sie haben das arme Mädchen erschreckt. Es hätte doch wirklich bis zum Morgen Zeit gehabt!«

Der Mann trat nun ebenfalls ins Zimmer und drängte Maggie sanft aber bestimmt aus dem Weg. Er ließ Courtney nicht aus den Augen und wirkte äußerst entschlossen.

Er war groß und kräftig, hatte breite Schultern, einen

mächtigen Brustkasten und muskulöse Arme. Seine braunen Augen waren ausdrucksvoll, und in seinem dichten, braunen Haar befand sich genau über der Stirn eine graue Strähne. Der dichte Schnurrbart war graumeliert. Hätte er nicht so bedrohlich gewirkt, so hätte man ihn als attraktiv bezeichnen können.

Courtney richtete sich auf. Sie lag auf dem Sofa, denn sie hatte sich geweigert, Maggie aus ihrem Bett zu vertreiben.

»Wer sind Sie, Mister?« fragte sie.

Ihre Direktheit verblüffte ihn. Er warf Maggie einen Blick zu, als wolle er fragen, ob das wirklich das arme, verängstigte Mädchen sei. Offenbar war er daran gewöhnt, daß ihm die Menschen aufs Wort gehorchten.

War das vielleicht der Besitzer der Bar M?

»Ich bin Fletcher Straton, Miß Harte«, stellte er sich mürrisch vor. »Wie ich gehört habe, kennen Sie meinen Sohn Kane recht gut.«

»Das stimmt nicht. Und wenn Sie hier hereingestürzt sind, um –«

»Sie kennen ihn als Chandos.«

Ihre Augen wurden schmal. »Ich glaube Ihnen nicht. Chandos hätte Ihren Namen benutzt, wenn er von Ihnen gesprochen hätte. Wenn Sie sein Vater wären, hätte er es mir gesagt, und das hat er nicht getan.«

»Seit Meara ihn mir weggenommen hat, hat Kane mich nicht mehr Vater genannt. Meara ist seine Mutter – eine schwarzhaarige, blauäugige, dickschädlige Irin, die niemals verzeihen kann. Er hat ihre Augen geerbt. Daran habe ich ihn erkannt, als er hier auftauchte – zehn Jahre, nachdem ich die Hoffnung aufgegeben hatte, die beiden lebend wiederzusehen.«

Die verblüffte Courtney sah Maggie fragend an.

»Es ist wahr«, bestätigte Maggie. »Und ich hätte Ihr Vertrauen nicht mißbraucht, wenn er nicht das Recht hätte, alles zu erfahren.« Sie blickte auf ihre Hände hinunter. »Sie haben mir keine Möglichkeit gelassen, Ihnen alles zu erzählen, Fletcher, sondern sind sofort zu Miß Harte gestürzt. Es fällt mir nicht leicht, weiterzusprechen. Meara ist tot, genau wie die Komantschen, bei denen sie gelebt hat. Aus Miß Hartes Erzählung schließe ich, daß Kane zu den Komantschen zurückgekehrt ist, als er die Farm verließ. Er fand nur noch Tote vor und jagt seither die weißen Mörder.«

Einen Augenblick lang verlor Fletcher seine Selbstbeherrschung. Sein Gesicht verzog sich schmerzverzerrt, und er wirkte plötzlich um Jahre älter. Doch dann bekam er sich wieder in die Gewalt, und sein Gesicht wurde hart.

»Hat Kane Ihnen erzählt, daß seine Mutter tot ist?« fragte er Courtney.

Sie hätte ihm gern etwas Hoffnung gelassen, obwohl sie nicht erklären konnte, warum sie dieses Bedürfnis empfand. Er machte den Eindruck eines harten Mannes. Allem Anschein nach mochte ihn nicht einmal sein eigener Sohn.

Trotzdem...

»Chandos hat seine Mutter mir gegenüber nie erwähnt«, erwiderte sie wahrheitsgemäß. »Ich weiß, daß es ein Massaker gegeben hat. Chandos hat gemeinsam mit den überlebenden Komantschen die Farm überfallen, auf der meine Familie und ich übernachteten. Obwohl beinahe alle anderen damals getötet wurden, schonte Chandos mein Leben. Was er dem Farmer angetan hat, der sich am Massaker beteiligt hatte, war entsetzlich. Aber wenn seine Mutter ver... – getötet wurde, kann ich verstehen, was ihn dazu getrieben hat. Einen Beweis dafür, daß seine Mutter tot ist, muß ich Ihnen allerdings schuldig bleiben. Da müssen Sie schon Chandos fragen.«

»Wo befindet er sich?«

»Das kann ich Ihnen nicht sagen.«

»Können oder wollen Sie nicht?«

Angesichts seines scharfen Tons schwand Courtney

Mitleid. »Ich will es nicht. Ich kenne Sie nicht, Mister Streton, aber ich weiß, daß Chandos Sie nicht sehen wollte. Warum soll ich Ihnen dann erzählen, wo Sie ihn finden können?«

»Sie halten wohl zu ihm, was?« knurrte er. Er war es nicht gewohnt, daß man ihm einen Strich durch die Rechnung machte. »Vielleicht darf ich Sie aber daran erinnern, junge Dame, unter wessen Dach Sie schlafen.«

»Wenn das so ist, verlasse ich Ihr Haus!« fuhr Courtney ihn an. Sie schlang sich die Decke um und erhob sich.

»Setzen Sie sich, verdammt nochmal!«

»Ich denke nicht daran.«

Maggies leises Lachen unterbrach die spannungsgeladene Stille. »Sie müssen Ihre Taktik ändern, Fletcher. Das Mädchen hat sich einen Monat lang in der Gesellschaft Ihres Sohnes befunden. Sein Trotz hat auf sie abgefärbt – jedenfalls wenn es sich um Ihre Person handelt.«

Fletcher sah Maggie finster an, Courtney sah Maggie finster an. Maggie erhob sich mit einem dramatischen Seufzer.

»Ich hätte angenommen, Fletcher Straton, daß ein alter Kerl wie Sie aus seinen Fehlern lernt«, sagte sie streng. »Haben Sie nicht schon einmal diesen Weg eingeschlagen? Haben Sie nicht schon hundertmal gesagt, daß Sie es beim nächsten Mal besser machen würden? Jetzt hätten Sie die Möglichkeit dazu, aber ich habe den Eindruck, daß Sie immer wieder dieselben Fehler machen. Den ersten haben Sie schon begangen. Statt dem Mädchen zu erklären, was es für Sie bedeutet, wenn Sie etwas über Kane erfahren, wollen Sie sie einschüchtern. Warum soll sie überhaupt mit Ihnen sprechen? Sie verbringt nur diese eine Nacht hier – unter *meinem* Dach, möchte ich noch hinzufügen. Sie ist nicht auf Sie angewiesen, warum sollte sie sich dann überhaupt mit Ihnen befassen? Wenn ich Miß Harte wäre, würde ich es nicht tun.«

Damit verließ Maggie das Häuschen. Die Stille, die

daraufhin in dem kleinen Wohnzimmer eintrat, war unbehaglich, um es milde auszudrücken. Courtney setzte sich wieder auf das Sofa, denn sie bedauerte allmählich, daß sie die Beherrschung verloren hatte. Schließlich war dieser Mann Chandos' Vater, und jeder von ihnen wollte vom anderen etwas über Chandos erfahren.

»Entschuldigen Sie«, begann sie, mußte aber lächeln, weil Fletcher im gleichen Augenblick das gleiche sagte.

»Vielleicht können wir noch einmal von vorn beginnen, Mister Straton. Würden Sie mir erzählen, warum Chandos nicht einmal in die Nähe der Farm kommen wollte?«

»Chandos!« knurrte er verächtlich. »Verdammt nochmal! Entschuldigen Sie, aber der Junge verwendet jeden beliebigen Namen, nur nicht den, den ich ihm gegeben habe. Solange er hier war, hat er nie auf Kane gehört. Man konnte ihn rufen, wie man wollte, sogar mit ›he, du‹, dann sah er einen wenigstens an. Aber bei Kane stellte er sich taub.«

»Verlangen Sie nicht von mir, daß ich ihn Kane nenne«, meinte Courtney entschieden. »Für mich ist und bleibt er Chandos.«

»Schon gut, schon gut«, brummte Fletcher. »Aber verlangen *Sie* nicht, daß ich ihn Chandos nenne.«

»Abgemacht«, lachte Courtney.

Fletcher zog sich einen Stuhl heran und setzte sich. »Zu Ihrer Frage: Es ist nicht weiter verwunderlich, daß Kane seine Anwesenheit vor mir geheimhalten wollte. Als er vor vier Jahren davonlief, schickte ich meine Leute hinter ihm her. Natürlich holten sie ihn nie ein. Er führte sie drei Wochen lang vergnügt an der Nase herum, bis er genug davon hatte und spurlos verschwand.

Er muß natürlich annehmen, daß ich wieder versuchen werde, ihn hierzubehalten. Deshalb wollte er sich nicht zeigen.«

»Würden Sie denn versuchen, ihn hierzubehalten?«

»Verdammt nochmal, Entschuldigung, natürlich würde ich es tun«, gab Fletcher unbeirrt zu. »Aber auf andere Art. Diesmal würde ich ihn bitten zu bleiben. Ich würde mich bemühen, ihm zu zeigen, daß es diesmal anders sein würde und nicht so wie früher.«

»Und wie war es früher?«

»Ich habe einen Fehler nach dem anderen begangen«, gestand Fletcher schuldbewußt. »Das habe ich inzwischen eingesehen. Ich habe ihn zum Beispiel wie einen kleinen Jungen behandelt, während bei den Komantschen ein Achtzehnjähriger bereits als erwachsener Mann gilt. Er war nämlich achtzehn, als er zurückkam. Dann habe ich versucht, ihm alles abzugewöhnen, was er bei den Komantschen gelernt hatte; lauter Dinge, die für ihn selbstverständlich waren, da er ja lange bei ihnen gelebt hatte. Es brachte mich immer wieder in Wut, daß er alles zurückwies, was ich ihm geben wollte.«

»Sie haben gesagt, daß Sie ihn zehn Jahre lang für tot gehalten haben. Hat er während dieser ganzen Zeit bei den Komantschen gelebt?«

»Ja, zusammen mit seiner Mutter. Sie ist mir nämlich davongelaufen. Ich kann ihr keinen Verwurf daraus machen, denn ich war absolut kein Muster an ehelicher Treue. Aber sie hätte den Jungen nicht mitnehmen dürfen. Sie hat gewußt, wieviel er mir bedeutete.«

»Sie können nicht erwarten, daß eine Mutter auf ihr Kind verzichtet.«

»Das nicht, aber wenn zwei Menschen nicht miteinander auskommen, gibt es andere Möglichkeiten, auseinanderzugehen. Ich hätte ihr alles gegeben, was sie verlangte. Sie hätte sich niederlassen können, wo sie wollte. Ich hätte dafür nur gefordert, daß Kane abwechselnd je ein halbes Jahr bei ihr und bei mir lebte. Statt dessen verschwand sie. Ich hatte keine Ahnung, was aus ihr geworden war, bis Kane hier auftauchte. Erst dann erfuhr ich, wo sie sich all die Jahre versteckt gehalten hatte.

Zunächst versteckten sie sich gar nicht, sondern wurden von Kiowas gefangengenommen und an die Komantschen verkauft. Ein junger Komantsche kaufte beide. Er nahm Meara zur Frau und adoptierte Kane.« Fletcher schüttelte den Kopf.

»Sie hätten sehen sollen, wie Kane in Hirschlederkleidung auf die Farm geritten kam, jeder Zoll ein Komantsche. Er trug lange, verdammte – Entschuldigung – Zöpfe und weigerte sich, sie abzuschneiden. Es ist ein wahres Wunder, daß keiner meiner Männer ihn erschossen hat.«

Courtney konnte sich sehr gut vorstellen, wie der junge Chandos in den Hof der Bar M einritt und den fremden Weißen gegenübertrat. Im Gegensatz zu ihr hatte er keine Angst gehabt, sondern hatte ihnen sogar die Stirn geboten. Und was mußte sein Vater dabei empfunden haben, als sein Sohn als Wilder zurückkehrte? Courtney sah die Schwierigkeiten förmlich vor Augen.

Plötzlich fiel ihr Chandos' Traum ein.

»Hat er Sie ›Alter‹ genannt, Mister Straton?«

»Er nannte mich nie anders. Hat er es Ihnen erzählt?«

»Nein. Er wurde von einer Giftschlange gebissen, während wir auf dem Trail waren. Der eigensinnige Dummkopf hat mich nicht einmal gerufen, damit ich ihm hätte helfen können. Es hatte nämlich vorher eine Meinungsverschiedenheit zwischen uns gegeben... Jedenfalls bekam er Fieber und sprach im Schlaf. Er erwähnte auch –«

Sie wollte Chandos' Worte nicht wiederholen. »Er war jedenfalls dagegen, daß Sie ihm die Haare abschnitten. Haben Sie es tatsächlich versucht?«

Fletcher rutschte unruhig auf seinem Stuhl herum. »Das war mein größter Fehler, und damit habe ich ihn endgültig vertrieben! Wir hatten wieder einmal gestritten, und ich habe meinen Männern befohlen, ihn einzufangen und ihm die verdammten Zöpfe abzuschneiden. Es kam zu einer riesigen Rauferei. Kane verwundete drei meiner Männer mit seinem Messer, bis Sägezahn es ihm aus der Hand schoß. Sägezahn hat ihm übrigens das Schießen beigebracht. Aber solange Chandos hier war, trug er nie einen Revolver, sondern immer nur das Messer. Es hat mich verrückt gemacht, daß er sich verdammt nochmal geweigert hat, Entschuldigung, sich wie ein Weißer zu benehmen. Er wollte immer nur die Hirschlederhose tragen, und manchmal höchstens noch eine Weste. Wenn es kalt wurde, zog er vielleicht einmal eine Jacke an. Aber das war schon alles. Er wollte um keinen Preis ein Hemd tragen, obwohl ich ihm Dutzende davon kaufte. Ich habe heute noch das Gefühl, daß er es nur getan hat, um mich zu reizen.«

»Aber warum? Wollte er nicht auf der Farm leben?«

»Das ist es ja.« Fletcher stieß einen tiefen, bedauernden Seufzer aus. »Als Kane herkam, nahm ich an, daß er für immer bleiben wollte. Ich glaubte, daß er aus eigenem Antrieb gekommen war. Deshalb verstand ich nicht, warum er sich mir gegenüber von Anfang an so feindselig benahm. Er hielt sich immer abseits und nahm sogar seine Mahlzeiten alleine ein, außer wenn er draußen auf der Weide arbeitete. Es gab auch keinen einzigen Tag, an dem er nicht etwas für die Mahlzeiten mit nach Hause brachte, selbst wenn er vor Sonnenaufgang aufstehen mußte, um auf die Jagd zu gehen. Er wollte nur dann Essen von mir annehmen, wenn er es ersetzte, verdammt nochmal. Entschuldigung!«

»Bitte, Mister Straton«, unterbrach ihn Courtney, »Sie müssen sich nicht jedes Mal für ein Wort entschuldigen, das ich mir dank Ihres Sohnes selbst angewöhnt habe.«

»Tatsächlich?« Er lächelte zum ersten Mal. »Als er hier auftauchte, fluchte er nur in der Komantschensprache. Es freut mich, daß er bei mir wenigstens etwas gelernt hat.«

Courtney verdrehte die Augen. *Darauf* war der Mann stolz?

»Was sagten Sie gerade?«

»Ja, wie gesagt, er hielt sich abseits. Er sprach nicht mit den Männern, und schon gar nicht mit mir. Wenn man sich mit ihm unterhalten wollte, mußte man die Unterhaltung allein bestreiten. Ich kann mich nicht erinnern, daß er jemals von sich aus ein Gespräch begonnen hätte. Dabei merkte man an seinen Augen, daß er voller Fragen steckte. Aber er verfügte über eine unglaubliche Geduld. Er wartete einfach, bis seine Fragen beantwortet wurden, ohne daß er sie hatte stellen müssen. Er wollte nämlich alles und jedes lernen, das wir ihm beibringen konnten, und es ist ihm gelungen. Nach einem Jahr gab es auf dieser Ranch nichts, was er nicht tun konnte. Das war ein weiterer Grund, warum ich annahm, daß er aus freien Stücken hier war.«

»Und das traf nicht zu?«

»Nein. Aber das erfuhr ich nicht von ihm, sondern von Maggie, zwei Jahre nach seinem Eintreffen. Ihr gegenüber war er offener. Sie war und blieb der einzige Mensch, der ihn näher kennenlernte.«

»Und warum ist er gekommen?«

»Seiner Mutter zuliebe. Man könnte sagen, daß sie ihn dazu gezwungen hat, in Wirklichkeit aber hätte er alles für sie getan. Er hatte das Alter erreicht, in dem er ein vollwertiges Mitglied dieser Komantschenschar gewesen wäre, und er hätte alle Privilegien besessen, die ein Mann bei ihnen hat, also er hätte auch eine Frau nehmen können. Seine Mutter aber wollte wahrscheinlich, daß er auch das Leben der Weißen kennenlernte, bevor er sich endgültig für ein Leben als Komantsche entschied, so daß er später diese Entscheidung nicht bereute. Das rechne ich Meara hoch an. Sie hat an den Jungen gedacht, nicht an sich.

Sie hatte ihn gebeten, es fünf Jahre hier zu versuchen. Nach drei Jahren riß er aus. Sie wollte, daß er alle Vorteile des Reichtums genoß, denn ich bin ein reicher Mann. Aber er verachtete mein Geld. Sie hatte wahrscheinlich gehofft, daß er vorurteilslos hierherkommen und es ernstlich versuchen würde, bevor er einen Entschluß faßte. Aber der Junge hatte sich schon entschieden, bevor er bei uns eintraf.

Nach zehn Jahren bei den Indianern war Kane in jedem Sinne des Wortes – bis auf seine Abstammung – ein Komantsche. Er hat nie versucht, sich hier einzufügen. Er diente einfach seine Zeit ab und lernte dabei soviel wie möglich von uns Weißen, wie er uns bestimmt im Geist nannte. Er war also wenigstens bereit, sich Wissen anzueignen. Er wäre vielleicht sogar die vollen fünf Jahre geblieben, wenn ich nicht die Sache mit seinen verdammten Zöpfen dramatisiert hätte.«

»Chandos trägt keine Zöpfe mehr«, warf Courtney leise ein.

»Nein? Wirklich nicht? Das ist wenigstens etwas. Aber er lebt ja auch nicht mehr bei den Komantschen.«

»Das stimmt nicht ganz«, widersprach Courtney. »Er hat die Männer, die das Lager der Komantschen angegriffen haben, nicht allein zur Strecke gebracht. Während unseres Ritts durch das Indianerterritorium befanden sich seine indianischen Freunde ständig in unserer Nähe. Er hätte mit ihnen reiten können, wenn er sich nicht bereit erklärt hätte, mich nach Waco zu begleiten.«

»Warum hat er sich eigentlich dazu bereit erklärt, Miß Harte?« Fletcher war sichtlich neugierig. »Das sieht Kane doch überhaupt nicht ähnlich.«

»Zuerst wollte er auch gar nicht. Er versuchte mich unbedingt davon zu überzeugen, daß es für mich am besten wäre, die Reise gar nicht erst anzutreten. Ich hatte schon alle Hoffnung aufgegeben, als er es sich plotzlich anders überlegte. Damals nahm ich an, daß er es tat, weil er ohnehin nach Texas wollte. Ich hatte ihm mein gesamtes Geld angeboten, falls er mich mitnahm, und er war damit einverstanden gewesen. Als ich ihn aber heute abend bezahlen wollte, wurde er zornig und sagte, er habe es nicht des Geldes wegen getan.« Sie zuckte hilflos die Schultern. »Er erklärte mir auch, daß ich in bezug auf seine Person nichts voraussetzen und auch nicht versuchen solle, seine Motive zu begreifen. Damit hat er sicherlich recht. Ich habe keine Ahnung, warum er etwas tut. Er ist der sanfteste Mensch, den ich kenne, und gleichzeitig der wildeste. Er kann zärtlich sein und mich beschützen, und dann wendet er sich gegen mich und will mich dazu bringen, daß ich ihn hasse.«

»Zärtlich? Beschützer? Ich hätte nie geglaubt, daß man diese Begriffe auf Courtney anwenden kann.«

»Vier Jahre sind eine lange Zeit, Mister Straton. Sind Sie noch der gleiche Mensch, der Sie vor vier Jahren waren?«

»Leider ja. Alte Esel lernen nichts dazu.«

»Sie wollen also immer noch aus Chandos einen anderen Menschen machen?«

»Nein, wenigstens in dieser Beziehung bin ich klüger geworden. Er ist zwar mein Sohn, aber nicht mein Eigentum. Aber verdammt – haben Sie ›zärtlich‹ gesagt?«

Courtney wurde rot. Sie hatte ja praktisch zugegeben, wie es zwischen ihr und Chandos stand, denn warum wäre sonst ein Mann wie Chandos zärtlich?

»Chandos ist der zärtlichste Mann, den ich kenne, Mister Straton, aber er ist es nur sehr selten. Die meiste Zeit über ist er kalt, kurz angebunden, reizt einen bis zur Weißglut, ist eigensinnig, natürlich auch gefährlich, tödlich und erbarmungslos. Ach ja, auch herzlos. Und unberechenbar –«

»Ich habe schon begriffen«, unterbrach Fletcher sie lächelnd. »Er hat sich also doch nicht allzusehr verändert. Aber wieso haben Sie sich eigentlich in ihn verliebt, kleine Dame, wenn diese Beschreibung auf ihn zutrifft?«

Sie überlegte, ob sie es leugnen sollte, aber das hatte keinen Sinn. Außerdem wußte Fletcher wahrscheinlich von Maggie, daß Courtney Chandos liebte.

»Ich kann es auch nicht erklären. Sie, Maggie und Sägezahn haben jedoch offenbar einen falschen Eindruck bekommen und glauben, daß Chandos meinetwegen hierher zurückkommen wird. Das wird er nicht tun. Ich habe gesagt, daß er zärtlich war, aber nicht, daß er mich liebt. Falls er jemals hierher zurückkommt, dann bestimmt nicht meinetwegen.«

»Ich würde mich trotzdem freuen, wenn Sie auf meine Kosten eine Zeitlang hierblieben, Miß Harte.«

»Ich habe ohnehin die Absicht, in Waco zu bleiben.«

»Ich meine hier auf der Ranch.«

Sie schüttelte den Kopf.

»Hat Maggie Ihnen nicht erzählt, daß mein Vater in Waco lebt? Er ist der Grund, warum ich nach Texas gekommen bin; ich habe ihn gesucht.«

»Ich weiß, Doktor Edward Harte. Aber das bedeutet nicht, daß Sie bei ihm leben müssen. Er ist frisch verheiratet. Sind Sie sicher, daß Sie bei ihm und seiner jungen Frau wohnen wollen?«

Es wäre ihr lieber gewesen, wenn er diese Frage nicht gestellt hätte. »Ich kann überhaupt erst dann etwas sagen, wenn ich mit meinem Vater gesprochen habe. Aber ich könnte auf keinen Fall hierbleiben.«

»Das sehe ich ganz anders. Wir sind einander nicht mehr fremd, und es gibt etwas, das wir gemeinsam haben. Wir lieben beide meinen Sohn.«

41. KAPITEL

»Es ist jetzt eine nette, ansehnliche Stadt«, erklärte Sägezahn, während sie im Wagen die Hauptstraße hinunterfuhren. »Sie war vor dem Krieg kleiner, aber nachher sind zahlreiche Südstaatler hierher übersiedelt und haben sich eine neue Existenz aufgebaut. Auch die Viehtreiber haben auf dem Weg nach Norden hier Station gemacht, und auch das war für die Entwicklung der Stadt günstig.«

»Aber es ist kein Viehverladeplatz, nicht wahr?« fragte Courtney besorgt.

»Wie die Viehverladeplätze in Kansas? Nein, Madam. Wenn die Cowboys hier durchkommen, haben sie es noch nicht nötig, Dampf abzulassen; das kommt erst, wenn sie den langen Ritt durch das Indianerterritorium hinter sich haben.«

Courtney lächelte. Natürlich war Texas ganz anders als Kansas. Sie erinnerte sich daran, wie froh sie gewesen war, nach dem Zweihundertmeilenritt durch unbesiedeltes Gebiet endlich in eine Stadt zu kommen, ein Bad zu nehmen, etwas Ordentliches zu essen und in einem Bett zu schlafen. Jetzt verstand sie, warum die Viehtreiber das Bedürfnis hatten, auf den Putz zu hauen. Sie hoffte nur, daß sie es nicht ausgerechnet hier tun würden.

Sie bemerkte etliche Männer, die einen Revolver trugen, doch nur wenige von ihnen sahen wie Revolverhelden aus. Aber es gab in Waco wenigstens einen Marshal, der auf die Einhaltung der Gesetze achtete, was in Rockley nicht der Fall gewesen war.

Courtney sah aber auch viele Männer, die keinen Revolver trugen sowie sehr elegant gekleidete Damen, die in Begleitung von Gentlemen über die Plankenwege schlenderten. Und es gab Mexikaner, einige Indianer und sogar einen Chinesen. Waco schien tatsächlich eine Stadt zu sein.

»Das ist das Haus Ihres Vaters«, sagte Sägezahn. »Hier hat er auch seine Praxis.«

Es war nicht mit ihrem Heim in Chicago zu vergleichen, aber es war ein hübsches, einstöckiges, gut instand gehaltenes Haus; frisch angelegte Blumenrabatten verliefen rings um das Gebäude und am Zaun entlang. Auf der Veranda standen Stühle; eine gepolsterte Bank war mit Ketten am überhängenden Dach befestigt, so daß sie als Schaukel verwendet werden konnte. Courtney konnte sich sehr gut vorstellen, wie angenehm es war, an einem lauen Sommerabend hier zu sitzen. Man konnte die Hauptstraße von einem Ende bis zum anderen überblikken, während man selbst im Hintergrund blieb.

»Wie sieht seine Frau aus, Sägezahn?« fragte Courtney nervös, als sie vor dem Haus hielten.

»Miß Ella?« erwiderte Sägezahn. »Sie ist eine wirklich reizende Dame, das sagen alle. Sie ist Lehrerin und nach dem Krieg mit ihrem Bruder hierhergekommen. Er ist Anwalt und hat im Krieg einen Arm verloren. Miß Ella hat in seiner Anwaltskanzlei gearbeitet, bis die Lehrerin, die wir damals hatten, in den Osten zurückkehrte. Miß Ella hat der Stadt angeboten, den Posten zu übernehmen, und seither unterrichtet sie.«

Courtneys Unruhe wurde immer größer. Schon wieder eine Stiefmutter, mit der sie fertigwerden mußte. Ihr stand sehr deutlich vor Augen, wie unerträglich ihre erste gewesen war. Aber diesmal hatte ihr Vater nicht aus Schicklichkeitsgründen, sondern wahrscheinlich aus Liebe geheiratet, und das war hoffentlich ein großer Unterschied.

»Also, Madam?«

Sie hatte gar nicht bemerkt, daß Sägezahn darauf wartete, ihr aus dem Wagen zu helfen. »Entschuldigen Sie.« Sie ergriff seine Hand und sprang auf den Boden. »Ich bin etwas aufgeregt, denn es ist so lange her, seit ich zum letzten Mal mit meinem Vater beisammen war. Und in diesen vier Jahren habe ich mich sehr verändert. Sehe ich wenigstens halbwegs präsentabel aus?«

»Sie sehen so hübsch aus, daß sogar ein eingefleischter Junggeselle wie ich Sie vom Fleck weg heiraten würde.«

»Heißt das jetzt ja?« lachte sie.

Er holte ihre Reisetasche hinter dem Kutschbock hervor und zeigte dann auf die Pferde, die hinten am Wagen angebunden waren.

»Ich werde Ihre Pferde in den Mietstall bringen. Ihr Vater hat dort seinen Buggy eingestellt.«

»Danke.« Courtney hauchte ihm einen Kuß auf die Wange. »Und danke dafür, daß Sie mich in die Stadt gebracht haben. Werde ich Sie bald wiedersehen?«

»Das ist anzunehmen. Fletcher wird wahrscheinlich mich oder einen der Männer täglich in die Stadt schicken, damit wir Sie aufsuchen.«

»Um zu sehen, ob Chandos aufgetaucht ist?«

»Richtig. Es ist auch möglich, daß er jemanden anstellt, der das Haus Ihres Vaters ständig beobachtet. Ich traue es ihm zu.«

Courtney schüttelte bedauernd den Kopf. »Dabei wird nichts herauskommen. Es ist schade, daß er das nicht einsehen will.«

»Er sieht nur, daß sich ihm eine Chance bietet, seinen Sohn wiederzubekommen. Und er hofft, daß Kane jetzt bereit sein wird, sich Ihretwegen irgendwo niederzulassen. Er wäre schon damit zufrieden, daß Chandos in der Nähe der Ranch lebt, so daß er ihn von Zeit zu Zeit sehen kann. Wenn Sie erlebt hätten, wie die beiden aufeinander losgegangen sind, würden Sie es nicht für möglich halten, aber Fletcher liebt seinen Sohn.«

»Chandos hat mich einmal gefragt, ob ich so leben könnte wie er, immer unterwegs sein, nie länger als ein paar Tage an einem Ort bleiben. Ich glaube nicht, daß er sich jemals irgendwo niederlassen wird, Sägezahn.«

»Wenn Sie mir die Frage gestatten – wie sind Sie auf dieses Thema zu sprechen gekommen?«

Courtney wurde rot. »Ich habe ihn gefragt, ob er mich heiraten würde. Er hat nein gesagt!«

Sägezahn war sowohl darüber erstaunt, daß sie so eine Frage gestellt hatte, als auch darüber, daß Kane nein gesagt hatte. »Soll das heißen, daß er Ihnen einfach einen Korb gegeben hat?«

»Nein. Er hat mich nur gefragt, ob ich so leben könnte wie er.«

»Und dann haben Sie ihm einen Korb gegeben.«

»Nein. Ich habe ihm erklärt, daß man auf diese Weise keine Familie gründen kann, und er hat mir zugestimmt. Damit war die Diskussion zu Ende.«

»Könnten Sie denn so leben wie er?«

Courtney runzelte nachdenklich die Stirn. »Das weiß ich nicht. Ich war der Ansicht, daß die Sicherheit und Geborgenheit eines eigenen Heims wichtiger sind als alles andere. Aber ich habe in den letzten Jahren gelernt, daß die Geborgenheit eines eigenen Heims von den Menschen abhängt, die in ihm leben.«

Sie wußte, daß sie einem Fremden gegenüber praktisch eine Lebensbeichte ablegte, aber sie fuhr trotzdem fort. »Ich habe mich bei Chandos immer sicher gefühlt, sogar mitten im Indianerterritorium. Aber ich möchte einmal Kinder haben, und Kinder können nicht ständig auf der Wanderschaft sein. Deshalb weiß ich es nicht.« Sie seufzte.

»Auch Männer geben manchmal ihren Standpunkt auf.«

Manche Männer vielleicht, dachte Courtney, aber Chandos bestimmt nicht.

Sägezahn fand inzwischen, daß er sie lange genug aufgehalten hatte, und wandte sich den Pferden zu.

Courtney sah ihm kurz nach, marschierte dann entschlossen zur Eingangstür und klopfte. Die Tür wurde beinahe sofort geöffnet, und Courtney stand einer großen, spindeldürren Frau gegenüber.

»Ella?«

»Um Himmels willen, nein. Ich bin Mrs. Manning, die Haushälterin. Wenn Sie mit Mrs. Harte sprechen wollen, finden Sie sie um diese Zeit in der Schule.«

»Nein, ich bin eigentlich gekommen, um mit Mr. Edward Harte zu sprechen.«

»Kommen Sie herein. Sie werden eine Weile warten müssen. Er macht gerade einen Krankenbesuch.«

Mrs. Manning führte Courtney in das Wartezimmer

und ließ sie allein. Das war Courtney nur recht, denn sie wollte dieser Frau keine Erklärungen abgeben, und sie brauchte Zeit um sich zu fassen, bevor sie ihrem Vater gegenübertrat. Zum Glück waren keine Patienten anwesend.

Es waren die längsten zwanzig Minuten ihres Lebens. Sie wetzte herum, zupfte an Haaren und Kleid, stand auf, ging auf und ab, setzte sich in den nächsten Stuhl. Endlich ging die Vordertür auf, und ihr Vater rief Mrs. Manning zu, daß er wieder zurück sei. Er ging in seine Praxis und kam dabei an der offenen Tür des Wartezimmers vorbei.

Zu ihrer eigenen Verblüffung versagte Courtney die Stimme. Sie wollte ihn rufen, brachte aber keinen Ton heraus.

Im nächsten Augenblick kam er zurück und blieb in der Tür stehen. Sie erhob sich und sah ihn sprachlos und mit offenem Mund an. Der Kloß in ihrem Hals wurde immer größer.

Zunächst erkannte er sie nicht, doch etwas hinderte auch ihn am Sprechen. Er sah sie einfach an. Vielleicht brachten ihn ihre Augen, oder vielmehr der flehende Ausdruck in ihnen, auf die richtige Spur.

»Mein Gott – Courtney!«

»Daddy!«

Er lief zu ihr hin, und sie warf sich in seine Arme. Als er sie an sich drückte, erfüllte sie eine unglaubliche Freude. Ihr Vater hielt sie in den Armen, wie sie es so oft erträumt hatte!

Erst nach einer sehr langen Weile schob Edward sie von sich und betrachtete sie. Seine Hände glitten über ihr Gesicht und wischten ihr die Tränen ab. Auch sein Gesicht war tränennaß. In diesem Augenblick erkannte Courtney, daß ihr Vater sie liebte und immer geliebt hatte. Sie hatte in ihrem Unverstand grundlos an ihm gezweifelt; sie hatte sich in ihrem Unglück vergraben und die Wahrheit nicht sehen wollen.

»Ich habe geglaubt, daß du tot bist, Courtney«, flüsterte er.

»Ich weiß, Daddy.«

»Ich habe gesehen, wie die Indianer davonritten. Sie nahmen nur den Farmer mit, du warst nicht dabei.«

»Ich war in der Scheune.«

»Ich habe dich in der Scheune gesucht. Ich habe nach dir gerufen, bis ich heiser war.«

»Du hast nicht in der Futterkiste nachgesehen.« In ihrer Stimme lag kein Vorwurf, es war einfach eine Feststellung.

»Natürlich nicht. Sie war ja nicht groß genug. Wieso konntest du...«

»Mr. Bower hatte unterhalb der Futterkiste ein Loch gegraben, damit sich seine inzwischen verstorbene Frau dort verstecken konnte. Als der Überfall begann, befand er sich in der Scheune und erklärte Sarah und mir, wir sollten in die Futterkiste kriechen. Wir haben beide das Bewußtsein verloren und dich wahrscheinlich deshalb nicht gehört.«

Er brauchte einen Augenblick, um die volle Tragweite ihrer Worte zu erfassen.

»Sarah ist ebenfalls am Leben?«

Courtney nickte. »Und ebenfalls wieder verheiratet.«

Sie erzählte ihm, daß alle geglaubt hatten, die Komantschen hätten ihn als Gefangenen mitgenommen; und daß es praktisch auszuschließen war, daß er die Gefangenschaft überlebte, denn er war ja verwundet. Dann schilderte sie kurz, wie es ihr in den letzten vier Jahren ergangen war, und berichtete von dem Foto in der alten Zeitung.

»Sarah hat gemeint, daß ich verrückt bin, aber vermutlich wollte sie einfach nicht glauben, daß du am Leben bist. Sie ist gerne mit Harry verheiratet.«

»Ich habe ebenfalls wieder geheiratet, Courtney.«

»Das weiß ich. Ich habe die letzte Nacht auf der Bar M

bei Margaret Rowley verbracht. Sie hat mir von Ella erzählt.«

Courtneys Vater schaute geistesabwesend zum Fenster hinaus. »Großer Gott, jetzt habe ich doch tatsächlich zwei Frauen! Da muß ich etwas unternehmen.«

»Und Sarah hat zwei Männer«, grinste Courtney. »Aber sie wird sicherlich ebenfalls der Meinung sein, daß eine Annullierung einfacher ist als zwei Scheidungen.«

»Das hoffe ich sehr.«

»Warum hast du eigentlich die Farm verlassen, Daddy?« fragte Courtney. »Du warst verwundet. Warum hast du nicht gewartet, bis Hilfe eintraf?«

»Ich konnte es nicht ertragen, dortzubleiben, weil ich geglaubt habe, daß du in dem Haus verbrannt bist. Ich wollte nur eines: fort. Jetzt weiß ich, daß es die falsche Entscheidung war, aber damals konnte ich nicht klar denken. Daran, daß ich mir nicht einmal ein Pferd genommen habe, sondern zu Fuß gegangen bin, merkst du, in welchem Geisteszustand ich mich befunden habe. Ich bin bis zum Fluß gelangt und dort zusammengebrochen. Ein Prediger und seine Familie haben mich gefunden. Wir befanden uns bereits tief im Indianerterritorium als mir klar wurde, daß sie mich nach Texas brachten.«

»Und so bist du nach Waco gelangt.«

»Ja. Ich habe versucht zu vergessen. Ich habe mir ein neues Leben aufgebaut. Es gibt hier viele gute Menschen.« Plötzlich hielt er inne und fragte: »Wieso hast du auf der Bar M übernachtet, statt in die Stadt zu reiten?«

»Chandos hat mich nur bis dorthin gebracht.«

»Chandos? Was ist das für ein Name?«

Der Name, den ich verwenden werde, bis ich durchgeführt habe, was ich mir vorgenommen habe. »So hat ihn seine Schwester genannt. Eigentlich ist er Fletcher Stratons Sohn, oder besser dessen entfremdeter Sohn. Es ist schwierig, die komplizierten Lebensumstände von Chandos zu erklären.«

»Erzähl mir, wie du von Kansas hierher gelangt bist.«

»Chandos hat mich hierher gebracht.«

»Er allein?« Sie nickte. »Du bist allein mit ihm gereist?«

Sein entsetzter Gesichtsausdruck verriet ihr, daß er noch immer an den moralischen Grundsätzen festhielt, die ihn gezwungen hatten, seine Haushälterin zu heiraten. Zu ihrer Überraschung merkte Courtney, daß sie sich über ihren Vater ärgerte.

»Sieh mich doch an, Daddy. Ich bin kein Kind mehr. Ich bin alt genug, um selbst Entscheidungen zu treffen. Und wenn ich mich entschlossen habe, mit einem Mann allein zu reisen, weil es die einzige Möglichkeit für mich war, hierher zu gelangen, dann mußt du dich damit abfinden. Außerdem ist es bereits geschehen, und ich bin hier.«

»Aber war alles – in Ordnung?«

»Chandos hat mich beschützt und dafür gesorgt, daß mir nichts zustößt.«

»Das habe ich nicht gemeint.«

»Ach Daddy«, seufzte Courtney.

»›Daddy‹ –?« fragte jemand erstaunt aus dem Vorzimmer. »Ich habe geglaubt, daß du nur eine Tochter hattest, Edward.«

Courtney war froh, weil die Unterbrechung genau im richtigen Augenblick erfolgte. Sie befürchtete, daß ihr Vater Chandos gegenüber die für Eltern typische Haltung einnehmen würde. Aber sie war nicht mehr so verschüchtert wie früher. Sie hatte nicht die Absicht, sich für etwas zu entschuldigen, das sie nicht im geringsten bedauerte. Allerdings war es nicht gerade der richtige Anfang für eine neue Beziehung zu ihrem Vater.

Obwohl sie eigentlich entschlossen war, die Dame, die in der Tür stand, nicht zu mögen, ging sie jetzt erleichtert um ihren Vater herum und streckte der anderen lächelnd die Hand entgegen.

»Sie müssen Ella sein. Ja, er hat nur eine Tochter – mich –, und wie Sie sehen, bin ich gesund und munter. Doch ich überlasse es Vater, Ihnen alles zu erzählen. Ich habe meine Reisetasche auf der Veranda stehen lassen, und wenn Mrs. Manning mir mein Zimmer zurechtmachen könnte ...«

Sie war im Begriff, an der überraschten Ella vorbei in den Vorraum zu gehen, als ihr Vater sagte: »Wir werden dieses Gespräch später fortsetzen.« Der warnende Unterton in seiner Stimme war nicht zu überhören.

»Wenn es sein muß.« Sie versuchte, fröhlich zu klingen. »Aber ich möchte mich jetzt wirklich frischmachen. Und ich bin davon überzeugt, daß Ella im Augenblick kaum Zeit hat – oder ist die Schule für heute bereits zu Ende?«

»Nein, nein, ich muß gleich wieder zurück.«

Courtney lächelte die leicht verwirrte Dame an, bevor sie den Raum verließ, zog die Tür hinter sich zu und lehnte sich mit geschlossenen Augen an die Wand. Sie vernahm die Stimmen im Zimmer – ihr Vater erklärte, und Ella freute sich offensichtlich mit ihm.

Ella war hübsch und unerwartet jung, ungefähr fünfundzwanzig. Sie hatte leuchtend rote Haare und grüne Augen und sah gar nicht wie eine Lehrerin aus.

Natürlich liebte ihr Vater Ella, und Courtney würde nur Unruhe in ihr Leben bringen.

Sie seufzte, stieß sich von der Wand ab und holte ihre Tasche.

42. KAPITEL

Mit einer Geschicklichkeit, die sie sich nicht zugetraut hätte, schaffte es Courtney, die Diskussion über Chandos hinauszuzögern. Sie lenkte ihren Vater ab, indem sie sich nach seinem Leben in Waco erkundigte, wissen wollte, wie er Ella kennengelernt hatte, und so weiter. Auch nahmen ihn seine Patienten sehr in Anspruch – wie vertraut ihr das von Chicago her war –, deshalb bekam sie ihn nur am späten Nachmittag und am Abend zu Gesicht, und sogar da mußte er oft fort.

Sie lernte Ella näher kennen und mochte sie. Sie war ganz anders als Sarah. Aber Ella mußte jeden Tag in ihrer Schule unterrichten, und Courtney war sehr oft für längere Zeit allein.

Es dauerte nicht lang, bis sie sich langweilte. Sie zog in Erwägung, Mrs. Mannings Aufgaben zu übernehmen. Schließlich war sie durchaus imstande, einen Haushalt zu führen. Aber dann erfuhr sie eines Tages Mrs. Mannings Lebensgeschichte und erkannte, wie glücklich es diese machte, bei den Hartes zu arbeiten. Damit war auch dieser Plan ins Wasser gefallen. Doch Courtney hatte so viele Jahre gearbeitet, daß sie jetzt nicht fähig war, ihre Tage zu vertrödeln. Sie brauchte eine Beschäftigung.

Einige Tage lang half sie ihrem Vater in seiner Praxis, worüber er sich sehr freute. Sie hatte sich immer schon gewünscht, ihn bei seiner Arbeit zu unterstützen, hatte aber nicht gewußt, wie sehr diese Arbeit sie belasten würde. Sie war zu mitfühlend und nahm an den Kranken zuviel Anteil. Als sie einmal beim Anblick eines verkrüppelten Kindes zusammenbrach, gab sie diese Tätigkeit auf.

Zehn Tage, nachdem Courtney im Haus ihres Vater eingetroffen war, beschloß sie, es wieder zu verlassen. Es ging nicht nur darum, daß sie sich hier so nutzlos fühlte. Fletcher Straton hatte recht gehabt: Sie war eine Belastung für die junge Ehe. Edward und Ella hatten wenig Zeit füreinander, und jetzt waren sie gezwungen, einen Großteil dieser Zeit mit ihr zu verbringen. Die beiden fingen gerade erst an, miteinander vertraut zu werden, und Courtneys Anwesenheit wirkte oft störend.

Am schlimmsten waren die Nächte. Courtney hörte, wie ihr Vater und Ella sich im Zimmer neben ihr unterhielten, und sie hörte auch, wie sie sich liebten. Wenn sie sie dann am Morgen sah, errötete sie. Es war mehr, als sie ertragen konnte. Es nützte auch nichts, daß sie ihren Kopf unter dem Kissen vergrub. Und dieser Zustand ließ sich nicht ändern, denn es gab im Haus nur drei Schlafzimmer, und im dritten schlief Mrs. Manning.

Courtney redete sich ein, daß dies die Gründe waren, warum sie das Haus ihres Vaters verließ. In Wirklichkeit fehlte ihr jedoch Chandos so sehr, daß sie zutiefst unglücklich war, und es fiel ihr immer schwerer, Fröhlichkeit vorzutäuschen.

Sie erzählte ihrem Vater, daß sie Maggie für ein paar Tage besuchen wollte, war jedoch fest entschlossen, Fletcher Straton dazu zu überreden, daß er ihr Arbeit gab. Auf einer so großen Ranch mußte sich eine Beschäftigung für sie finden lassen.

Als sie auf der Ranch eintraf und Fletcher sagte, was sie vorhatte, war er entzückt. Jetzt mußte er nicht mehr jeden Tag einen Mann in die Stadt schicken, der das Haus ihres Vaters zu beobachten hatte.

Irgendwann brachte sie den Mut auf, ihrem Vater mitzuteilen, daß sie nicht in sein Haus zurückkehren würde. Er war sichtlich enttäuscht und wies darauf hin, daß sie es nicht nötig hätte zu arbeiten. Er erinnerte sie daran, daß sie einander gerade erst wiedergefunden hatten. Doch sie erklärte ihm, daß sie einander sehen konnten, so oft sie wollten; von der Bar M in die Stadt waren es ja nur vier Meilen.

Doch diese Argumente hatte sie sich nur für ihren Vater zurechtgelegt. In Wirklichkeit wollte sie auf der Ranch leben und sich an Fletcher Stratons Zuversicht klammern, daß Chandos zurückkommen würde. Sie brauchte diese Hoffnung wie die Luft zum Atmen.

Am ersten Abend auf der Ranch genoß sie die gemeinsame Mahlzeit mit Fletcher, weil er alles tat, damit sie sich bei ihm zu Hause fühlte. Maggie und Sägezahn aßen mit ihnen, und jedem fiel etwas anderes ein, was Courtney auf der Ranch tun könnte. Die Vorschläge reichten von einer Katalogisierung von Fletchers Bibliothek über eine neue Innenausstattung für das große Haus bis zur Namensgebung für die neugeborenen Kälber. Sägezahn erstickte beinahe vor Lachen, als er hörte, daß Fletcher persönlich jedem neugeborenen Kalb einen Namen gab.

Nach dem Abendessen saßen sie noch eine Weile beisammen und tauschten Erinnerungen aus. Maggie erzählte, wie Fletcher sie in Galvestone gefunden hatte. Er befand sich seit langem auf der Suche nach einer Haushälterin und erkannte auf den ersten Blick, daß sie die Richtige war. Doch sie war nach New Hampshire zu ihrer Schwester unterwegs und hatte nicht die Absicht, in Texas zu bleiben.

Fletcher versprach ihr, daß er sie in seinem Haus nach Gutdünken schalten und walten lassen würde; und weil Maggie wußte, daß ihre Schwester die Zügel ihres Haushaltes nicht aus der Hand geben würde, nahm sie Fletchers Angebot an. Allerdings hatte sie erst ja gesagt – das behauptete jedenfalls Fletcher , als er ihr ein eigenes kleines Haus zusicherte, das genauso aussehen würde wie ihr Häuschen in England. Er hielt Wort; sie bekam das Häuschen, das sie zurückgelassen hatte, denn Fletcher ließ es mit dem gesamten Mobiliar und Zubehör per Schiff nach Amerika befördern.

Dann erzählte Sägezahn, wie Fletcher und er einander kennengelernt hatten. Es war in einer mondlosen Nacht in der Prärie gewesen, und jeder von ihnen hatte ein Geräusch gehört. Keiner wußte, ob es sich um ein Tier oder einen Indianer handelte, und beide waren deshalb die ganze Nacht wachgeblieben. Im Morgengrauen stellten sie fest, daß ganze zehn Meter sie voneinander trennten, und schlossen lachend Freundschaft.

Als Courtney sich schlafen legte, war ihr so leicht ums Herz wie schon lange nicht. Es tat gut, mit Menschen zusammen zu sein, die Chandos nahestanden und ihn mochten. Und niemand hier würde jemals behaupten, daß Chandos nicht der Richtige für sie war – was ihr Vater ganz bestimmt tun würde, wenn er erfuhr, daß sie einen Revolvermann liebte.

Eine sanfte Brise bewegte die Vorhänge am offenen Fenster. Courtney drehte sich auf die andere Seite, dehnte und streckte sich schlaftrunken, als sich plötzlich eine Hand auf ihren Mund preßte. Sie schnappte nach Luft. Ein Körper legte sich auf den ihren, lastete schwer auf ihr und hinderte sie daran, sich zu bewegen. Diesmal hatte sie keinen Revolver unter dem Kissen, denn auf der Bar M hatte sie sich bisher sicher gefühlt.

»Was zum Teufel suchst du hier?«

Seine Stimme klang rauh und zornig, für Courtney war sie jedoch das Lieblichste, das sie je gehört hatte. Sie versuchte zu sprechen, aber er nahm die Hand nicht weg.

»Ich habe auf dem Weg hierher beinahe mein Pferd zuschanden geritten, und dann finde ich dich ausgerechnet dort, wo du auf keinen Fall zu sein hast. Noch dazu habe ich vor ein paar Minuten die alte Frau zu Tode erschreckt, weil ich geglaubt habe, daß du bei ihr Unterschlupf gefunden hast. Aber nein, du mußt in dem verdammten Haupthaus schlafen, und ich habe geschworen, daß ich es nie wieder betreten werde. Ich muß den Verstand verloren haben. Was zum Teufel suchst du hier?«

Courtney schüttelte den Kopf und versuchte, seine Hand abzuschütteln. Warum gab er ihren Mund nicht frei? Er wußte doch, daß sie überglücklich war und ganz bestimmt nicht schreien würde. Nein, das konnte er ja nicht wissen. Sie hatte ihn auf dem Hügel stehengelassen und war davongelaufen. Er hatte versucht, sie gegen ihn aufzubringen, und mußte jetzt annehmen, daß es ihm gelungen war. Doch was suchte er in diesem Fall hier?

Er lehnte seufzend seine Stirn an die ihre. Er hatte seinen Zorn abreagiert. Aber was tat er wirklich hier, fragte sie sich nochmals.

Als hätte er ihre Gedanken gelesen, fuhr er fort: »Ich konnte es nicht dabei bewenden lassen. Ich mußte mich vergewissern, ob es dir gut geht, ob sich alles so entwikkelt hat, wie du es dir vorgestellt hast. War es so? Nein, natürlich nicht, sonst wärst du in der Stadt bei deinem Vater und nicht hier auf der Bar M. Ich weiß, daß dein Vater in Waco lebt, denn ich habe ihn und seine Frau gesehen. Was ist geschehen, Kätzchen? Hat es dich aus der Fassung gebracht, daß er wieder geheiratet hat? Du kannst als Antwort den Kopf schütteln oder nicken.«

Sie tat keines von beiden, denn sie hatte nicht vor, auf dieses einseitige Gespräch einzugehen. Statt dessen biß sie ihn in die Hand.

»Autsch!« Er riß die Hand weg.

»Geschieht dir recht, Chandos! Was denkst du dir eigentlich, wenn du mich festhältst und mir keine Möglichkeit gibst, deine Fragen zu beantworten?« Sie setzte sich auf. »Wenn du nur hergekommen bist, weil du sehen wolltest, ob es mir gut geht, dann kannst du wieder verschwinden.« Er stand auf. »Wage nicht, das Zimmer zu verlassen!« fuhr sie ihn an und klammerte sich an seinen Arm.

Er hatte es ohnehin nicht vorgehabt. Er riß ein Streichholz an und entdeckte die Lampe neben ihrem Bett. Während er die Lampe anzündete, ließ sie ihn nicht aus den Augen. Er sah schrecklich aus, seine dunkle Kleidung war staubbedeckt, und die Müdigkeit in seinem Gesicht war nicht zu übersehen. Er hatte sich wer weiß wie lange nicht mehr rasiert und war jeder Zoll ein harter, gefährlicher Revolvermann. Für sie war er jedoch der wunderbarste Mann auf der Welt.

Er blickte auf sie hinunter, und als seine hellblauen Augen sie musterten, empfand Courtney die wohlbekannte Spannung in ihrem Bauch. Sie trug ein züchtiges weißes Baumwollnachthemd, das sie in Waco gekauft hatte. Das Weiß hob die goldene Bräune ihrer Haut hervor, und ihre Augen waren nur wenig dunkler als ihr Teint. Die Sonne hatte goldene Strähnen in ihr Haar gezaubert.

»Wie kommt es, daß du noch hübscher aussiehst?«

Sie versuchte, bei seiner Frage nicht rot zu werden.

»Vielleicht kommt es daher, daß du mich so lange nicht gesehen hast.«

»Vielleicht.«

Keinem von ihnen fiel auf, daß zehn Tage kein langer Zeitraum waren, denn für beide waren diese zehn Tage eine Ewigkeit in der Hölle gewesen.

»Ich habe geglaubt, daß ich dich nie mehr wiedersehen werde, Chandos«, flüsterte sie.

»Das habe ich auch gedacht.« Er setzte sich auf den Bettrand, so daß sie ihm Platz machen mußte. »Als ich San Antonio verließ, war ich fest entschlossen, nach Mexiko zu reiten. Ich habe es genau einen Tag geschafft, die Richtung beizubehalten, dann bin ich umgekehrt.«

Sie hatte auf eine Liebeserklärung gehofft, aber er war zornig, weil er gegen seinen Willen zurückgekommen war. Infolge der Enttäuschung wurde auch sie zornig.

»Warum?« fragte sie. »Und wenn du mir wieder erzählst, daß du nur nachsehen wolltest, ob es mir gutgeht, dann verprügle ich dich.«

Er lächelte beinahe. »Nach der Art, wie wir uns trennten, habe ich nicht angenommen, daß du eine andere Erklärung akzeptieren würdest.«

»Versuch es mal.«

»Ich konnte es einfach nicht dabei bewenden lassen, Kätzchen. Ich hatte geglaubt, daß es mir leichter fallen würde, mich von dir fernzuhalten, wenn du mich haßt. Aber das war ein Irrtum. Es gibt anscheinend nichts, was mich von dir fernhalten kann.«

Sie schöpfte wieder Hoffnung. »Ist das so schlimm?«

»Ich glaube schon. Du kannst unmöglich das Bedürfnis gehabt haben, mich wiederzusehen.«

Er hoffte sichtlich, daß sie ihm widersprechen würde, aber es fiel ihr nicht ein, ihn nach allem, was er ihr angetan hatte, so billig davonkommen zu lassen.

»Wenn du das geglaubt hast, dann frage ich mich, wo du die Frechheit hernimmst, in mein Zimmer einzusteigen.«

»Das frage ich mich auch. Aber ich habe ja schon gesagt, daß ich wahrscheinlich den Verstand verloren habe. Vor allem deshalb, weil ich *hierher* zu dir gekommen bin.« Seine Handbewegung umfaßte die gesamte Bar M.

»Du tust ja, als wäre die Ranch ein einziges Gefängnis. Kein Mensch wird dich zwingen hierzubleiben, am allerwenigsten dein Vater.«

Er erstarrte und runzelte die Stirn. »Du weißt Bescheid?«

»Ja. Und ich begreife nicht, warum du es mir nicht erzählt hast. Du mußt doch gewußt haben, daß ich vom aufrührerischen Kane Straton hören würde.«

»Versuch nicht schon wieder, danach zu urteilen, was du gehört hast, Kätzchen. Du kennst nur die Version des Alten.«

»Dann erzähl mir die deine.«

Er zuckte die Schultern. »Er hat geglaubt, daß er meiner sicher ist, daß ich scharf darauf sein würde, die Farm zu bekommen, und alles schlucken würde, was er mir zumutete, nur um hierbleiben zu können. Deshalb bestrafte er mich für die Sünden meiner Mutter, bestrafte mich, weil sie lieber mit dem Komantschen als mit ihm gelebt hatte. Er ließ seinen Haß und seine Verbitterung an mir aus und wunderte sich, als er dafür nur Verachtung erntete.« Er schüttelte den Kopf über so viel Unverstand.

»Bist zu sicher, daß es so war, Chandos? Warst du nicht schon voreingenommen, als du hierher kamst? Deine

Mutter muß es Fletcher übelgenommen haben, daß er ihr keine andere Wahl ließ, als davonzulaufen, und das muß dich beeinflußt haben. Du warst ja noch ein Kind. Vielleicht war das Verhalten deines Vaters nur die Reaktion auf dein Verhalten ihm gegenüber.«

»Du weißt nicht, wovon du sprichst.«

»Ich weiß, daß er dich liebt und daß er die Fehler bereut, die er in bezug auf dich begangen hat. Und ich weiß, daß er alles dafür geben würde, wenn du es noch einmal mit ihm versuchst.«

»Du meinst, daß er alles dafür geben würde, wenn er mich endgültig in den Menschen verwandeln kann, den er immer aus mir machen wollte.«

»Nein. Es war ihm eine Lehre. Das hier ist doch dein Zuhause, Chandos. Bedeutet dir das gar nichts? Mir bedeutet es etwas, und das ist der Grund, weshalb ich hier bin.«

»Weil du geglaubt hast, daß das der beste Ort ist, um dich vor mir zu verstecken? Daß ich es nie wagen würde, hierher zu kommen?«

Das tat weh. »Nein! Weil du mich hiergelassen hast, und ich mich dir hier einfach näher fühle.«

Diese Antwort hatte er nicht erwartet. Sein Zorn verpuffte wie die Luft aus einem Ballon, den man mit einer Nadel ansticht. Doch merkwürdigerweise strahlte er gleichzeitig.

»Kätzchen.« Seine Stimme klang heiser.

Seine Hand glitt über ihre Wange. Er beugte sich vor, seine Lippen berührten die ihren, und es war, als breche ein Damm. Die Leidenschaft überwältigte beide und brachte alle Wenn und Aber zum Verstummen.

Augenblicke später waren sie nackt, klammerten sich aneinander und küßten einander gierig. Chandos liebte sie wild und besitzergreifend wie noch nie zuvor, und sie erwiderte seine Liebe so leidenschaftlich und intensiv wie nie zuvor.

Sie sprachen mit ihren Körpern, drückten mit ihnen alles aus, was sie nicht in Worte fassen konnten, und jeder schenkte dem anderen die Liebe, das Begehren und die Sehnsucht, die beide von Anfang an beherrscht hatten. Morgen würde der Liebesakt vielleicht nur noch eine weitere Erinnerung sein, aber heute war Courtney Chandos' Frau.

43. KAPITEL

Courtney öffnete die Tür zu ihrem Zimmer vorsichtig einen Spaltbreit und lugte hinein. Chandos schlief immer noch, was kein Wunder war. Seit der Trennung von ihr hatte er insgesamt dreißig Stunden geschlafen – für zehn Tage entschieden zu wenig.

Sie trat ins Zimmer, schloß die Tür hinter sich und musterte ihn. Sie würde ihn so lang schlafen lassen, wie er wollte, und würde auch niemandem verraten, daß er hier war. Maggie wußte es zwar, hatte aber nicht vor, es Fletcher zu erzählen. Sie gönnte dem alten Hornochsen die Überraschung. Außerdem war sie davon überzeugt, daß Chandos nicht sofort wieder verschwinden würde.

Courtney hoffte, daß Maggie recht behielt, teilte aber ihre Zuversicht nicht ganz. Es stand zwar fest, daß Chandos sie noch immer begehrte, denn er hatte es ihr vergangene Nacht auf jede nur erdenkliche Art bewiesen. Doch das bedeutete noch lange nicht, daß er sie für immer haben wollte. Und es bedeutete auch nicht, daß er sie nicht wieder verlassen würde.

Doch noch hatte sie Grund zu hoffen. Er war zurückgekommen und hatte ihr gestanden, daß er sich nicht von ihr fernhalten konnte. Dieses Wissen versetzte Courtney in Hochstimmung.

Maggie hatte Courtney Chandos' Satteltaschen gegeben, und diese stellte sie jetzt in eine Ecke. Dann trat sie wieder vor den Spiegel, denn sie konnte es immer noch nicht fassen, wie strahlend sie an diesem Morgen aussah. War die Liebe daran schuld? Nein, es war das Glück, das aus ihren Augen leuchtete, das sie dazu trieb, zu lachen, zu singen, sogar zu schreien. Es fiel ihr schwer, diesen Drang zu unterdrücken.

Eine Zeitlang saß sie am Fenster und betrachtete den schlafenden Chandos. Sie wußte zwar, daß sie das Zimmer verlassen und sich eine Beschäftigung suchen sollte, aber sie wurde die Befürchtung nicht los, daß Chandos nicht mehr im Zimmer sein würde, wenn sie später zurückkam. Das war natürlich absurd, denn wenn er sie diesmal verließ, würde er ihr zumindest sagen, wann sie ihn wiedersehen würde. Das war er ihr schuldig. Trotzdem ließ sie ihn lieber nicht aus den Augen.

Sie trat langsam ans Bett. Sie wollte ihn nicht wecken, sondern ihm nur näher sein. Doch das genügte ihr nicht, und nach einigen Minuten legte sie sich vorsichtig neben ihn. Er regte sich nicht, denn er schlief fest und schnarchte sogar ein bißchen. Das war ein Hinweis darauf, wie erschöpft er war. Er war so müde, daß er nicht einmal aufwachen würde, wenn...

Ihre Finger glitten leicht über die harten Muskeln auf seiner Brust. Er hatte sich nur mit einem dünnen Laken zugedeckt, und Courtney weidete sich an seinem Anblick. Als er sich noch immer nicht rührte, wurde sie kühner und fuhr mit den Fingern über seinen Körper und seine muskulösen Schenkel.

Plötzlich schnappte sie nach Luft. Ein bestimmter Körperteil hatte sich erregt und Chandos raunte: »Hör nicht auf, Kätzchen.«

Sie wurde krebsrot. »Du warst die ganze Zeit über wach«, meinte sie vorwurfsvoll.

»Eine der Schattenseiten des Wanderlebens.«

Er sah sie aus schlaftrunkenen Augen an und wirkte in

diesem Zustand unglaublich sexy. Doch Courtney war so verlegen, daß sie schleunigst das Bett räumte. »Deine Sachen sind im Zimmer, falls du dich rasieren möchtest. Du kannst aber auch weiterschlafen. – Ich wollte dich nicht wecken. Und du kannst es ruhig tun, denn niemand weiß, daß du hier bist.«

Er setzte sich auf. »Vorläufig weiß es noch niemand. Aber es wird nicht lang dauern, bis jemand Surefoot hinter Maggies Haus entdeckt.«

»Darum hat sich Maggie gekümmert. Sie hat Surefoot in ihr Wohnzimmer geschleppt.«

»Was?«

Courtney kicherte. »Ich habe meinen Augen nicht getraut, als ich ihn dort erblickte, aber er trägt es mit Würde. Maggie will damit wiedergutmachen, daß sie Fletcher erzählt hat, daß du mich hierher gebracht hast. Diesmal bleibt es dir überlassen, ob er es erfährt.«

Chandos brummte und fuhr sich mit der Hand über das Gesicht. »Ich muß mich rasieren.«

Courtney zeigte auf die Satteltasche in der Ecke, setzte sich dann aufs Bett und sah ihm zu. »Wirst du mit deinem Vater sprechen?«

»Nein.« Er fuhr in seine schwarze Hose und blickte sie dabei streng an. »Und versuch ja nicht, den Friedensengel zu spielen. Ich will mit diesem Mann nichts zu tun haben.«

»Er ist mürrisch, hart und brüllt viel herum, aber er ist gar nicht so übel.«

Chandos sah sie an, und sie schaute seufzend zu Boden.

Als sie nach einer Weile wieder aufblickte, stand er vor dem Waschtisch und seifte sich das Gesicht ein. »Hast du den Mann in San Antonio gefunden?«

Die Muskeln auf seinem Rücken verkrampften sich. »Ich habe ihn gefunden. Man hatte ihm den Prozeß gemacht, und er sollte hängen.«

»Dann hast du ihn also nicht getötet?«

»Ich habe ihn aus dem Gefängnis geholt«, antwortete er gleichgültig. »Es war nicht schwierig, denn Smith hatte in San Antonio keine Freunde, deshalb haben sie auch keine besonderen Vorsichtsmaßnahmen ergriffen.«

Chandos war jetzt mit dem Rasieren fertig und wandte sich ihr zu. Seine Augen waren noch nie so eisig gewesen, und in seiner Stimme hatte noch nie ein solcher Haß gelegen. »Ich habe ihm unter anderem beide Arme gebrochen und ihn dann gehenkt, aber da war er schon tot. Das Schwein muß Verdacht geschöpft haben; vielleicht hat er Trasks Pferd wiedererkannt, das ich für ihn mitgebracht hatte. Vielleicht fragte er sich auch, warum ich ihn da herausholte. Er griff mich jedenfalls in dem Augenblick an, in dem wir anhielten, bekam ein Messer zu fassen, und wir kämpften darum. Dabei fiel er in das Messer und starb innerhalb von Sekunden. Es war nicht genug, es war zu wenig für das, was er Weißer Flügel angetan hat.«

Courtney ging durch das Zimmer zu ihm hin und legte ihm die Arme um den Hals. Es dauerte eine Weile, bis er darauf reagierte, doch dann zog er sie an sich.

»War Weißer Flügel deine Schwester?«

»Ja.«

Er erzählte ihr von dem Tag, an dem er zurückgekommen war und vor den Leichen seiner Mutter und seiner Schwester gestanden hatte, die vergewaltigt und ermordet worden war. Noch während er sprach, begann Courtney zu schluchzen, und schließlich tröstete er sie.

»Weine nicht, Kätzchen. Ich habe es nie ertragen, daß du weinst. Es ist vorbei. Sie müssen jetzt auch nicht mehr weinen und können in Frieden schlafen.«

Er küßte sie zärtlich, und dann küßte er sie noch einmal. Auch das war eine Möglichkeit, Trost zu finden – und zu vergessen.

44. KAPITEL

Es war früher Nachmittag, als Courtney aus dem Bett kletterte. Chandos war wieder eingeschlafen, und diesmal war sie entschlossen, ihn nicht zu stören. Das Schicksal seiner Schwester und seiner Mutter hatte sie tief erschüttert, und sie mußte sich zwingen, die Gedanken daran zu verdrängen. Schließlich lag das alles vier Jahre zurück, und sogar Chandos hatte gelernt, damit zu leben, obwohl er es nie ganz vergessen konnte.

Sie hatte gerade den letzten Knopf an ihrem Kleid geschlossen, als jemand an die Tür klopfte. Sie blickte rasch zum Bett hinüber. Chandos war durch das Klopfen aufgewacht und hatte die Augen geöffnet. Er warf Courtney einen warnenden Blick zu, aber seine Besorgnis war unnötig. Sie würde niemandem verraten, daß er sich in ihrem Zimmer befand.

Sie ging rasch zur Tür und öffnete sie einen Spaltbreit. »Ja?«

»Sie haben Besuch, Señorita«, meldete eine der Mexikanerinnen, die Maggie im Haushalt halfen. »Ein Señor Taylor. Er wartet mit Señor Straton auf der Veranda, und –«

»Taylor?« unterbrach Courtney sie scharf. »Hast du Taylor gesagt?«

»Sí.«

»Danke.« Courtney schlug die Tür zu, denn sie war von einem Zorn erfüllt, wie sie ihn noch nie empfunden hatte. »Reed Taylor! Ich kann es nicht glauben! Wie kann er es nach allem, was er mir angetan hat, wagen, hier aufzutauchen? Er hat mich entführen lassen! Das – das ist – oh!«

»Courtney! Verdammt, komm zurück!« rief Chandos ihr nach, als sie aus dem Zimmer stürmte. Er fluchte wild, weil sie einfach weiterrannte, und er ihr kaum splitterfasernackt nachlaufen konnte.

Kochend vor Wut erreichte Courtney die Vordertür und

riß sie auf. Vor ihr stand Reed: dunkler Anzug, Rüschenhemd, Hut in der Hand. Wie immer der vollendete Gentleman. Und er lächelte!

»Du bist verrückt!« zischte sie ihn an, während sie auf die Veranda trat. Sie ließ ihn nicht aus den Augen. »Ist dir nicht klar, daß ich dich verhaften lassen könnte?«

»Courtney, mein Liebling, ist das die richtige Art, einen Mann zu begrüßen, der den ganzen weiten Weg zurückgelegt hat, um dich wiederzusehen?«

Sie schloß die Augen. Sie hätte daran denken müssen, wie stur er war. Schließlich war alles, was sie ihm je gesagt hatte, von seinem Dickschädel abgeprallt.

»Nenn mich nicht Liebling«, fuhr sie ihn an. »Du dürftest mich nicht einmal Courtney nennen. Als deine Männer nicht zurückkamen, hättest du doch begreifen müssen, was los ist. Ich wollte nicht gefunden werden, Reed. Du hattest nicht das Recht, diese – diese Galgenvögel hinter mir herzuschicken!«

Er packte sie am Arm und zog sie von den Männern weg, die um sie herumstanden und sie beobachteten. Aber er dachte nicht daran, leiser zu sprechen, und kam schon gar nicht auf die Idee, daß außer ihr noch andere Leute wütend werden könnten.

»Einer dieser Männer ist zurückgekommen, Courtney – er war halbtot. Der Revolvermann, mit dem du durchgebrannt bist, hat ihm die Zunge herausgeschnitten und ihm die Hand abgehackt. Sobald ich erfuhr, wozu dieser Verrückte fähig ist, konnte ich dich einfach nicht weiterhin bei ihm lassen, das siehst du doch ein?«

»Ich bin davon überzeugt, daß die Geschichte eine maßlose Übertreibung ist«, widersprach Courtney.

Chandos war gerade rechtzeitig eingetroffen, um die letzten beiden Äußerungen zu hören.

»Damit hat sie recht«, meinte er lässig. »Ich habe dem Kerl nur die Zunge aufgeschlitzt, nachdem er mir erzählt hat, daß er Courtney im Lager zurückgelassen hat, damit einer von seinen Freunden sie vergewaltigen kann. Und ich habe ihm obendrein die ersten beiden Finger seiner Schußhand gebrochen, bevor ich ihn an einen Baum gebunden habe. Seine Schmerzschwelle ist eben extrem niedrig, das ist alles. Wie steht es mit Ihrer Schmerzschwelle, Taylor?«

Reed überhörte die Frage und wandte sich an Courtney. »Was sucht der Kerl hier?«

Courtney antwortete nicht, sondern starrte Chandos an, der in der Tür stand und nur die Hose und darüber den Revolvergurt trug. Sie wußte, daß er sich sichtlich beherrschen mußte, um nicht nach dem Revolver zu greifen. Dann bemerkte sie zum ersten Mal die anderen – die Cowboys schauten gespannt zu, Fletcher grinste von einem Ohr bis zum anderen und ließ Chandos nicht aus den Augen, Sägezahn starrte Taylor finster an, und hinter Sägezahn stand... ihr Vater. Ausgerechnet ihr Vater! Er hatte das Ganze miterlebt.

»Warum reitest du nicht wieder zurück, Reed?« schlug sie ihm vor. Er hielt sie noch immer fest, und auf seinem Gesicht lag der eigensinnige Ausdruck, den sie so gut kannte. Sie wußte, daß es keinen Sinn hatte, versuchte es aber trotzdem. »Daß du hierher gekommen bist, war vollkommen zwecklos. Ich werde dich bestimmt nicht heiraten, und ich werde ganz bestimmt nicht mit dir nach Kansas zurückkehren. Und falls du versuchen solltest, es zu erzwingen, wie du es schon einmal getan hast, bekommst du es mit dem Gericht zu tun.«

»Du bist aufgeregt«, erwiderte Reed knapp. »Du mußt mir nur die Möglichkeit geben –«

»Sie hat Ihnen schon die Möglichkeit gegeben, Taylor – die Möglichkeit zu verschwinden.« Chandos trat vor. »Jetzt haben Sie es mit mir zu tun. Nehmen Sie Ihre dreckigen Pfoten von meiner Frau.«

Reed sah ihn an, ließ Courtney aber noch immer nicht los. »Wollen Sie auf mich feuern, Schnellschießer?« höhnte er. »Wollen Sie mich vor allen diesen Zeugen erschießen?« Er deutete mit einer Kopfbewegung auf die Zuschauer.

»Aber nicht doch.« Chandos zog lächelnd den Revolver, wirbelte ihn um den Finger und reichte ihn Courtney. »Ich werde nicht lang brauchen, Kätzchen«, murmelte er, und im gleichen Augenblick knallte seine Faust auf Taylors Kinn.

Reed flog nach hinten und riß Courtney beinahe mit, aber Chandos faßte sie um die Taille und verhinderte dadurch, daß sie gemeinsam mit Reed die Verandatreppe hinunterkullerte. Dann lächelte er sie um Entschuldigung bittend an, schob sie zur Seite und hechtete hinter dem Gestürzten her.

Courtney blieb auf der Veranda stehen und sah zu, wie zwei erwachsene Männer sich bemühten, einander mit bloßen Fäusten umzubringen. Sie versuchte nicht einmal, sie zurückzuhalten, denn sie war immer noch verwirrt, weil Chandos sie als ›meine Frau‹ bezeichnet hatte. Noch dazu in Anwesenheit seines Vaters – und ihres Vaters. Meinte er es tatsächlich ernst?

Jemand legte ihr den Arm um die Schultern, und sie blickte auf. Aber ihr Vater sah nicht sie an, sondern beobachtete den Kampf.

»Du hast vermutlich keine Einwände gegen die Feststellungen des jungen Mannes?« erkundigte er sich beiläufig.

»Nein.«

Sie vernahm einen besonders mörderischen Schlag, und als sie sich umdrehte, landete Chandos gerade der Länge nach im Staub. Sie trat unwillkürlich einen Schritt vor, aber er war schon wieder auf den Beinen und versetzte Reed einen kräftigen Schwinger in die Magengrube. Dennoch begann sie, sich Sorgen zu machen. Chandos war zwar größer, aber Reed war kräftig wie ein Stier.

»Gehe ich recht in der Annahme, daß dies der Mann ist,

der dich nach Texas gebracht hat?« Edwards Ton war immer noch beiläufig.

»Ja, ja.« Sie konzentrierte sich ganz auf den Kampf.

»Courtney, mein Liebling, sieh mich an.«

Sie wandte ihre Aufmerksamkeit von Chandos ab. »Ja, Daddy?«

»Liebst du ihn?«

»O ja! Mehr, als ich für möglich gehalten hätte.« Dann fügte sie zögernd hinzu: »Du hast doch nichts dagegen, Daddy?«

»Das weiß ich noch nicht genau. Ist er immer so... stürmisch?«

»Nein, aber beschutzen tut er mich immer.«

»Dann spricht wenigstens das für ihn«, seufzte ihr Vater.

»Bitte, Daddy, bilde dir erst ein Urteil über ihn, wenn du ihn näher kennst. Nur weil er ein Revolvermann ist –«

»Es gibt eine Menge anständige Männer, die Revolvermänner sind, das weiß ich!«

»Und er ist so lange allein gewesen, daß er nicht daran gewöhnt ist, gesellschaftlich oder freundschaftlich mit jemandem zu verkehren, also verfalle nicht in den Fehler –«

»Es gibt auch eine Menge anständiger schweigsamer Männer, mein Liebling.«

Sie lächelte verlegen. »Du bemühst dich wirklich, die Sache vorurteilslos zu sehen.«

»Kann ich es denn riskieren, mich anders zu verhalten? Ich möchte nicht unbedingt mit seinen Fäusten Bekanntschaft machen.«

»Er würde bestimmt nicht –« begann sie, merkte dann aber, daß er sie nur neckte.

Die zuschauenden Cowboys brachen in Jubel aus. Sie hatten sehr rasch erkannt, auf wessen Seite sie zu stehen hatten, denn Fletcher beugte sich über das Verandageländer und feuerte seinen Sohn lautstark an. Als Courtney hinüberblickte, schlugen Fletcher und Sägezahn einander gerade auf die Schultern, als hätten sie den Kampf gewonnen.

Courtney trat zu der Schar von Gratulanten, die sich um Chandos drängte. Er bückte sich leicht und preßte eine Hand auf den Magen. Sein Gesicht hatte auch einiges abbekommen.

»Es sieht so aus, als würden meine Dienste benötigt«, rief ihr Edward zu.

»Ja«, antwortete Courtney, ohne Chandos aus den Augen zu lasen.

»Ich habe den anderen gemeint«, lachte Edward.

»Was? Ach, vergeude nicht deine Zeit«, meinte Courtney ohne einen Funken Mitgefühl. Reed lag k. o. auf dem Boden. »Wenn jemand eine Tracht Prügel verdient hat, dann war er es. Du würdest nicht glauben, wie sehr dieser Mann von sich eingenommen ist. Er hat einfach kein Nein akzeptiert.«

»Hoffen wir, daß er diesmal begriffen hat, Kätzchen.« Chandos stolperte auf sie zu. »Ich möchte den Kerl nicht deshalb erschießen müssen, weil er ein verbohrter, blödsinniger Dickschädel ist.«

»Bitte setz dich, Chandos.« Sie führte ihn zu der Veranda.

»Fang nicht an, mir vorzuschreiben, was ich tun oder lassen soll, Frau.«

Sie versetzte ihm einen Stoß, so daß er auf der Treppe landete. »Sieh dich doch einmal an.« Sie strich ihm das Haar aus der Stirn und musterte sein Gesicht. »Hol deine Tasche, Daddy.«

»Daddy?« Chandos sah sich um und verzog das Gesicht. »Du hättest mich warnen können.«

Sie grinste. »Er hat den Kampf genossen.«

Chandos brummte etwas Unverständliches.

»Dein Vater übrigens auch.«

Er fluchte und blickte jetzt zu Fletcher hinüber, der

seinen Männern gerade befahl, Taylor auf sein Pferd zu heben und ihn in Richtung Kansas in Bewegung zu setzen. »Was ist das hier eigentlich? Ein verdammtes Familientreffen?«

Sie wußte, daß er nur deshalb so böse war, weil er das Gefühl hatte, in der Falle zu sitzen. »Es könnte eines werden, wenn du damit einverstanden wärst«, meinte sie.

»Ich bin deinetwegen hierher gekommen und aus keinem anderen Grund.«

»Tatsächlich?«

»Das weißt du am besten.«

Sie schlug plötzlich den gleichen Ton an wie er. »Dann sag es, Chandos. Ich habe es von dir noch nie gehört.«

Er runzelte die Stirn. Sein Vater lehnte nur wenige Schritte von ihm entfernt am Verandageländer. Neben ihm saß Sägezahn auf dem Geländer und versuchte vergeblich, nicht zu grinsen. Keiner von ihnen bemühte sich im geringsten, sein Interesse an den Vorgängen zu verbergen. Was noch schlimmer war: Ihr Vater hörte genauso interessiert zu.

Chandos spürte, daß alle Augen auf ihm ruhten, aber vor allem spürte er Courtneys entschlossenen, fordernden Blick. Und plötzlich war nur sie wichtig.

»Du bist meine Frau, Kätzchen. Du bist es von dem Augenblick an gewesen, als ich dich zum ersten Mal erblickte.«

Sie war noch immer nicht zufrieden. »Sag es!«

Er grinste und zog sie auf seinen Schoß, wo sie steif aufgerichtet wartete, bis er schließlich erklärte: »Ich liebe dich. Das wolltest du doch hören. Ich liebe dich so sehr, daß ich mich ohne dich ganz verloren fühle.«

»O Chandos!« Sie schmiegte sich an ihn und schlang ihm die Arme um den Hals. »Ich liebe –«

Er unterbrach sie. »Überlege genau, bevor du etwas sagst, Kätzchen. Denn wenn du mir deine Liebe schenkst, werde ich nie zulassen, daß du sie mir wieder entziehst. Ich kann mir nicht weiterhin den Kopf darüber zerbrechen, ob ich imstande bin, dich glücklich zu machen oder nicht. Ich werde mein Möglichstes tun, aber du kannst es dir später nicht mehr anders überlegen. Verstehst du mich? Wenn du bereit bist, meine Frau zu werden, lasse ich dich niemals mehr gehen.«

»Gilt das für beide Teile?« fragte sie leicht verstimmt, und Chandos lachte. »Worauf du dich verlassen kannst.«

»Dann werde ich jetzt meine Bedingungen klarlegen. Du hast gerade gesagt, daß du mich liebst, und ich werde ebenfalls nicht zulassen, daß du es zurücknimmst. Genau wie du werde ich mein Möglichstes tun, um dich glücklich zu machen. Aber falls du es dir später einmal anders überlegen solltest, dann kann ich dir heute schon versprechen, daß du in dem ganzen verdammten Land keinen Ort finden wirst, an dem du dich vor mir verstecken kannst. Das erste, was du mir beibringen mußt, wird nämlich Spuren lesen sein, und das zweite schießen. Hast du mich verstanden, Chandos?«

»Ja, Madam.«

»Gut.« Jetzt lächelte sie, und ihre Wangen waren rosig angehaucht, weil ihr bewußt wurde, wie kühn und dreist sie gesprochen hatte. Sie beugte sich ganz nahe zu seinem Gesicht. »Ich liebe dich nämlich. Ich liebe dich so sehr, daß ich sterben wollte, als du mich verlassen hast. Ich möchte nie wieder so unglücklich sein, Chandos.«

»Ich auch nicht«, erklärte er leidenschaftlich, beugte sich ebenfalls vor und küßte sie innig. »Du hast das Schnurren noch nicht verlernt, Kätzchen.«

»Chandos!«

Er grinste. Jetzt hatte auch sie gemerkt, daß sie nicht allein waren. Er mochte es, wenn sie errötete. »Bist du deiner Sache sicher, Kätzchen?« fragte er leise.

»Ja.«

»Und du kannst so leben wie ich?«

»Ich werde das Leben führen, das du willst, selbst wenn ich unsere Kinder auf dem Rücken herumschleppen muß.«

»Kinder!«

»Noch nicht«, flüsterte sie empört und tödlich verlegen und warf schnell einen Blick zu ihrem Vater hinüber.

Chandos drückte sie lachend an sich. Sie hatte ihn noch nie so sorglos und glücklich erlebt. Wie sehr sie ihn liebte!

»Aber wir werden Kinder haben, nicht wahr?« fragte er nachdenklich. »Vielleicht wäre ein Haus gar keine so schlechte Idee.«

Courtney sah ihn verblüfft an. »Ist das dein Ernst?«

»Ich könnte es mit einer Ranch versuchen. Der Alte hat dafür gesorgt, daß ich die Viehzucht aus dem FF lerne. Er hat auch in einer Bank in Waco auf meinen Namen ein Vermögen hinterlegt, daß ich bis jetzt noch nicht angerührt habe. Damit könnten wir ein schönes Stück Land kaufen. Dem Alten würde etwas Konkurrenz nicht schaden.«

Courtney war die einzige, die Chandos grinsen sah als der ›Alte‹ zu stottern begann. Sägezahn erstickte beinahe, weil er versuchte, das Lachen zu unterdrücken. Sogar Edward, der die Treppe herunterkam und zu ihnen trat, grinste.

»Meine Arzttasche werde ich wohl nicht brauchen. Jemand, der so viel Sinn für Humor beweist, kann nicht schwer verletzt sein.«

»Damit haben Sie recht, Doc. Stört es Sie, wenn ich Sie Doc nenne?«

»Überhaupt nicht, obwohl Edward auch in Ordnung wäre, denn Sie werden ja demnächst mein Schwiegersohn sein.«

»Im Augenblick brauche ich nur ein Bad und – habe ich eigentlich vom Heiraten gesprochen, Kätzchen?«

»Hast du nicht.« Sie mußte über den Gesichtsausdruck ihres Vaters lachen. »Er neckt uns immer noch, Daddy. Sag es ihm, Chandos. Chandos?«

»Autsch!« Er zog ihre Hand aus seinen Haaren. »Willst

du mir wirklich eine Zeremonie des weißen Mannes zumuten, die mit meinen Gefühlen überhaupt nichts zu tun hat? Ich habe mich vor Zeugen erklärt. Du hast dich erklärt. Du bist bereits meine Frau, Kätzchen.«

»Es würde meinen Vater glücklich machen.«

»Dich auch?«

»Ja.«

»Dann habe ich mir eben nur einen Spaß gemacht.«

Sie schloß ihn in die Arme und war so glücklich, daß sie es beinahe nicht mehr aushielt. Er war in mancher Hinsicht erbarmungslos und wild, aber er war auch ihr Chandos, der zärtlich sein konnte, wenn es darauf ankam. Und er liebte sie! Daß er ihr zuliebe seßhaft werden wollte, bewies es zweifelsfrei.

Courtney wollte, daß alle Leute in ihrer Umgebung genauso glücklich waren wie sie, auch Fletcher. »Warum gibst du nicht zu, daß du deinen Vater auch nur auf den Arm genommen hast?«

»Weil das nicht stimmt.« Chandos drehte sich zu Fletcher um. »Kannst du die Konkurrenz verkraften, Alter?«

»Verdammt nochmal, und ob ich das kann!« brüllte Fletcher.

»Das habe ich mir gedacht«, grinste Chandos.

Es dauerte einen Augenblick, dann bildeten sich Lachfältchen um Fletchers Augen. Er gestattete sich allerdings nicht zu lächeln, denn das hätte nicht zu seinem Image gepaßt. Aber er platzte beinahe vor Vergnügen. Er hatte seinen Sohn noch nie so erlebt, so herzlich, offen und zugänglich.

Es war ein Anfang. Es war ein verdammt guter Anfang.